타오, TAO
나를 찾아가는
깨달음의
여행

일상의 깨달음을 위한 불변의 법칙

타오, ^{TAO}
나를 찾아가는
깨달음의
여행

一指 이승헌 지음

한문화

당신에게

타오의 꽃을

건네며

　　　　　　　나는 어린 시절부터 삶의 의미를 찾아 많
은 시간을 방황했다. 십대 후반에는 인적이 드문 마을 뒷산에 가서 누
운 채로 어두운 밤하늘을 자주 올려다보곤 했다. 그렇게 하고 있으면
마음 깊은 곳에서 분노인지 답답함인지 슬픔인지 그리움인지 모를 이
상한 감정이 올라와 나도 모르게 벌떡 일어나 하늘을 향해 소리치곤
했다.

　"누가 내 허락도 없이 나를 이 세상에 데려온 겁니까? 태어나게 했
으면 왜 살아야 하는지 이유 정도는 알려주어야 하는 것 아닙니까?"

　산란한 마음을 달래고 공허함을 잊기 위해 탈진할 정도로 태권도
나 합기도 같은 무술에 몰두하기도 했다. 혼란과 방황의 기억이 대부
분이었던 청소년기를 지나, 대학을 졸업하고 괜찮은 직장도 얻고 단란
한 가정도 꾸렸다. 그러나 나는 행복하지 않았다. 왜 살아야 하는지 그

이유를 모른 채 살아가야 한다는 것은 참을 수 없는 고통이었다.

내가 살아야 하는 이유를 찾기 위해 동서양의 정신세계 관련 서적들을 탐독하고, 내 몸에 대해 알기 위해 한의학을 공부하기도 했다. 또 살아야 하는 이유를 모르는 정신적인 고통에서 나를 해방시켜줄 스승을 찾아 다니기도 했다. 호흡과 명상에 심취하여 몇 년 동안 혼자서 매일 새벽에 산에 올라 수련에 정진하기도 했다. 그러나 나는 여전히 답을 찾을 수 없었다.

1980년, 내 나이 서른 살에 나는 세상의 모든 것을 뒤로하고 홀로 전주 모악산에 올랐다. 그리고 21일 간의 목숨을 건 수행을 통해 '타오 TAO'를 체험했다. 그 체험은 삶에 대한 모든 고통과 의문으로부터 한순간에 나를 구해주었다. 나는 천지간의 만물에 생명을 부여하며 넘쳐흐르는 우주의 생명 에너지가 곧 나의 실체임을 깨달았다. 태어난 것은 내 몸일 뿐, 진정한 나는 이 몸을 받기 전부터 존재해왔다는 것도 알게 되었다. 나는 홀로 스스로 존재하는 영원한 생명, 타오가 곧 나라는 자각을 얻었다.

그 뒤로 37년이 흘렀다. 내가 경험한 타오를 많은 사람들에게 알리기 위해 그동안 우리의 전통 심신수련법인 단학을 현대화하여 '현대단학'과 '뇌호흡'을 개발했다. 또 뇌과학을 결합해 '뇌교육'이라는 새로운 학문을 창안했으며 수많은 수련 프로그램을 만들었다. 그리고 이것을 가르치기 위해 전세계에 명상센터를 열었고, 교육기관을 설립했으며, 40여 권에 이르는 책을 저술했다.

타오는 나의 깨달음과 가르침의 핵심 중의 핵심이다. 이 책에서는 지금까지 내가 쓴 모든 책들 중에서 타오를 가장 직접적으로, 그리고 가장 깊이 다루게 될 것이다.

그러면 타오란 도대체 무엇인가? 타오가 무엇이길래 예나 지금이나 수많은 사람들이 그것을 얻으려 그토록 애쓰는가? 타오가 무엇이길래 인간의 마음을 끊임없이 매혹하는가?

타오는 궁극의 진리요 생명의 실체이며, 지금까지 인류의 모든 영적인 구도자들이 추구해왔던 것이고, 완전한 '하나됨'이다. 우주 만물의 배후에 흐르고 있는 생명 에너지의 원리이며, 모든 것이 하나 되어 돌아가는 궁극적인 전체성이다. 타오는 존재하는 모든 것, 그 자체이면서 또한 그것들을 존재하게 하는 원천이요 배경이다.

타오를 한자로 '도道'라 하는데 여기에는 길, 진리, 또는 원리라는 뜻이 담겨 있다. 타오를 이야기할 때 빠지지 않고 등장하는 사람이 노자다. 노자는 지금부터 2500년 전, 고대 중국에서 타오의 사상을 정립하고 발전시킨 철학자로 알려져 있다. 노자의《도덕경》은 81개 주제, 5천여 단어로 이루어진 짧은 글 속에 자연과 생명의 이치를 담아낸, 타오최고의 경전으로 꼽힌다.《도덕경》은 세계에서《성경》다음으로 많은 언어로 번역되었으며, 중국에서 나온《도덕경》해설서만 수백 권에 이른다고 한다.

노자《도덕경》의 영향으로 많은 사람들이 타오가 중국에 속한 것이라고 생각한다. 하지만 대부분의 고대 동아시아 국가에서 타오는 그들의 중요한 문화적, 영적 전통의 하나였으며 삶의 일부였다. 타오라는 단어가 동양의 언어인 것은 분명하지만 사실 타오는 동양의 것만도 아니다. 타오는 타오라는 말이 존재하기 전에도, 인간이 헤아릴 수 있는 시간과 공간의 한계를 넘어 늘 스스로 온전하게 존재해온 그 무엇이다.

나는 타오에 대한 개념적이고 지적인 차원의 이해에는 별 관심이 없다. 타오는 글 속에 있지 않다. 나의 관심은 '어떻게 하면 타오를 느끼고 타오와 하나 될 수 있는가'이다. 타오가 우리 삶의 일부가 되지 못하고 피상적인 관념으로 영적 액세서리에 머물고 마는 것을 경계해야 한다.

이 책의 목적은 당신이 가진 문제점을 한순간에 해결해주는 응급처방이나 만병통치약이 아니다. 이 책은 인생에서 가장 중요한 주제를 통해 타오에 이르는 길을 방법적으로 알려주고, 타오와 하나 되는 삶을 살고자 하는 열정을 불어넣기 위한 것이다.

이 책에서 소개하는 타오에 이르는 길은 나의 개인적인 체험과 수천 년 전통의 한국 고유의 심신수련법인 선도에 뿌리를 두고 있다. 선도는 도교나 불교가 성행하기 이전부터 존재했으며, 다른 영적인 전통들과 서로 영향을 주고받기도 했지만 매우 독자적으로 발전했다.

선도의 핵심철학은 타오와 완전한 하나됨에 있으며, 이는 한국의 고대경전 천부경에 다음과 같이 표현되어 있다.

'本心本太陽昻明 人中天地一 본심본태양앙명 인중천지일'
본래의 마음은 태양과 같아서 밝음을 구하니, 사람 안에
하늘과 땅이 하나로 들어와 있다.

천부경에서 말하고 있듯이, 모든 인간에게는 본성인 타오를 알고자 하는 내적인 갈망이 있다. 인간의 몸에는 타오를 느끼고 볼 수 있는 완전

한 타오의 감각과 시스템이 있다. 그 감각이란 우리의 몸과 우주에 존재하는 에너지를 느끼고 활용하는 에너지 감각이고, 그 시스템이란 우리 몸에 있는 차크라 시스템과 우리 몸의 경락과 같은 에너지 시스템이다. 또한 우리의 에너지 감각과 시스템을 개발할 수 있는 원리와 수행법이 존재한다. 그리고 가장 중요한 것은 우리의 에너지가 궁극적으로 추구하는 지향점이 있다는 것이다. 나는 그 궁극의 지향점을 영혼의 성장과 완성이라고 본다. 이를 위해 원리와 수행, 생활이라는 타오의 공부 방법들을 이 책에서 소개하고자 한다.

타오는 말이나 지식으로 알 수 있는 것이 아니다. 타오를 알기 위해서는 타오의 리듬과 흐름을 느낄 수 있는 생명의 감각을 몸으로 터득해야 한다. 또한 자기 자신을 정직하고 담담하게 바라보는 눈이 있어야 하고, 끊임없이 세상에 대한 고정관념을 놓는 법을 배워야 한다. 뿐만 아니라 타오를 한 번 알았다고 해서 그 사람의 삶이 타오의 삶이 되는 것은 아니다. 타오의 삶은 타오의 원리를 삶 속에서 실현하는 행위로 평생에 걸친 자기수행이라고 할 수 있다.

수행이라고 하니 까다로운 규율이나 제약 등을 떠올릴 수도 있다. 혹은 먹물 옷을 입은 승려나 세상과 단절되어 있는 수도원을 생각할 수도 있다. 그런데 여기서 말하는 수행은 그런 것과는 거리가 멀다. 진정한 수행은 더 의미 있고 충만한 삶을 살기 위하여 타오를 삶의 일부로 받아들이고 가꾸어가는 과정에 있다. 당신이 이 책의 마지막 장을 덮을 때, 인생은 결국 타오와 하나 되기 위한 수행임을 깨우치고, 수행을 하고 싶다는 진지한 마음을 품는다면 이 책은 제 몫을 다한 것이다.

나는 타오 강연을 할 때, 청중들과의 첫 만남에 황금빛 장미 한 송이를 들고 가곤 한다. 그리고 이렇게 대화를 시작한다.

나는 오늘 황금꽃 한 송이를 들고 왔습니다.
타오를 상징하는 꽃입니다.
이 꽃은 단 한 송이지만
하나의 달이 수많은 호수에 비치듯이
여러분 마음의 호수에도 이 황금꽃이 비칠 것입니다.

나는 내 마음을 갖고 왔고
여러분도 여러분의 마음을 갖고 여기에 왔습니다.
지금 마음과 마음이 하나로 만나고 있습니다.

나는 이 꽃을 여러분께 드립니다.
이제 꽃은 내 손에서 떠났지만
여전히 내 마음에 있습니다.
그리고 여러분의 마음에도 있습니다.
나는 그 꽃을 여러분께 드렸습니다.
여러분은 받았고, 그것으로 충분합니다.

타오는 영원히 지지 않는 꽃입니다.
수많은 사람이 그 꽃을 꺾어 가져도
타오의 꽃은 늘 새롭게 피어날 것입니다.

나는 이 책을 읽기 시작한 당신에게도 똑같이 황금빛 장미 한 송이를 드리고 싶다. 그것은 나의 마음이며 타오의 꽃이다. 나는 나의 마음을 담아 이 글을 써내려 가고 있고, 당신은 당신의 마음을 담아 이 글을 읽어내려 가고 있다. 지금 우리의 마음은 타오를 알고 느끼고 나누려는 소망으로 함께 공명하고 있다.

제한적일 수밖에 없는 글을 통해 타오를 전하기는 쉽지 않다. 이 책을 읽을 때는 단어 하나 하나의 의미나 문장을 이해하려고 애쓰기보다 여기에 담긴 나의 마음과 에너지를 느껴주었으면 한다. 당신의 마음과 나의 마음이 하나로 만날 때 생명의 감각이 열리고, 그 감각이 타오를 향한 당신의 여행에 든든한 벗이 되어줄 것이다.

우리의 마음이 하나로 만나 우리 안에 있는 생명의 불꽃이 더 밝게 타오르고, 그 따스한 온기를 받아 당신의 가슴에 타오의 꽃이 활짝 피어나기를 바란다.

세도나에서 일지 이승헌

차 례

1

타오의

눈

뜨기

타오에 대한 갈망은 기쁨과 경외의 순간에만

우리를 찾아오는 것은 아니다.

오히려 그 반대의 경우가 훨씬 더 많다.

자기 삶의 뿌리가 흔들리고, 방향성이 없다는 느낌이 들고,

공허감과 허무함이 밀려오는 그 순간이 바로

우리 안에서 타오에 대한 갈망이 고개를 드는 때다.

○

○

○

당신은 아름다운 꽃을 보고 생명에 대한 경
외감을 느낀 적이 있는가? 밤하늘의 별을 보며 우주의 무한한 공간 앞
에 전율해 본 적이 있는가? 조건 없는 사랑을 실천하는 누군가의 이야
기에 깊은 감동을 느껴 눈물을 흘려본 적이 있는가? 그리고 문득 나는
누구인가, 나는 왜 여기에 있는가, 이런 질문을 던져본 적이 있는가?

그 모든 순간들이 타오에 대한 우리의 갈망을 드러낸다. 또한 타오
의 한 자락을 보고 느끼는 순간이기도 하다. 그렇게 타오의 한 자락과
만나는 순간에 영감이 터져 나오기도 하고, 이유 없이 가슴이 벅차
오르기도 하고, 때로는 인생의 전환점이 되는 큰 자각이 생기기도 한
다. 그런 순간들을 통해 우리는 인간의 가장 탁월한 지성으로도 흉내
낼 수 없는 신성한 설계가 이 우주에 존재한다는 것을 어렴풋하게 느
낀다.

누구에게나 타오와 하나 되고자 하는 마음, 구도심이 있다. 타오는 이 세상에 존재하는 모든 것의 배경이자 원동력이면서 또한 그 자체이다. 우리의 생명 또한 타오의 일부이기 때문에, 우리는 물고기가 바다를 그리워하듯 타오를 그리워하는 것이다.

타오에 대한 갈망은 세대에서 세대를 거쳐 많은 사람들이 삶의 궁극적인 의미를 찾도록 등을 떠밀었던 힘이다. 또한 위대한 과학자, 문학가, 예술가들이 평생을 건 연구와 작품활동에 몰입하게 한 힘이기도 하다. 위대한 과학자는 객관적인 숫자와 공식을 통해 세상의 이치와 원리를 발견해내고, 위대한 시인은 언어를 통해 타오의 세계를 노래하고, 위대한 예술가는 이미지를 통해서 타오에 대한 영감을 표현해낸다.

타오에 대한 갈망은 기쁨과 경외의 순간에만 우리를 찾아오는 것은 아니다. 오히려 그 반대의 경우가 훨씬 더 많다. 겉보기에는 모든 것이 잘 돌아가고 있는 것 같은데도 어느 날 문득 가슴 속이 텅 비고 모든 것이 무의미하게 느껴질 수도 있다. 한밤중에 깨어나 갑자기 꼬리를 물고 솟아오르는 삶의 의문들에 잠을 설칠 수도 있다. 우리의 건강이나 직업, 인간관계가 만족스럽든 그렇지 않든 간에, 바쁘게 돌아가는 우리 삶의 표면 아래에는 늘 이러한 질문들이 웅크리고 있다. 나는 지금 행복한가? 내 인생의 방향이나 목표가 있는가? 이 모든 것이 도대체 어떤 의미가 있는가?

당신에게 이런 의문의 순간이 찾아오더라도 결코 두려워하지 마라. 자기 삶의 뿌리가 흔들리고, 방향성이 없다는 느낌이 들고, 공허감과 허무함이 밀려오는 그 순간이 바로 우리 안에서 타오에 대한 갈망이 고개를 드는 때이다. 그 허무함과 공허감을 자양분 삼아 '구도심'이라는 씨앗이 싹트기 시작한다.

　당신은 이렇게 말하고 싶을지도 모른다. "나는 구도에는 관심이 없다. 그냥 좀 더 행복하고 충만한 삶을 살고 싶을 뿐이다." 하지만 무언가 더 의미 있고 더 나은 삶을 추구하는 그 마음도 깊숙이 들여다보면 결국 구도심의 하나이다. 진정으로 행복하고 충만한 삶을 사는 것은 물질적인 만족만으로는 한계가 있기 때문이다. 당신은 일상적이고 피상적인 삶의 갈증을 풀어줄 더 크고 더 근원적인 무언가를 알고자 하는 갈망이 있는 사람이다. 그렇지 않다면 아마 이 책을 집어들지도 않았을 것이다. 무어라 딱 꼬집어 말할 수 없지만, 당신은 의미 있는 그 무엇인가를 찾고 있다. 무어라 묘사하기 힘든 그것이 바로 타오요, 그것을 찾는 마음이 바로 구도심이다.

　타오와 하나 되는 과정에서 이 구도심은 아주 중요하다. 구도심은 누구에게나 있다. 당신이 타오에 대한 갈망을 인정하고 소중히 여기며 키워나갈 수만 있다면 어느 순간 타오를 볼 수 있는 눈이 훤히 뜨일 것이다. 마치 어미 새가 따뜻한 체온으로 알을 품듯이 타오에 대한 순수한 갈망의 온도를 계속 높여나가야 한다. 마른 사막의 땅이 모처럼 내린 단비를 흡수하듯이, 오랫동안 타는 듯한 갈증을 느꼈던 사람에게 한 잔의 물이 세상의 그 어떤 값진 음료보다 더 달콤하듯이, 온몸이 순식간에 그 한 잔의 물을 흡수할 것이다. 타오에 대한 당신의 갈망이 깊으면 깊을수록 타오와의 만남은 그만큼 강렬할 것이다.

　자신의 삶을 둘러싼 근본적인 질문들을 소중히 여기라. '정말 이것이 다일까?' 하고 삶에 대해 의문을 품는 그 마음을 사랑하라. 그 마음을 계속 파고 들라. 타오에 대한 갈망이 점점 예리해져 화살처럼 영혼의 심장부에 꽂힐 때, 새가 알을 깨고 나오듯 타오의 눈이 뜨이기 시작할 것이다.

타오의
눈

타오가 무엇인지 알고자 할 때 가장 경계해야 할 것이 있다. 바로 지식의 잣대로 타오에 접근하는 것이다. 우리 머릿속에는 인위적인 지식과 정보가 가득하다. 지식 위주의 학교교육을 통해 지식이라는 잣대로 삶과 세상을 바라보고 판단하는 데에 너무나 길들여져 왔다. 그 인위적인 지식과 정보들에 가려져 본질을 볼 수 있는 눈이 흐려진 것이다.

타오는 지식으로, 머리로 이해해서는 절대 얻을 수 없다. 아무리 대단한 논리로 타오를 파헤친다 해도 타오는 그 모습을 드러내지 않는다. 타오는 지식으로 만들어진 것이 아니기 때문이다. 진정으로 타오를 알고자 하면 자신을 둘러싸고 있는 지식이라는 틀에서 과감히 나와야 한다. 머릿속을 가득 채우고 있던 지식을 내려놓은 상태에서 타오를 순수하게 '느끼고 체험해야' 한다.

노자의 《도덕경》 첫 구절에는 '도가도비상도道可道非常道 명가명비상명名可名非常名'이라는 유명한 말이 나온다. 즉 도를 도라고 말하면 이미 영원한 도가 아니며, 이름을 그 이름으로 부르면 그것은 영원한 이름이 아니라는 뜻이다. 끊임없이 변화하고 생성하는 우주의 모습을 언어로 표현하는 순간 인식의 한계에 갇혀버리기 때문에 타오는 언어로 규정할 수 없다는 뜻이다. 《도덕경》을 수백 번 통독한들 타오의 느낌을 직접 심장으로, 세포로 느껴보지 않는 한 타오를 알기는 어렵다. 이해할 수 있을지는 몰라도 '체득한다'고 하기는 힘든 것이다.

'이해한다'는 것과 '체득한다'는 것은 사뭇 다르다. 이해한다는 것은 이성을 통해 대상을 인식하는 심리적인 과정이다. 말하자면 대상을 개념화하는 것인데, 개념적 이해만으로 대상을 다 파악할 수는 없다. 체득한다는 것은 인위적으로 생각하거나, 이성적인 논리를 동원하는 것이 아니다. 애써 꿰어 맞추려고 노력하지 않아도 그냥 훤히 '알게' 되는 상태이다.

예를 들어, 오렌지의 색깔과 감촉, 향기, 성분, 맛에 대한 설명을 읽거나 듣는 것은 오렌지를 개념적으로 이해하는 것과 같다. 반면에 오렌지를 직접 눈으로 보고 한입 깨물어 맛을 보고 나면, 오렌지가 무엇인지 머리 아프게 논리적으로 따지고 이해하려고 할 필요 없이 그냥 알게 된다.

타오도 마찬가지다. 타오를 머리로 이해하려고 하지 마라. 지식이라는 틀에서 벗어나 그냥 느끼는 순간 타오가 당신의 가슴으로 다가올 것이다. 그것은 억지로 보고 들으려고 하는 것이 아니라 저절로 보이고 들리는 것이다. 그래서 타오를 알려면 '보이는 눈'과 '들리는 귀'가 열려야 한다. 그럴 때 우주와 생명의 신비가 저절로 보이고 들리게 된다. 그것은 우주와 생명의 신비를 구경하거나 경외만 하는 것이 아니라, 그 신비함 속으로 직접 들어가는 것이다. 그래서 타오를 알려면 타오의 눈을 떠야 한다. 그 눈은 육체적인 눈이 아니다. 마음의 눈, 심안이다.

타오의 눈을 뜨는 것은 달의 실체를 보는 것에 비유할 수 있다. 나는 어렸을 때 초승달을 볼 때마다 얼마 전까지만 해도 둥글었던 달이 실제로 작아진 줄 알았다. 달이 풍선처럼 커졌다, 작아졌다 한다고 생각했다. 내 친구 중의 한 명은 매일 밤 별들이 달을 야금야금 베어먹기 때문에 초승달이 된다고도 말했다.

그러나 우리는 성장하면서 육안으로는 달이 매일 크기와 모양을 바꾸는 것처럼 보이지만, 사실은 변하지 않는 오직 하나의 달이 있음을 알게 된다. 그 달은 스스로 빛을 내뿜는 것이 아니라 태양 빛을 받아 빛난다는 것, 달과 지구, 태양의 각도에 따라서 달의 모양이 매일 바뀌어 보인다는 것도 알게 된다.

우리가 보는 달의 모양은 분명 매일 변한다. 그것은 우리 눈에 보이는 현상이다. 그 현상은 누구의 눈에나 똑같이 보이는, 아무도 부인할 수 없는 자명한 것이다. 그러나 눈에 보이는 현상이 때로 진실이 아니라는 것을 우리는 또한 알고 있다. 눈에 보이지는 않지만 현상 너머에 존재하는 실체, 현상을 창조해내는 근원, 그것이 바로 타오다.

현상 속에서는 타오가 잘 보이지 않는다. 아무리 봐도 초승달은 초승달이고 보름달은 보름달일 뿐이다. 현상은 우리 눈앞에 확연하게 보이지만, 그 현상의 배후에 있는 실체는 잘 보이지 않기 때문이다. 그러나 인간이 위대하고 축복받은 것은 누구나 현상 너머의 실체를 볼 수 있는 타오의 눈을 갖고 있다는 것이다. 타오의 눈은 재주나 기술이 아니다. 그것은 우리 모두의 내면에서 일깨워지기를 기다리는 어떤 감각이다.

20여 년 전에 나는 타오를 볼 수 있는 눈에 대해 생각하며, 이런 시를 지었다.

누구에게나 있습니다
그것이 무엇인지 안다는 것
당신의 마음속 깊은 곳을 찾아
눈을 크게 떠보구려
그 모든 것을 알게 되리라
어째서인지 모르더라도
누구의 마음속에나 존재하는 것
언제인가 기어이 알게 되리라
언제인가 기어이 알게 되리라

아무리 시력이 좋아도 눈을 뜨지 않으면 아무것도 보이지 않는 것처럼 타오도 마찬가지다. 누구나 타오의 눈이 있지만 그 눈을 뜨는 것은 별개의 문제이다. 이성적인 논리와 분별, 관념, 에고의 한계를 넘어선 자리, 그곳에 타오가 있다. 타오를 보려면 우리의 눈을 가리고 있는 분별과 관념, 에고의 장막을 걷어내야 한다.

2010년에 전세계적으로 돌풍을 몰고 온 영화가 있었다. '아바타'이다. 그 영화에 나오는 "I See You"라는 대사가 크게 유행을 했다. "I See You"는 사랑, 감사, 존경, 소통하고자 하는 마음을 전달하는 것으로, "I Love You"의 판도라식 표현이다. 나는 영화 '아바타'의 주인공들이 "I See You"라고 말할 때, 그들이 타오의 눈을 떴음을 알았다. 처음에는 분별과 관념의 렌즈를 통해서 세상을 바라보았던 남자 주인공 제이크는 시간이 지나면서 현상 너머에 존재하는 진실을 알게 되고 상대방의 생명 그 자체, 본성을 보고 느낄 수 있게 된다. 그리고 결국은 "I See You"라고 말할 수 있게 된다. 그는 분별과 관념의 장막을 걷어내고 생명의 실체를 볼 수 있는 타오의 눈을 뜬 것이다.

우리 안에 타오를 알고자 하는 갈망, 구도심이 있다는 것을 알고 이를 키워나가는 것은 중요하다. 그 다음으로 중요한 것은 누구나 현상 너머의 본질을 볼 수 있는 타오의 눈을 가지고 있다는 것, 누구나 그 눈을 떠서 타오를 보고 느끼고 알 수 있다는 것을 자각하는 것이다.

이 두 가지를 자각하면, 당신은 이제 타오를 향한 여행을 시작할 수 있다.

'타오의 눈'을 떠야 하는 이유

우리가 타오를 몰라도 우리는 이미 타오 속에 살고 있다. 타오는 모든 현상의 배후에 있는 본질적인 설계이기 때문에, 타오 없이 존재하는 것은 아무것도 없다. 마치 물고기가 물 없는 바다를 상상할 수 없는 것처럼 이 세상에 타오 없이 존재하는 것은 아무것도 없다. 타오가 늘 거기 그렇게 있는 것이라면 왜 우리가 굳이 타오의 눈을 떠야 하는가? 타오를 몰라도 사는 데에 아무 지장이 없어 보이는데, 왜 우리가 굳이 타오를 알아야 하는가?

첫 번째는, 우리가 그것을 간절히 원하기 때문이다. 아마도 이렇게 말하는 사람이 있을 것이다. "정말로? 나는 원한다 치고 많은 사람들이 이런 것에는 전혀 관심이 없어 보이는데." 하지만 나는 모든 사람들이 구도심을 갖고 있다고 다시 한 번 확실하게 말할 수 있다. 아무리 먹을 것이 풍족하고 멋진 자동차와 집, 사랑하는 사람들이 있어도 우리는 여전히 본질적으로 타오를 갈망한다. 내 생명을 존재하게 하고 또한 존재해야 하는 이유를 부여하는 그 무엇, 유한한 내 개인의 삶보다 더 오래 지속되고, 내가 보고 듣고 느끼는 것보다 더 큰 어떤 세계를 알고자 하는 갈망, 아무리 많은 것을 가져도 가시지 않는 영혼의 갈증을 채우고자 하는 소망이 우리 모두에게 있기 때문이다.

두 번째는 타오가 우리에게 더 건강하고 행복한 삶을 가져다 주기 때문이다. 만물의 배후에 있는 타오를 알 때, 우리는 생명의 자연스러운 흐름을 타며 인생을 순항하는 법을 배울 수 있다. 인생의 바다에 풍랑이 일 때도 두려움이나 조바심을 가라앉히고 삶에 대한 희망과 믿음을 지켜갈 수 있다. 인생의 희로애락을 담담히 받아들이며 진정한 마음의 평화를 얻을 수 있다. 망망대해를 떠돌며 갈 곳 몰라 방황하지 않고 인생의 최종 목적지를 향해 담대하게 나아갈 수 있다. 우리가 타오를 알 때 더 활기차고 깊이 있고 가치 있는 삶을 살아갈 수 있게 된다.

세 번째는 타오가 우리에게 '모든 것이 하나'임을 볼 수 있는 눈을 주기 때문이다. 그 눈은 우리가 현상을 바라보는 시각의 차이로 인한 갈등과 대립을 넘어설 수 있도록 도와준다. 우리는 현상 속에서 살고 있기 때문에 늘 현상을 얘기한다. "나는 봄이 더 좋아." "나는 여름이 더 좋아." "나는 이 남자가 더 좋아." "나는 이 여자가 더 좋아." 모두가 저마다의 취향과 관념을 가지고, 모든 것을 다르게 보고 다르게 판단한다. 현상에 대한 선호와 해석의 차이가 끊임없는 대립과 갈등을 만들어낸다. 한 마디로 우리는 현상 때문에 울고 웃는다. 현상 때문에 싸우고 분열한다. 우리는 각자 다르고 서로 분리되어 있다고 믿는다. 우리가 분리되어 있다는 믿음 때문에 그리고 각자가 가진 고정관념이라는 잣대로 인해 우리는 끊임없이 무엇이 무엇보다 더 좋다 더 나쁘다, 혹은 무엇이 옳다 그르다를 따지며 서로 분리된 삶을 살아간다.

실체를 모른 채 보이는 현상에만 집중하면, 당연히 서로 다른 관점을 가질 수밖에 없다. 바다에 사는 아이는 태양이 바다에 산다고 우기고, 산골에 사는 아이는 태양이 산에 산다고 우기는 것처럼. 그러나 원리를 아는 사람은 하나인 실체 앞에서 옳고 그름에 대한 분별은 의미가 없다는 것, 좋고 싫음은 상황에 따라 바뀌는 마음의 장난이라는 것을 안다.

현상만으로는 현상의 문제를 해결할 수 없다. 현상을 창조한 근원, 타오를 알 때만 현상의 문제를 해결할 수 있다. 현상의 대립과 갈등을 넘어서기 위해서는 모든 것을 하나로 볼 수 있는 관점이 필요하다. 이것이 우리가 타오의 눈을 떠야 하는 이유이다. 그것은 나와 너, 인간과 자연, 오감으로는 분리되어 보이는 모든 것을 하나로 볼 수 있는 눈이다. 바다에 사는 아이와 산골에 사는 아이가, 바다와 산이 다 보이는 곳에서 함께 일출을 맞는다면 두 아이는 더 이상 서로 싸우지 않을 것이다.

눈 먼 거북이
이야기

불교의 《잡아함경雜阿含經》이라는 경전에 눈 먼 거북이 이야기가 나온다. 이 거북이는 넓은 바다에 살면서 백 년에 한 번씩 물 밖으로 고개를 내밀어 고단한 몸을 달래곤 했다. 어느 날 이 거북이가 물 밖으로 고개를 내밀었는데 마침 그때 대양을 떠돌던 구멍이 뚫린 통나무를 만났다. 거북이가 물 밖으로 머리를 내민 순간 우연히도 그 통나무의 구멍에 머리가 쏙 들어갔다. 눈 먼 거북이는 그 통나무 덕분에 아주 편안하게 쉴 수 있었다.

《잡아함경》에서는 우리가 사람으로 태어난 인연은 마치 백 년에 한 번씩 물 밖으로 나오는 눈 먼 거북이가 우연히 통나무를 발견하는 것만큼 어렵고 귀하다고 말한다. 그만큼 귀하고 어렵게 사람으로 태어났으니, 이번 생애에 수행에 정진하여 깨달음을 얻고 윤회의 고리를 끊으라는 말이다.

나는 이 눈 먼 거북이 이야기가 타오를 향한 우리의 여행에 대한 훌륭한 비유라고 생각한다. 사방이 우리의 감각을 사로잡는 현란한 현상들로 둘러싸인 우리네 삶 속에서 타오와 하나 된다는 것은 그만큼 어렵다. 눈 먼 거북이가 백 년을 기다렸다가 물 밖으로 고개를 내미는 바로 그 순간에, 망망대해를 떠돌던 통나무와 딱 만나야 하는 확률처럼. 게다가 아무것도 볼 수 없는 거북이가 통나무의 어딘가에 있는 구멍을 찾아 목을 정확하게 들이밀어야 한다. 그 일이 일어나기가 얼마나 어렵겠는가? 지금까지 이 세상을 다녀간 수많은 사람들 중에서 과연 몇 명이나 정말로 타오를 만났을까 생각해 보면 이 눈 먼 거북이의 비유가 과장이 아님을 짐작할 수 있다.

그런데 중요한 것은 그 어렵고 힘든 일이 일어날 수 있다는 것이다! 눈 먼 거북이는 아주 운이 좋아서 통나무를 만났다. 하지만 우리는 행운이 아니라 우리의 노력으로 타오를 만날 수 있다.

붓다는 현상 세계의 시비와 선악, 행불행을 진흙에 비유했다. 그리고 그 현상 속에서 피어난 깨달음을 연꽃에 비유했다. 우리는 이 세상에 태어나 진흙 속을 뒹굴지만 우리 모두는 연꽃을 피워 올릴 수 있는 가능성을 타고 났다.

어떤 의미에서 우리는 너나 할 것 없이 망망대해 속을 헤엄치는 눈 먼 거북이들이다. 바다 한가운데서 숨을 헐떡이며 열심히 네 다리를 버둥거리지만 정작 자신이 어디에 있는지, 어디로 가야 할지 모르고 있다.

당신은 정말로 타오의 눈을 뜨기를 원하는가? 진흙 속을 뒹굴며 치열하고 맹렬한 삶을 살면서도, 타오의 꽃을 피우고 싶다는 간절한 열망이 우리 가슴에 자리를 틀기 시작해야 한다. 그 옹골찬 열망의 씨앗에서 뿌리가 내리고 싹이 터 언젠가는 영원히 시들지 않는 타오의 꽃을 피우기를 소망하며.

공자는 타오를 깨닫고자 하는 그의 간절한 마음을 이렇게 표현했다. '아침에 도를 얻으면 저녁에 죽어도 좋다.'

타오를 알고자 하면
기를 느껴라

앞서, 타오는 이 세상에 존재하는 모든 것의 배경이자 원동력이라고 했다. 다시 말해서 그것은 우주의 대생명력이다. 우주의 대생명력은 곧 에너지의 세계이다. 현대의 양자물리학이 밝혀낸 것처럼 세상 만물은 에너지로 구성되어 있고, 모든 것은 에너지의 작용이다. 예로부터 동양에서는 이 에너지를 '기, 프라나prana' 등으로 불러왔고, 이것은 만물을 탄생시키고 성장시키고 순환시키는 원동력이라고 믿었다.

기 에너지는 우리가 살고 있는 3차원의 시간과 공간에 구애됨이 없이 물질이건 비물질이건 간에 모든 것에 깃들어 마치 그물망처럼 촘촘하게 만물을 하나로 연결시키고 있다. 우리가 보고 인식할 수 있는 세계에서는 아무리 보아도 모든 것이 하나라는 것은 이치에 맞지 않다. 사람은 사람이고 나무는 나무이며, 물은 물일 뿐이다. 이들은 각각의 형체가 있고 따로 떨어져 있다. 하지만 에너지의 관점에서 보면 사람과 나무와 물, 생명체와 비생명체, 정신과 물질은 근본적으로 에너지로 이루어져 있으며 우주의 거대한 에너지장 속에서 파동치고 있다. 각각 별개로 존재하는 것처럼 보이는 현상 세계를 하나로 연결시켜 주는 힘, 그것이 기 에너지의 세계이고 곧 타오의 세계이다. 다시 말해서 타오는 모든 만물을 작동시키는 우주의 대생명 에너지이다.

그러므로 타오의 눈을 뜬다는 것은 기 에너지의 세계를 아는 것을 의미한다. 기 에너지가 작용하는 원리를 알게 되고, 더 나아가 기 에너지를 느끼고 생활 속에서 활용할 수 있게 된다는 것이다. 그래서 나는 기를 터득하는 것은 타오의 세계로 들어가는 문고리를 잡은 것과 같다고 말한다. 기를 터득하면 타오의 세계가 보이기 시작한다.

기를 터득하기 위해서는 직접 기를 느껴보면 된다. 아무리 기 에너지에 대한 지식이 많아도 직접 기를 느끼지 않으면 그것은 반쪽짜리의 앎이다. 우리 모두에게는 보이지 않는 기 에너지를 느낄 수 있는 감각이 내재되어 있다. 그것은 오감을 넘어서 존재하는 제 6의 감각이다. 그 감각을 깨워내기만 하면 된다. 그것은 먼저 자신의 몸에서 흐르고 있는 생명 에너지를 느끼는 것에서부터 시작한다.

당신이 명상이나 요가, 기공, 호흡 수련을 한다면 아마도 기 에너지에 대한 경험이나 이해가 있을 것이다. 기를 느끼는 감각을 아직 개발할 기회가 없었던 독자들을 위해서 기를 느낄 수 있는 쉽고 간단한 방법을 소개하겠다.

의자나 바닥에 앉아서 허리를 곧게 편다. 두 손바닥이 위로 향하게 해서 무릎 위에 올리고 눈을 감는다. 목과 어깨를 이완하고 온몸의 긴장을 푼다. 마음을 편안하게 한다. 숨을 깊이 들이마신 후 천천히 내쉰다. 내쉬는 숨과 함께 몸에 남아 있는 모든 긴장을 밖으로 내보낸다.

두 손을 천천히 가슴 앞으로 가져 간다. 합장하는 자세로 손에 집중한다. 마음으로 집중을 해서 손을 느껴본다. 아주 미세한 감각도 놓치지 말고 손의 느낌에 몰두한다. 손의 온도를 느껴 본다. 손이 따뜻해지는 느낌이 있을 것이다. 다음에는 맥박을 느껴본다. 심장의 박동을 따라 맥박이 뛰면서 손바닥에 있는 혈관이 움직이는 것을 느껴본다. 손가락 끝에도 맥박이 뛰고 있다. 계속 손의 느낌에 집중하며 손을 느껴 본다.

이제 양손 사이를 조금 벌리고 양손의 손가락 끝을 서로 두드려 준다. 이를 30초 정도 실시한 후에 천천히 두 손바닥이 서로 마주보게 하고 손 사이를 5센티미터 정도 벌린다. 두 손이 마치 허공에 매달린 것 같은 느낌을 가져 본다. 에너지가 안개나 구름처럼 두 손 사이를 흐르고 있다. 두 손 사이에 에너지가 가득 차 환하게 빛나는 모습을 떠올린다.

이제 두 손을 아주 조금씩 천천히 양 옆으로 벌렸다가 모았다가 하면서 두 손 사이의 공간을 넓혔다 좁혔다 해 본다. 나비가 천천히 날갯짓을 하듯이 양손을 부드럽게 밀어냈다가 다시 당겨준다. 양손 사이의 자력감을 느끼면서 이 동작을 계속해서 반복한다.

양손에 어떤 느낌이 오는지 느껴 보라. 손에서 열감이나 찌릿찌릿한 전력감이 느껴질 수도 있고, 마치 양 손바닥 사이에 풍선이 들어 있는 듯한 부피감과 자력감이 들 수도 있다. 미세한 느낌이라도 놓치지 말고 계속 집중하면 그 느낌이 증폭된다.

이제 두 손바닥 사이에 에너지 공이 있다고 생각하고 손바닥으로 그 공을 아주 천천히 돌려준다. 두 손 사이의 느낌에 계속해서 집중하며 에너지 공을 만지고 이리저리 굴려본다. 그 공은 집중을 통해서 당신의 손에서 나오는 당신의 에너지이다.

천천히 두 손을 무릎 위에 내려 놓는다. 숨을 깊이 들이마시고 천천히 내쉬며 눈을 뜬다.

당신은 어떤 것을 느꼈는가? 두 손에서 기를 느낄 수 있었는가? 지금 당신의 몸과 마음이 전보다 더 이완되고 편안하게 느껴지는가? 당신이 기를 느꼈다는 것은 당신의 몸과 마음이 이완되었고 내재된 제 6의 감각을 활성화시킬 수 있을 만큼 당신의 뇌파가 안정되었다는 증거이다. 만약 지금 기를 못 느꼈다고 해도 실망할 필요는 없다. 기를 쉽게 느낄 수 있는 사람이 있는가 하면 시간이 걸리는 사람이 있다. 스트레칭이나 가벼운 운동을 통해서 몸과 마음을 이완하고 머릿속의 복잡한 생각들을 덜어낸 후에 이 수련에 집중하면 분명히 기 에너지를 느낄 수 있게 될 것이다.

기 에너지는 언어보다 훨씬 진실된 언어이다. 인간이 만든 언어는 사실이 아닌 것도 사실인 듯 꾸며낼 수 있다. 그러나 기 에너지는 거짓으로 꾸며낼 수 없다. 그것은 생명 자체이기 때문이다. 인간의 언어와 지식으로는 꽃 한 송이, 작은 돌멩이 하나도 만들어낼 수 없다. 참다운 진리는 말과 글이라는 제한된 그릇에 담을 수 없다. 참다운 진리는 오로지 느낄 수 있는 것이고, 느낌으로만 전달된다. 생명의 의미를 전달하기 위해서는 "이것이 꽃이다." 하고 꽃을 보여줄 수 있을 뿐이다. 그 꽃이라는 생명 속에 함께 피어난 우주의 대생명력을 느끼는 방법밖에는 없다.

타오를 알고자 하면 생명의 에너지, 기를 느껴라. 당신 몸의 에너지 감각이 발전하면 다른 사람들의 에너지도 느낄 수 있게 되고, 자신의 생각과 행동, 다른 사람과의 인간관계를 에너지적인 관점에서 바라보고 개선해 나갈 수 있게 된다. 또한 자신이 추진하고 있는 일이나 사회의 여러 가지 현상들의 이면에 작용하는 에너지의 흐름을 읽고 생활에 적용할 수 있게 된다.

에너지 감각이 개발되면 자연과의 진실한 교류도 가능해진다. 아침에 지저귀는 새 소리 한 자락에도 감응하고, 석양을 등지고 떨어지는 잎새 한 잎에서도 자연의 이치를 느낄 수 있다. 나는 혼자가 아니었다는 것을, 원래부터 커다란 생명 에너지 속에서 숨쉬고 있었다는 것을 알게 된다.

기 에너지를 느낄 때 보이지 않는 세계가 보이고, 서로 떨어져 있는 세계가 연결되기 시작한다. 그것이 생명 에너지의 세계, 타오의 세계이다. 보이지 않는 에너지 세계의 흐름과 원리를 볼 수 있는 눈이 타오의 눈이고, 그 에너지의 흐름과 원리를 적용하는 삶이 바로 타오의 삶이다.

타오의 눈 뜨기

자신의 삶을 둘러싼 근본적인 질문들을 소중히 여기라. '정말 이것이 다일까?' 하고 삶에 대해 의문을 품는 그 마음을 사랑하라. 그 마음을 계속 파고 들라. 타오에 대한 갈망이 점점 예리해져 화살처럼 영혼의 심장부에 꽂힐 때, 새가 알을 깨고 나오듯 타오의 눈이 뜨이기 시작할 것이다.

2

삶의
본질
자각하기

우리는 어느 날 '생명'이라는 선물을 받았다.

동시에 무한한 선택의 자유도 함께 받았다.

우리는 선택하는 대로 살 수 있고, 삶의 의미를 스스로 창조할 수 있다.

유한한 생명을 가지고 살아가지만

그 생명을 어디에, 무엇을 위해 쓸지 선택할 수 있다는 것,

그것은 멋지고 아름다운 일이다.

。

。

。

　　　1장에서 '타오의 눈'은 지식이나 기술이 아니며, 우리 모두의 내면에서 일깨워지기를 기다리는, 원래부터 있었던 어떤 감각임을 알았다. 타오의 눈을 뜨려면 타오를 만나고자 하는 내적인 갈망이 있어야 한다는 것도 배웠다. 이번 장에서는 타오에 대한 우리의 내적인 갈망을 일깨우기 위해 인생에 대한 근본적인 질문을 던져보는 시간을 갖고자 한다.

　좋은 질문은 강력한 힘을 가지고 있다. 우리가 어떤 질문을 가지고 있을 때 그 답은 여러 가지 방법과 형태로 우리에게 찾아온다. 상상, 생각, 대화, 신문 기사, TV 광고… 주위의 모든 것들이 우리가 가진 질문에 관한 메시지를 포함하고 있다. 이러한 질문에 대한 답을 찾는 가장 좋은 방법은 자기 자신에게 스스로 물어보고 내면의 목소리에 귀 기울이는 것이다. 성찰과 명상을 통해 자기의 생명 안에서 들려오는 소리가 가장 확실한 답이다.

　질문이 진지하고, 그 답을 찾는 마음이 간절하면 사방에서 답이 우리를 찾아온다. 좋은 질문은 우리의 의식을 한 차원 더 높이 끌어올리는 강력한 돌파구가 되기도 한다.

　불교에서는 깨달음에 이르는 한 방법으로 스승이 제자에게 화두라는 것을 내린다. 화두란 제자의 마음에 큰 의심과 고뇌를 불러일으키는 명제나 영적인 수수께끼 같은 것이다. 불교 수행자들은 자나 깨나 이 화두를 풀기 위해 온 마음을 다하는 과정에서 큰 자각에 이른다.

　이번 장에서 우리가 스스로에게 던질 화두는 세 가지이다. 나의 생명은 어디에서 왔는가? 인생의 의미는 무엇인가? 나는 무엇을 위해 살아가는가? 이것들은 아마도 이 세상에서 가장 오래되었고, 가장 많이 물어왔던 질문일 것이다. 지금까지 수많은 사람들이 이 질문을 하고 그 답을 얻었다 할지라도 이 질문은 언제나 새롭다. 이미 정해진 답이란 어디에도 없으며 글이나 말로 정의될 수도 없다. 당신 스스로 그 답을 찾고 경험해야 한다.

생명은
어디에서 왔는가?

'꽃밭에 앉아서 꽃잎을 보네.
고운 빛은 어디에서 왔을까.
아름다운 꽃이여, 꽃이여.'

내가 좋아하는 노래의 한 구절이다. 나는 새로 피는 꽃을 볼 때마다 이 구절을 흥얼거리며 생명의 아름다움과 신비에 경외감을 품곤 한다. 이 곱디 고운 꽃의 빛깔은 어디에서 왔을까? 혹시 지금 당신의 주위에 꽃이 있다면 그 꽃을 바라보라. 그렇지 않다면 꽃을 상상해 보라. 화사하게 만개한 장미도 좋고, 겨울 추위를 이기고 땅 위로 막 꽃망울을 터트린 수선화도 좋고, 들길에서 당신을 반기는 소담한 민들레도 좋다. 그 꽃잎의 빛깔을 들여다보라. 그 곱디 고운 빛깔은 도대체 어디에서 온 것일까? 그토록 아름다운 빛깔이 어떻게 이 세상에 존재할 수 있게 된 것일까?

눈을 감고 아름다운 숲속에 있는 꽃밭을 거닐고 있다고 상상해 보라. 주위를 둘러싼 각양각색의 아름다운 꽃들이 생명 에너지를 마음껏 발산하고 있다. 꽃가지 위에 앉아 노래하는 새들의 아름다운 목소리를 들어 보라. 그 새의 목소리는 어디에서 왔을까? 무엇이 저 노래하는 새의 심장을 뜨겁게 하는가? 싱그러운 나무 잎새의 초록빛은 어디에서 왔을까?

이제 당신 자신을 보라. 당신의 생명은 어디에서 왔는가? 한 송이 아름다운 꽃을 보며 생명의 의미를 묻는 당신은 누구인가? 당신의 생명이 온 곳과 그 꽃의 생명이 온 곳은 서로 다른 곳일까, 아니면 같은 곳일까? 이제 천천히 손을 들어 당신의 몸을 만져 보라. 얼굴과 머리, 팔, 몸통, 다리까지 당신의 온몸을 만져 보라. 그리고 당신 안에 있는 생명을 느껴보라. 손으로 느껴지는 촉감이 당신의 뇌에 전달된다.

이 생명은 어디에서 왔는가? 어디에서 그리고 언제부터 이 생명이 우리에게 왔는지 우리는 기억하지 못한다. 생명은 조용히 우리에게로 왔다. 그리고 때가 되면 조용히 우리를 떠날 것이다. 아름다운 꽃이 피고 지듯이 우리의 생명도 언젠가는 온 곳으로 돌아갈 것이다. 생명의 세계에서 볼 때 꽃이 온 곳과 우리가 온 곳은 다르지 않다. 우리도, 꽃도 거대한 우주의 생명력이 빚어낸 예술품이다. 우리는 생명의 바다 속에 있다. 모든 생명은 하나의 생명 에너지로 서로 연결되어 있고 생명의 바다 깊은 곳에서 공존하고 있다. 이 거대한 생명 에너지를 느끼는 것, 이것이 곧 타오를 느끼는 것이다.

내 생명의 뿌리는 어디인가?

이 질문에 대해서 생물학적으로 접근해 보자. 이 세상에 태어나기 전에 당신은 어머니 뱃속에 있는 태아였다. 더 거슬러 올라가면 그 전에는 미세한 현미경으로나 볼 수 있는 정자요, 난자였다. 그 정자와 난자는 당신의 부모님에게서 왔다. 당신의 부모님이 들이마신 숨과 섭취한 음식이 그것을 만든 것이다. 즉 당신에게 생명을 준 그 정자와 난자는 이 땅의 자연 에너지원에서 온 것이다. 그 에너지원은 여러 단계를 거치며 당신이라는 생명체가 되었다.

당신이 이제 막 세상의 빛을 본 아기라고 상상해보자. 그 아기가 성숙한 어른이 되기까지 당신의 생명은 어떤 과정을 거쳤는가? 물과 우유를 마시고, 야채와 과일, 고기에서 영양분을 섭취하며 당신은 자라고 또 자랐다. 당신의 몸속으로 수많은 식물과 동물이 들어와 당신이 되었다. 그러한 식물과 동물은 지구 어머니인 땅이 길러낸 것들이다. 결국 땅은 당신에게 생명을 주고 당신을 키워준 생명의 어머니인 셈이다.

한 가지 더 중요한 요소는 바로 숨이다. 보통 사람의 경우, 음식은 열흘 동안 먹지 않아도 살지만 숨은 5분만 못 쉬어도 생명에 치명적인 지장을 초래할 수 있다. 어떤 면에서는 공기가 음식보다 생명 유지에 더 필수적인 역할을 한다.

우리가 오감으로 느낄 때면 우리의 생명이 몸 안에 있는 것처럼 느껴진다. 하지만 더 큰 지혜의 눈을 뜨고 보면, 생명의 근원은 허공에 있다. 나무가 땅에 뿌리를 박고 살듯이, 우리 인간은 허공에 뿌리를 박고 살고 있다. 육체가 아무리 건강하다고 해도 허공에 의지하지 않으면 우리의 생명은 유지될 수 없다. 식물과 동물도 공기가 없으면 생명을 유지할 수 없다.

우리의 생명은 하늘에서 왔고 땅에서 왔다. 우리는 숨을 통해서 하늘의 공기를 마시고, 음식을 통해서 땅의 영양분을 먹는다. 하늘과 땅은 이 지구의 모든 생명을 키우는 천지 부모이다. 우리는 하늘과 땅에 뿌리를 박고 피어난 한 송이 아름다운 꽃이다. 마치 음극과 양극이 만나 밝은 불빛을 만들어내듯이 우리의 생명은 천지간의 합작으로 환히 피어나 있다. 내가 나의 생명을 가지고 있는 것이 아니라 천지가 함께 창조한 생명이 나를 통해 스스로를 표현하고 있다.

생명의 근원이 천지에 있음을 아는 사람은 '너와 내가 하나다'라는 말의 진의를 가슴 깊이 깨닫게 된다. 방금 내가 들이마신 공기가 옆 사람에게 흘러 들어가고, 며칠 전 한 그루의 토마토가 땅속에서 끌어올린 물이 지금 내 몸속에 들어와 있다. 생명이 있는 모든 것들은 천지를 통해 하나로 연결되어 있다.

나의 지인 중 한 명은 천지의 생명과 하나됨을 느꼈던 체험을 이렇게 묘사했다.

여름이었다. 어머니와 함께 점심상에 올릴 반찬을 준비하기 위해 우리집 텃밭에 깻잎을 따러 갔다. 똑 똑 깻잎을 따고 있는데, 갑자기 깻잎 위에 앉아 있는 손가락만 한 배추벌레 한 마리가 눈에 들어왔다. 녀석은 꼬리를 살짝 치켜들고는 깻잎 위에 찰싹 달라붙어 있었다. 여느 때 같으면 벌레가 앉은 깻잎을 똑 따다가, 우리집 앞마당에 놓아 기르는 닭에게 냉큼 주어버렸을 것이다. 그런데 그날 나는 텃밭에 쪼그려 앉아 배추벌레를 한참 동안 물끄러미 바라보았다. 그 벌레가 마치 오랫동안 알고 지내온 친구처럼 느껴졌다. 나도 모르게 녀석에게 말을 걸었다.

"너도 사는구나. 그래, 나도 산다."

나도 모르게 이유를 알 수 없는 뜨거운 눈물이 왈칵 쏟아졌다. 하늘과 땅이 생명의 근원임을 아는 사람은 하늘과 땅의 소중함을 저절로 알게 된다. 이것을 모르는 사람은 육체적인 생명과 물질적인 욕망에만 가치를 두고 다른 생명은 상관하지 않는다. 하늘 아래, 땅 위에 존재하는 모든 생명이 나의 생명과 하나로 연결되어 있는 것을 모르기 때문이다. 많은 사람들은 다른 생명체에 대한 배려 없이 자신들의 필요만을 만족시키려고 한다. 우리 모두가 하나라는 것을 정말로 아는 사람은 다른 사람들뿐만 아니라 자연의 생명체를 연민과 친절, 존중으로 대한다. 그리고 다른 생명을 보호하고 사랑하는 일이 자기 몸을 보살피는 것처럼 자연스러운 일로 느껴진다.

> "내 생명의 근원이 어디인가 묻다 보니,
> 하늘과 땅이 내 생명의 뿌리인 것을 알았다.
> 나를 깊이 사랑하려다 보니,
> 하늘과 땅을 저절로 사랑하게 되었다."

이것이 타오의 눈을 뜬 사람의 고백이요, 자각이다. 이런 자각과 함께 우리는 자신의 존재에 대해서 진지하게 생각하게 된다. 자신의 인생에 대해 전과는 다른 깊이로 사색하게 된다. 어떻게 먹고 살아갈지에 신경을 쓰다가도 문득 왜 살아야 하는지에 대해 마음을 쓰게 된다. 타오에 대한 갈망의 씨앗이 우리의 마음 밭에 뿌려지는 순간이다.

인생의 의미는
무엇인가?

인생의 의미는 무엇인가? 이 질문에 답하기 전에 먼저 당신의 인생을 들여다 보는 시간을 가져보자. 당신이 알고 있는 당신의 인생에 대해서 종이에 적는 것부터 해보라. 그냥 머리에 떠오르는 것을 거리낌 없이 적어보라. 지금까지 살아온 삶의 발자취를 돌아보면서 당신의 인생에 대해서 한 번쯤 정리를 한다는 생각으로 편안하게 적는다.

아마 당신의 이야기에는 이런 내용들이 담겨 있을 것이다. '나의 이름은 무엇이고, 언제 어디에서 태어났다. 부모님과 가족들은 이러저러했다. 나는 이런 교육을 받았고, 여러 경력을 거쳐 지금은 이런 일을 하고 있다. 나는 이러저러한 사람들을 사랑했으며, 지금은 누구와 결혼하여 몇 명의 아이들과 함께 가정을 꾸리고 있다. 나는 인생에서 이러저러한 것을 배웠으며, 내가 인생에서 이루고자 하는 것은 이렇다.'

어떤가? 당신의 인생을 돌아볼 때 그 인생이 마음에 드는가? 당신의 인생에 대해서 만족하는가? 행복한가? 만약 지금까지 당신의 인생에 점수를 매긴다면 몇 점을 주고 싶은가? 그 점수를 준 이유는 무엇인가? 당신의 인생이 충분히 의미가 있는 것처럼 보이는가? 아래 두 가지 중에 어떤 것이 맞다고 보는가?

> 나는 인생이 의미가 있다고 생각한다.
> 나는 인생이 의미가 없다고 생각한다.

만약 인생이 의미가 있다고 생각한다면, 당신이 생각하는 인생의 의미와 가치는 무엇인가? 만약 인생이 의미가 없다고 생각한다면 그렇게 생각하는 이유는 또 무엇인가?

다음에 묘사하는 장면을 상상해 보라. 태양과 별들이 지구를 비추고 있고, 지구 위에 사람들이 살고 있다. 그 가운데에 두드러진 한 사람이 보인다. 그 사람이 당신 자신이라고 가정해 보자.

당신은 어느 날 이 지구에 태어났다. 탄생의 순간이 낯설고 당황스러웠는가? 당신은 우렁찬 울음을 터트리며 이 세상에 첫 신고식을 치렀다. 부모님으로부터 이름을 받고 나름의 환경에서 성장하여 오늘의 당신이 되었다. 살아온 지난 날들에 손톱만큼의 후회도 없다고 말할 수 있는 사람은 그리 많지 않을 것이다. 그래도 돌아보면 이룬 일도 꽤 많고, 당신이 사랑하고 당신을 사랑해주는 사람도 많을 것이다.

당신이 사는 모습을 아주 높은 하늘 위에서 내려다 보고 있다고 상상해 보자. 멀리서 본 인간의 모습은 한 마리 개미처럼 작다. 책 더미 속에 파묻혀서 열심히 공부하고 있는 한 사람이 보일 것이다. 때로 잠을 잊고 공부해서 좋은 학위도 딴다. 가슴 아픈 실패도 여러 번 겪지만 마침내 오랫동안 선망했던 자신의 일을 찾는다. 열정적으로 일해서 성공도 한다. 그는 이리저리 분주하게 오가며 많은 사람들을 만나고 개미처럼 무엇인가를 열심히 모은다. 음식, 옷, 액세서리, 책, 가구, 집, 예술품들… 그는 자신이 소유한 것을 만족스럽게 바라보며 혼자 중얼거린다. "음, 원하는 것은 더 많지만 이 정도도 나쁘지는 않아." 주위 사람들은 그를 부러운 듯 바라본다. 그는 자기도 모르게 어깨가 으쓱거려지고 가슴 뿌듯한 만족감을 느낀다.

멀리서 보면 인간의 삶도 개미의 삶과 크게 다르지 않을 것이다. 인간이란 이 지구에 잠깐 나타났다가 사라지는 존재다. 누구나 결국은 죽는다. 우주적 관점에서 바라보면 한 인간이 살다 죽는 것은 개미 한 마리가 살다 죽는 것보다 크게 의미 있는 일이 아닐지도 모른다. 개미가 죽었을 때보다 당신이 죽었을 때 우주가 과연 더 슬퍼해줄까?

어느 날 당신이 죽어서 지구에서 갑자기 사라졌다고 하자. 어떤 일이 벌어질까? 당신이 사라졌다고 해서 꽃이 피지 않고 태양이 떠오르지 않을까? 물론 아니다. 당신이 사라져도 지구는 여전히 돌아가고 태양은 어김없이 떠오를 것이다. 꽃도 피고 새도 지저귀며 세상은 아무 일 없이 여전히 잘 돌아갈 것이다. 당신의 가족과 친구들, 지인들은 한동안 슬퍼하겠지만 시간이 지나면 다시 예전처럼 그들의 삶을 살아갈 것이다.

그다지 기분 좋은 상상은 아닐 테지만 좀 더 나아가 보자. 이 지구상에서 모든 사람들이 갑자기 다 사라졌다고 가정해 보자. 그 옛날 공룡이 그랬던 것처럼 모든 인류가 멸종한다. 어떤 일이 벌어질까? 스스로 주인임을 자처하던 인류를 잃어버린 지구는 어떻게 될까? 인류가 사라지면 지구의 다른 생명체들도 함께 사라질까? 물론 아닐 것이다. 어쩌면 지구는 늘 사고뭉치에다 골칫거리였던 인류가 없어져서 오히려 홀가분하다고 느낄지도 모른다. 지구의 다른 생명체들도 모처럼 찾아온 평화를 만끽하며 왕성하게 생명현상을 유지할 것이다.

한 인간의 삶이나 한 마리 개미의 삶이 별반 다를 바가 없고, 인류가 사라져도 세상은 별 탈 없이 돌아간다면, 우리 인생의 의미는 과연 무엇일까? 우리는 무엇을 위해 이 지구에 왔을까?

조금 가혹하게 들릴 수도 있겠지만 인생은 의미가 없다. 여기에서 말하는 인생이란 '육체에 갇힌 인생'이다. 육체를 중심에 둔 인생은 육체의 생명이 끝나면 허망하게 끝난다. 우리가 추구하는 모든 물질적인 가치는 몸의 소멸과 함께 사라진다. 우리의 육체는 특별한 노력을 하지 않아도 때가 되면 자라서 성인이 되고 늙는다. 우리의 육체는 누구나 별반 차이가 없는 인생의 사이클을 지나 결국 죽음을 맞이하고 흙으로 돌아간다. 그것은 누구에게나 똑같은 것이다.

그래서 나는 육체에만 중심을 둔 삶은 의미가 없다고 말하는 것이다. 우리의 삶의 기준을 오직 육체에만 둔다면 그것만큼 허무한 것은 없다. 결국 육체는 죽는 날을 기다리는 수밖에 없기 때문이다.

우리가 태어나는 그 순간부터 사실 죽음이 시작된다. 그 누구도 예외는 없다. 한창 혈기왕성한 젊은이들은 죽음이나 질병이 자신과 관계가 없다고 생각할 수도 있다. 그러나 빌려온 생명을 먼저 반납하는 사람이 누가 될지는 아무도 모른다. 우리 모두는 미래의 송장이다. 우리의 육체는 사형선고를 받았지만 아직 집행일이 결정되지 않은 사형수나 마찬가지다.

대개 많은 사람들이 인생이 가치가 있다고 이유를 부여하며 살아간다. 그러나 어느 순간 인생이 허망하다는 것을 느끼고는 허탈해 한다. 존재의 의미를 육체에서만 찾는 사람은 육체의 생명 자체가 영원하지 않기 때문에 인생의 참 가치를 발견하기 힘들다. '인생은 의미가 없다.' 이것을 철저하게 알고 다시 시작해야 한다. 육체를 중심에 둔 인생에 우선적인 의미를 부여할 때 집착이 생긴다. 집착이 생기면 편견을 갖게 되고, 편견을 갖게 되면 전체를 볼 수 없게 된다.

정말로 타오를 깨닫고자 하면 육체를 중심으로 하는 삶은 의미가 없다는 것을 철저히 자각해야 한다. 육체에 갇힌 인생은 허무하고 의미가 없다는 것을 자각하는 그 순간이 당신의 깨달음이 시작되는 순간이다. 그때 육체 너머에 있는 그 무엇인가를 발견할 수 있는 타오의 눈이 떠지기 때문이다.

이 육체는 허무한 것이다. 그러면 우리는 왜 사는 것일까? 정말로 그럭저럭 살다가 허무하게 죽기 위해서 이 세상에 온 것일까? 인간에게는 육체만 있는 것이 아니다. 육체를 움직이는 정신, 즉 의식이 있다. 그러나 그 의식이 육체라는 껍데기 속에 갇혀 있다. 당신의 의식이 육체라는 제한된 공간에 갇혀 있으면 자기 스스로를 바라볼 수 있는 여유가 없다. 당신의 의식이 육체에 갇혔다는 느낌, 거기에서 벗어나서 자유로워지고 싶다는 생각을 해 본 적이 있는가? 진정으로 육체의 한계에서 벗어나는 길은 육체에 중심을 둔 삶에서 의식과 영혼에 중심을 둔 삶으로 전환하는 것이다.

다시 한 번 지구에 대한 상상을 해보자. 당신을 포함한 온 인류가 사라진 후에도 지구 위에는 여전히 태양과 별이 빛나고 생명 활동이 계속되고 있다. 그런데 헤아릴 수 없는 시간이 흐르고 흘러 어느 날 이 지구마저도 수명을 다했다고 가정해보자. 지구가 사라진다면 무엇이 남을까? 태양과 별들이 남을 것이다. 그런데 태양도 사라지고 무수한 별들도 우주에서 다 없어져 버렸다고 하자. 그러면 무엇이 남을까? 아마 텅 빈 허공만 남을 것이다.

그러한 상황에서 당신은 존재하기를 원하는가? 존재하기를 원한다면 무엇으로 존재하기를 원하는가? 이것이 당신에게 던지고 싶은 질문이다. 이 지구가 사라져도, 우주가 사라져도 존재하는 것, 그것이 무엇일까? 이 질문에 대한 답 속에 당신의 영원한 존재의 의미가 들어 있다. 이 세상 모든 것이 사라져도 또렷이 존재하는 그 무엇, 그것이 무엇일까? 보이는 현상 세계가 아닌 보이지 않는 타오의 세계, 그것은 바로 당신의 에너지이고, 당신의 의식이며 영혼이다. 이것이 바로 허무하고 의미 없던 당신의 삶을 진정으로 의미 있고 가치 있게 만드는 희망이다.

나는
왜 사는가?

우리 모두는 우주에서 이 지구로 온 영혼들이다. 우리의 영혼은 우주의 고향에서 지구의 고향으로 번지점프를 해서 어머니의 자궁에 안착했다. 영양분을 공급해 주는 안전한 그곳에서부터 우리 삶의 여행은 시작되었다. 우리는 최종 목적지를 모른 채 여행을 시작했고 방향을 찾기 위해서 노력했다. 하지만 때로 우리는 방향을 찾지 못하고 여기 저기 방황하고 배회하기도 한다. 지금 당신은 여행을 하고 있는가, 아니면 방황을 하고 있는가?

여행의 목적지를 알고 거기에 도착하는 방법을 알고 있다면, 당신은 인생이라는 여행을 즐길 수 있다. 그런데 목적지를 모르고, 설령 목적지를 안다고 해도 어떻게 그곳에 도착할 수 있는지 모른다면 이리저리 헤맬 수밖에 없을 것이다. 당신은 정확한 목적지가 있는가? 목적지에 도착하는 방법을 어떻게 해서든 찾고자 노력하고 있는가? 아니면 목적 의식도 부족하고 그것을 찾고자 하는 열망도 없는가?

일반적으로 우리 인간에게는 크게 세 종류의 삶이 있다.

그 첫 번째는 육체적인 삶이다. 육체적인 삶이란 육체를 유지하기 위한 모든 생명활동을 일컫는다. 우리는 육체가 있기 때문에 먹어야 하고, 입어야 하고, 잠을 자야 한다. 육체적 삶이란 한마디로 의식주와 관련된 삶이다. 의식주는 삶의 기본적인 생존 양식이다. 그러므로 인간으로 태어나서 최소한의 의식주 문제는 스스로 해결할 수 있을 정도로 자신의 생명 에너지를 사용해야 한다. 그러나 요즘은 주객이 전도되어 의식주 문제에 대부분의 삶의 에너지가 소요되고 있는 듯하다. 그냥 단순하게 먹고 입고 자는 문제가 아니라 어떻게 하면 품격 있는 의식주 생활을 즐길 것인가에 에너지가 집중되어 있다.

어떻게 하면 고급 레스토랑에 가서 최고로 맛있는 음식을 먹을 수 있을까? 어떻게 하면 더 세련된 옷을 입고, 더 좋은 차를 탈 수 있을까? 어떻게 하면 나만을 사랑해주는 배우자를 만나 멋진 집에서 편하게 살 수 있을까? 품격 높은 의식주를 위해서는 무엇보다도 경제력이 필요하다. 그래서 돈을 벌어야 하고, 돈을 벌기 위해서 많은 시간과 에너지를 쏟아붓는다.

그러면 인간이 과연 품격 높은 의식주 생활이 어떤 것인지를 체험해 보기 위해서 이 세상에 온 것일까? 오직 잘 먹고, 잘 입고, 좋은 곳에서 살기 위해 아등바등 사는 것일까? 육체적인 삶은 인간이 아닌 동물도 사는 것이다. 인간이 정말로 동물과 다른 존재라면, 인간의 삶에는 육체적인 것보다 더 가치 있는 무엇인가가 분명히 있을 것이다. 그것이 무엇일까?

인간의 두 번째 삶은 사회적인 삶이다. 사회적인 삶은 인간관계 속에서 자신의 존재 가치를 실현하기 위한 노력을 일컫는다. 현대인이 추구하는 사회적인 삶의 가치는 한마디로 '성공'이라는 말로 압축된다. 성공을 위해서 열심히 공부하고, 좋은 대학에 진학하고, 직장에 취직하고, 다른 사람들에게 인정받을 수 있는 무엇인가를 성취하기 위해서 열심히 노력한다. 또 인정을 받으려면 남보다 더 돋보여야 하기 때문에 다른 사람과 경쟁하고 대립하는 것을 피할 수 없다.

사회적인 성공은 중요하고 의미 있는 일이다. 그러나 그 성공은 완전한 가치도, 영원한 가치도 아니다. 성공한 사람 뒤에는 항상 실패한 사람들이 있기 마련이다. 왜냐하면 사회적인 성공은 이 세상 모든 사람들이 다 가질 수 있는 것이 아니기 때문이다. 성공은 경쟁을 통해 승리한 사람들에게만 주어지는 제한적인 가치이다.

그래서 나는 성공 대신 성장과 완성을 추구해야 한다고 말한다. 완성은 자기 계발을 향해서 성실하게 노력하는 삶을 통해 이루어진다. 다른 사람들과의 비교를 통해서 얻는 것이 성공이라면, 자신이 되고자 하는 최선의 자기라는 목표를 향해 가는 과정에서 이룰 수 있는 것이 완성이다. 그런데 완성은 영혼에 대해 자각했을 때만 추구할 수 있는 가치이다. 육체의 끝은 죽음이기 때문에 육체에는 완성이라는 것이 존재하지 않는다.

우리가 진정으로 성장시키고 완성시켜야 할 것은 영혼이다. 이를 위해서 인간의 세 번째 삶, 영적인 삶이 필요하다. 영적인 삶은 자신의 육체와 사회적인 명망이 자신의 전부가 아니며, 자신이 영적인 존재라는 자각 위에서 시작된다. 영적인 삶은 곧 타오의 삶이다.

육체적인 삶, 사회적인 삶, 영적인 삶, 어느 것 하나 중요하지 않은 것이 없다. 그러나 육체적인 삶과 사회적인 삶, 그 자체가 목적이 되어서는 안 된다. 그것은 영적인 삶을 위한 수단이 되어야 한다. 우리의 영혼이 거하는 집인 육체는 우리가 영적인 완성을 이룰 수 있는 필수적이면서도 완벽한 도구이다. 그러나 육체적인 삶과 사회적인 삶이 인생의 전부가 되어서는 곤란하다. 오늘날 문제가 되고 있는 인간성 상실, 황금 만능주의, 성공 지상주의 등은 육체적인 삶과 사회적인 삶의 양상이 대중의 심리를 지배하고 있기 때문에 생기는 것이다. 돈과 성공이 무엇을 위해서 살아갈 것인가라는 질문에 대한 공공연한 답이 되어버린 것이다.

육체를 위해서 살 것인가? 영혼을 위해서 살 것인가? 이것은 당신의 선택이다. 누구도 당신에게 무엇을 선택하라고 강요할 수는 없다. 누구나 자신이 자각한 것만큼 발견하고, 깨달은 것만큼 선택할 수 있다. 육체적인 삶의 한계를 일찍 알면 알수록 그 사람에게는 희망이 있다. 육체는 완성이 없지만 영혼은 완성이 있기 때문이다. 영혼의 성장과 완성, 이것이 우리가 존재하는 이유이다.

나의 존재 가치는 무엇인가?

당신의 몸에 깃든 정신은 이 세상에서 물질적인 형태를 체험하고자 했기 때문에 여기에 왔다. 그 정신이 우주의 안내자와 어떤 계약을 맺고 이 세상에서 배우고 경험하고자 하는 것들이 있다고 가정해 보자. 우리 삶의 목적은 궁극적으로 당신이 배우겠다고 계약한 영적인 교훈들을 발견하는 것이다. 당신은 그 목적, 생명의 목적을 찾아야 한다. 그 일은 어느 누구도 대신해줄 수 없다. 그것은 오직 당신의 사명이며, 당신의 임무이다.

세상에는 애써 노력하지 않아도 쉽게 이루어지는 일이 있다. 노력하지 않아도 세월은 흘러가고, 나이는 저절로 먹는다. 그러다가 몸의 기력이 쇠잔해지면 누구나 죽음을 맞이한다. 반면에 정말로 노력해야만 얻을 수 있는 것들이 있다. 당신이 태어난 생의 목적과 가치를 찾는 일은 저절로 이루어지지 않는다. 당신 스스로의 노력으로 찾아야 한다.

인체의 생명 에너지를 건전지에 비유할 수 있다. 그 건전지가 다 닳으면 당신의 육체적인 생명은 끝난다. 이번 생애에서 그것을 재충전할 수 있는 기회가 허락되지 않는다. 그 생명의 건전지를 당신은 무엇을 위해 쓰고 싶은가? 생명 에너지가 다하는 죽음의 순간, 당신은 후회 없이 만족할 수 있을까?

어떻게 하면 우리의 영적인 계약을 이행할 수 있을까? 어떻게 하면 우리 영혼의 진정한 목적을 발견할 수 있는 내면의 앎에 다다를 수 있을까? 조용히 눈을 감고 한 손을 가슴에 얹은 채 '내 삶의 목적은 무엇인가?'라고 물어 보라. 자신의 목소리가 들릴 정도로 소리를 내어 당신의 그 답을 말해 보라. 그리고 당신의 가슴이 어떻게 반응하는지 느껴보라. 당신의 가슴에서 무엇이 느껴지는가? 당신 안에 있는 생명이 당신이 한 말에 감동하는 것이 느껴지는가? 그렇다면 그것은 당신의 영혼이 인정하는 당신의 존재 가치이다.

이성적이고 형식적인 대답에 안주하지 말라. 나는 누구인가라는 것은 물질적인 측면에 대한 것이 아니다. 당신의 직업이나 가족 안에서의 역할, 은행 잔고에 대한 것이 아니다. 생각으로 하는 대답은 진짜가 아니다. 삶에 대한 근본적인 질문은 오직 마음속에서 찾을 수 있다. 그것은 학교 공부를 하듯이 할 수 있는 것이 아니다. 오직 간절한 마음으로, 온 마음으로 찾을 때만 얻어지는 것이다.

'내 삶의 목적은 무엇인가?'라는 질문을 정말로 진지하고 간절하게 묻고 또 묻다 보면 언젠가는 당신 영혼의 목소리를 듣게 될 것이다. 당신의 이름, 직업, 성격 등으로 첩첩이 둘러싸인 에고의 장막을 뚫고 진정한 답이 찾아올 것이다. 일 년이 지나도, 십 년이 지나도, 당신이 죽을 때까지 변하지 않을 수 있는 그런 답을 찾아야 한다. 당신의 영혼이 답하고, 그 영혼이 자신의 답에 스스로 감동할 만한 그런 것을 찾아야 한다. 그 질문에 대한 답을 해줄 수 있는 것은 오직 당신의 영혼뿐이다. 그 질문에 대한 답을 찾으면, 당신의 인생은 그 답을 중심으로 새롭게 재편되기 시작한다.

무한한 시간과 공간에 비하면 우리들 개인의 삶은 너무나 작고 보잘것없다. 우리의 몸과 그동안 우리가 사랑하고 소유했던 그 모든 것들도 결국 사라지고 만다. 그러나 그러한 삶의 허망함에 좌절할 필요는 없다. 육체의 유한함과 육체에 갇힌 삶의 무의미함을 자각하는 것이 곧 새롭고 무한한 삶의 문을 여는 기회이기 때문이다.

우리는 어느 날 이 '생명'이라는 선물을 받았다. 그 선물을 받으면서 우리는 무한한 선택의 자유도 함께 받았다. 우리는 내가 누구인지, 내 삶의 목적이 무엇인지를 선택할 수 있다. 우리는 선택하는 대로 살 수 있고, 우리 삶의 의미를 스스로 창조할 수도 있다. 유한한 육체의 생명을 가지고 살아가지만 그 생명을 어디에, 무엇을 위해 쓸지는 스스로 선택할 수 있다는 것, 그것은 멋지고 아름다운 일이다.

이 세상에는 수많은 인생의 길이 있다. 예술가의 길, 교육자의 길, 사업가의 길, 정치인의 길, 종교인의 길 등등. 우리는 수많은 길 중에서 우리가 원하는 길을 선택할 수 있고, 원하면 새로운 길을 만들 수도 있다. 그러나 그러한 길들은 단지 우리가 쓰고 있는 가면일 뿐이다. 타오의 길은 언제나 누구에게나 오직 하나다. 오직 영혼의 목소리를 듣고 그 목소리를 따라 성장과 완성을 향해 나아갈 때만 우리는 타오의 길을 걸을 수 있다. 종교와 믿음은 사람마다 다를 수 있지만, 타오의 길은 항상 같다. 결국은 누구나 걸을 수밖에 없고, 누구나 걸어가야 하는 타오의 길, 그 길에 끝까지 함께할 동반자는 당신의 영혼이다.

모든 인간의 최종 목적지는 타오를 알고 이해하는 것이다. 영혼의 갈망을 느끼게 될 때 우리는 이 여행에 오르게 된다. 많은 길과 신념체계들이 그 길을 안내하고 있지만 우리의 목적지는 하나, 타오의 길이다. 그 길은 영혼의 소리를 따르는 모든 이들이 걷는 길이다.

삶의 본질 자각하기

나의 생명은 어디에서 왔는가? 인생의 의미는 무엇인가? 나는 무엇을 위해 살아가는가? 이것들은 아마도 이 세상에서 가장 오래되었고, 가장 많이 물어왔던 질문일 것이다. 지금까지 수많은 사람들이 이 질문을 하고 그 답을 얻었다 할지라도 이 질문은 언제나 새롭다. 이미 정해진 답이란 어디에도 없으며 글이나 말로 정의될 수도 없다. 당신 스스로 그 답을 찾고 경험해야 한다.

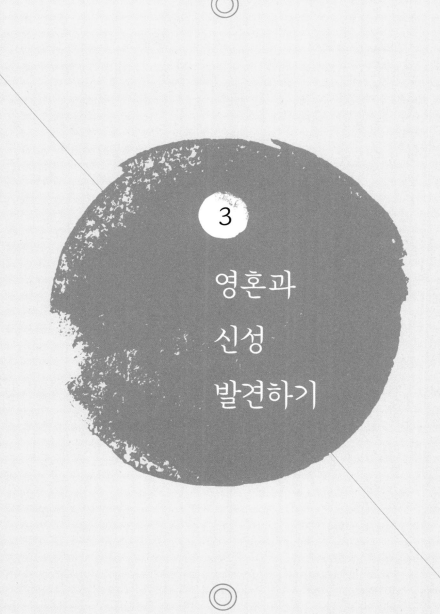

3

영혼과
신성
발견하기

많은 사람들이 변하기 마련인 감정을
자신의 영혼이라고 착각한다.
이 착각에서 수많은 오해와 집착이 생겨난다.
감정과 영혼은 그 뿌리부터 다르다.
감정의 뿌리는 육체이고, 영혼의 뿌리는 신성이다.
감정은 육체에 연결되어 있고, 영혼은 신성에 연결되어 있다.

우리는 2장에서 물질적 가치만을 추구하는
삶의 무의미함과 무상함에 대해 이야기했다. 또한 우리가 가진 선택의
힘에 대해서도 알게 되었다. 인간은 살아 있는 동안 불완전한 육체의
한계에 갇힐 수밖에 없지만, 영혼의 성장과 완성을 위한 삶을 선택함
으로써 그 한계를 무한한 축복으로 바꿀 수 있다.

이 장에서는 어떻게 하면 우리가 영혼과 더 깊이 연결될 수 있는지
에 대해 이야기해 보고자 한다. 그 첫걸음으로 영혼에서 감정을 분리
하는 것에 대해 배울 것이다. 왜냐하면 감정은 육체와 에고의 가장 강
력한 반응 중의 하나로, 감정에 휘둘리다 보면 영혼을 느끼고 그 소리
를 듣는 힘을 잃어버리기 쉽기 때문이다.

우리가 감정과 씨름하지 않는 날은 단 하루도 상상하기 어렵다. 하
루에도 몇 번씩 감정의 파도가 우리를 덮친다. 슬펐다가 기뻤다가, 울

다가 웃다가 하며 극단의 감정을 오가기도 한다. 육체를 지닌 이상 우리는 감정을 갖지 않고는 살아갈 수가 없다.

인간관계에서 가장 심오하면서도 복잡한 감정 중의 하나가 로맨틱한 감정이다. 서로에 대한 사랑의 감정으로 충만할 때는 그 사랑이 영원히 변치 않는 영혼의 맹세인 것처럼 느껴진다. 그러나 관계에 금이 가기 시작하면 영원할 것만 같던 사랑이 순식간에 미움과 질투, 증오로 바뀔 수 있다. 그런 때가 되면 사랑의 본질에 대해 의문을 품게 된다. 한때 절대적이고 영원히 변하지 않을 것처럼 느껴졌던 많은 것들이 어느 순간 변하는 것을 깨닫고 소스라치게 놀란다.

많은 사람들이 변하기 마련인 감정을 자신의 영혼이라고 착각한다. 그리고 이 착각에서 수많은 오해와 집착이 생겨난다. 감정은 영혼이 아니다. 감정과 영혼은 그 뿌리 자체부터가 다르다. 감정의 뿌리는 육체다. 육체가 있으므로 감정이 생기는 것이다. 영혼의 뿌리는 우리의 신성神性이다. 감정은 육체에 연결되어 있고, 영혼은 신성에 연결되어 있다.

감정의 뿌리는 육체이기 때문에 육체의 욕구와 상태에 따라서 시시각각 변하게 마련이다. 감정은 흐르는 구름과 같아 하나의 감정이 지나가면 또 다른 감정이 찾아온다. 원치 않는 감정에서는 한시라도 빨리 벗어나고 싶고, 원하는 감정은 계속 유지하고 싶은 것이 인지상정이지만, 감정은 우리가 마음대로 나타나거나 사라지라고 명령할 수 있는 것이 아니다.

감정의 정체는
무엇인가?

감정은 육체가 있기 때문에 생겨난다. 육체의 욕구를 만족시키기 위한 과정에서 수많은 감정들이 생기는 것이다. 육체가 없다면 더 이상 감정은 일어나지 않는다.

감정을 더 잘 이해하기 위한 하나의 방법으로 인체의 에너지 시스템인 차크라가 있다. 차크라는 우리 몸에 있는 7개의 에너지 센터를 말한다. 그 중에서 1~6차크라는 척수를 중심으로 신경계를 따라 위치해 있고, 마지막 7차크라는 정수리에 위치해 있다. 차크라는 자율신경계에 영향을 주어 인체의 구석구석까지 영향을 미치고 육체적, 정신적 건강을 관리하는 데에 매우 중요한 역할을 하는 것으로 알려져 있다. 각 차크라는 특정한 내분비계 기관과 연관되어 호르몬 분비에 밀접한 작용을 한다. 그래서 차크라에 문제가 생기면 관련 내분비계의 호르몬 작용에 영향을 미치게 된다. 호르몬 분비에 따라서 심장박동, 호흡, 소화, 감정, 정신 등 우리 몸과 마음에 변화가 생기므로 차크라의 에너지 균형을 잡아주는 것이 매우 중요하다. 7개의 에너지 센터가 활성화되어 있고 제대로 기능할 때, 우리는 육체적, 정신적, 사회적, 영적으로 건강한 생활을 할 수 있다.

차크라 시스템이 중요한 이유는 우리가 추구하는 영혼의 성장과 완성의 비밀이 바로 그 안에 담겨 있기 때문이다. 차크라 시스템을 이해한다는 것은 인간의 탄생부터 성장, 죽음까지 아우르는 삶 전체를 이해한다는 것이고, 인간에 내재된 영혼 완성의 시스템을 이해한다는 것이다. 이에 대해서는 실천편에서 자세히 설명하도록 하겠다.

에너지적으로 보면 감정은 대부분 1·2·3번 차크라에서 일어나는 욕구와 밀접하게 연결되어 있다. 1차크라는 회음에 위치해 있고 생존과 안전에 관한 욕구와 관련이 깊다. 2차크라는 아랫배에 위치해 있으며 번식, 성, 소유, 지배에 관련된 욕구를 관장한다. 3차크라는 중완에 위치해 있고 식욕, 인정에 대한 욕구와 연관되어 있다.

감정은 이러한 욕구들을 만족시키고자 할 때 일어나고, 욕구를 만족시키는 과정에서 장애에 부딪힐 때도 일어난다. 예를 들어 로맨틱한 사랑은 1차크라의 안전에 대한 욕구, 2차크라의 성욕, 소유욕 그리고 3차크라의 인정에 대한 욕구 등 여러 욕구가 복합적으로 작용하여 일어난다. 이러한 욕구가 잘 충족되면 사랑이라는 감정이 물밀듯이 밀려온다. 그런데 누군가 또는 어떤 무엇이 끼어들어 그 욕구를 만족시키는 것을 방해하면 분노의 감정이 치밀어 오른다. 그러다 그 사랑이 깨지고 혼자 남게 되면 슬픔과 그리움, 때로는 질투와 미움, 분노의 감정에 휩싸인다.

감정은 우리의 몸과 에너지 시스템에 직접적인 영향을 미친다. 특히 두려움이나 죄의식, 분노, 슬픔과 같은 감정을 지나치게 억제하면 육체적, 정신적인 건강에 부정적인 영향을 미치기 쉽다. 현대인의 질병 대부분이 스트레스, 불안, 우울증, 화 등과 같은 심리적인 요인으로 발생한 심인성 질환이라고 한다.

화나 슬픔과 같은 부정적인 감정의 에너지는 먼저 가슴에 위치한 4차크라를 가로막아 가슴에 있는 에너지가 제대로 흐르지 못하게 한다. 가슴이 막히면 온몸의 에너지도 정체되고 제대로 순환이 안 된다.

그 결과 머리는 점점 뜨거워지고 배는 점점 차가워진다. 동양의학의 에너지 원리에 따르면, 인체의 이상적인 에너지 상태는 머리는 차갑고 배는 따뜻한 상태이다. 이와 반대로 머리는 뜨겁고 배가 차가운 에너지 현상이 지속되면 두통, 불면증, 소화불량, 우울증, 고혈압, 그밖에 다양한 심인성 질환에 시달릴 가능성이 매우 크다.

우리의 감정 변화는 장기에도 영향을 미친다. 동양의학에서는 특정 감정이 특정 장기와 연결되어 있다고 본다. 예를 들면 지나치게 화를 내면 간이 상하고, 지나치게 기뻐하면 심장이 상하고, 지나치게 걱정과 생각이 많으면 위가 상하고, 지나치게 슬퍼하면 폐가 상하고, 지나치게 두려워하면 신장이 상한다. 또한 반대로 장기의 건강 상태가 감정에 영향을 미치기도 한다. 간이 쇠약하면 짜증과 화를 잘 내고, 심장이 약하면 실없이 잘 웃는다. 위가 약하면 근심걱정이 많고, 폐가 약하면 조그마한 일에도 우울해하고 슬퍼한다. 신장이 약하면 작은 소리에도 놀라고 두려워한다.

감정은 장기뿐만 아니라 얼굴 표정에도 영향을 미친다. 슬픔과 두려움, 걱정의 에너지가 많은 사람은 평소에 얼굴 표정에서도 그런 에너지가 나온다. 반면에 낙천적이고 사랑이 넘치는 사람은 얼굴도 밝고 편안하다. 원망과 분노의 감정이 몸에 부정적인 영향을 미치는 것처럼, 사랑과 기쁨, 감사의 감정은 몸에 긍정적인 에너지를 공급해 부정적인 에너지를 치유하고 몸을 활력 있고 건강하게 만든다.

욕구와 감정은 생명의 자연스러운 현상이다. 감정은 이성적인 사고 메커니즘이 발동하기 전에 먼저 반응하기 때문에 때로 우리를 매우 당황스럽게 한다. 누구나 한 번쯤은 순간적으로 화를 참지 못해 난

처했던 경험이 있을 것이다. 너무 두려운 나머지 몸과 정신이 마비되어 아무것도 할 수 없게 되는 극단적인 상황에 맞닥뜨리기도 한다. 때로는 깊은 슬픔에 빠져 식욕이나 삶의 의욕마저 상실해 버리기도 한다.

감정의
주인이 되어라

뇌신경학자들은 감정은 뇌에서 일어나는 작용이라고 말한다. 대뇌피질 밑에 위치한 대뇌변연계에서 일어나는 반응인 감정은 모든 정신 작용 가운데 가장 강렬한 것이다. 감정 자체는 인간 생존에 필수적인 뇌의 작용이다. 두려운 감정 때문에 위험을 피하고, 불안한 감정 때문에 안전한 환경을 찾고, 분노의 감정 때문에 맞서 싸우는가 하면, 사랑의 감정 때문에 다른 사람들을 보살피기도 한다.

감정을 제대로 조절하지 못하여 감정의 노예처럼 끌려다니다 보면 많은 난관과 역경에 봉착한다. 그렇다고 무조건 자신의 감정을 억압하거나 무시하는 것은 바람직하지 않다. 제대로 표출되지 못하고 억눌린 감정은 때로 몸을 상하게 하고 다른 사람들과의 관계도 그르치게 하는 경우가 많다.

감정의 주인이 되기 위해서는 자신의 감정을 솔직하고 너그러운 태도로 인정하는 것부터 시작해야 한다. 감정을 관찰할 수 있는 힘을 키워나가면 자신의 감정에 대해서 과민 반응을 하지 않고, 담담하고 객관적으로 바라볼 수 있는 힘도 커진다.

극단적인 감정에 압도되어 고통받을 때 감정이 자신을 움켜쥐고 놓아주지 않는다고 믿기 쉽다. 그러나 사실 감정을 움켜 잡고 있는 것은 바로 자기 자신이다. 감정을 조절하기 위해서는 이것을 먼저 자각해야 한다. '감정이 나를 붙잡고 있는 것이 아니라 사실은 내가 감정을 붙잡고 있었다.'

우리의 감정은 하늘에 떠다니는 구름과 같아서 왔다가 가기 마련이다. 그 감정들은 머지 않아 바뀔 것이므로 거기에 연연해 할 필요가 없다. 그런데도 많은 사람들은 감정을 움켜쥔 채 괴로워한다. 본인이 슬픔에 발을 깊이 담근 채 슬프다고 하고, 절망의 늪에서 허우적거리고 있으면서 희망이 없다고 한다. 그러니 감정이라는 구름이 더 오래 머무를 수밖에 없다.

누구의 삶에나 먹구름이 끼고 비가 내릴 때가 있다. 그때 "이 비는 도대체 언제 그치는 거야? 이 어둠은 언제 걷히는 거야?"라고 불만을 터뜨리는 사람이 있는가 하면, "이 또한 지나갈 거야" 하면서 담담하게 바라보는 사람이 있다. 그런 사람은 천둥이 쳐도 놀라거나 당황하지 않고 웃을 수 있는 여유가 있다. 계절의 순환 속에서 나무가 자라고 꽃이 피고 열매를 맺고 낙엽이 지듯, 인생의 희로애락을 담담히 바라보며 가는 중에 우리의 인생에 대한 깨달음도 뿌리를 내린다.

당신의 감정 패턴을 관찰해 보라. 외적인 환경이 바뀔 때마다 수시로 기분이 좋았다, 나빴다 하는가? 옆 사람이 당신을 칭찬해주면 나빴던 기분이 갑자기 좋아지고, 비난을 받으면 기쁘다가도 갑자기 화가 치밀어 오르는가? 감정의 굴곡이 심할수록, 감정이라는 파도의 풍랑이 높을수록 감정의 지배를 많이 받고 있다는 반증이다.

우리가 감정의 지배에서 빠져 나오기 힘든 이유는 그 감정이 자기 자신이라고 착각하기 때문이다. 자신의 에고를 자기와 동일시하면, 칭찬을 받으면 기뻤다가 비난을 받으면 분노가 치밀어 오른다. 한 번 분노가 치밀어 오르면 그 분노에 잠식되어 명확한 판단을 할 수도 없다. 그러나 감정은 내가 아니다. 항상 자신에게 이것을 상기시켜 주어야 한다. '감정은 내가 아니라 내 것이다. 감정은 내 것이기 때문에 내가 관리하고 조절할 수 있다'라고. 그렇게 조절하기 위해서는 자기 자신이 감정의 주인이 되어 감정을 다루는 연습을 해야 한다. 예를 들어 분노가 생길 때, 감정의 주인은 "너는 분노라는 감정이야."라고 감정에게 얘기해 줄 수 있어야 한다.

감정은 마음이라는 바다에 일렁이는 파도와 같다. 파도도 바다에 속하지만 바다 자체는 아니다. 표면에서는 사납게 폭풍우 치는 바다도 그 심연에 깊은 고요를 품고 있듯이, 폭풍 같은 감정 너머에 깊고 밝은 마음자리가 있다. 그 마음은 우리가 분노할 때 분노하는 우리를 보고 있고, 슬퍼할 때 슬퍼하는 우리를 보고 있다. 그 마음자리를 찾을 때 감정에 끌려다니는 것이 아니라 감정을 바라볼 수 있고 감정의 주인이 될 수 있다. 풍랑이 높아졌다 낮아졌다 하듯이 우리의 감정도 치솟았다 가라앉았다 한다. 그러므로 좋은 일이 생겼다고 해서 너무 기뻐하지 말자. 내려갈 때도 있으니까. 또 슬픈 일이 당신을 찾아왔다고 해서 너무 슬퍼하지도 말자. 올라갈 때가 있으니까.

우리의 삶이 정원과 같다면 감정은 사시사철 철 따라 피어났다 지는 갖가지 꽃들과 같다. 감정은 때로 우리의 삶에 역동과 의미 있는 변화를 가져다주는 아주 매력적인 것이다. 그러나 부정적인 감정에 꼼짝

없이 지배당하는 모습은 아름답지 않다. 감정의 파도에 떠밀려 허우적 거리지 말고, 서핑하듯 감정을 타며 살아가는 법을 배우라. 서핑을 잘 하려면 중심을 잘 잡는 것이 중요하듯, 영혼이라는 중심에 굳건히 뿌리를 내릴 때라야 감정을 자유자재로 활용할 수 있다. 심해에 앉아서 바람 따라 출렁이는 파도를 구경하듯 당신의 감정을 영혼의 성장을 위한 도구로 활용하라.

감정을
조절하는 법

감정을 바꾸고 싶다면 무언가 행동을 해서 당신의 환경을 바꾸어 보라. 부정적인 감정은 아무것도 행동하지 않고 망설일 때 당신의 발목을 잡고 더 깊은 수렁 속으로 당신을 끌고 간다. 감정은 '내가 아니라 내 것'임을 자각하는 순간 그 감정의 힘은 이미 한풀 꺾인다. 그리고 행동을 선택함으로써 감정의 주인이 된다.

화가 날 때는 속을 계속 부글부글 끓이지 말고 장소를 바꾸어 산책을 해보라. 머리 끝까지 올라갔던 화 기운이 바람에 날아가고 막혔던 가슴이 열리기 시작할 것이다. 외로움에 빠질 때는 외로움에 젖어 있지 말고, 신나는 음악을 틀어 놓고 청소를 하든가 한바탕 춤을 춰보라. 가슴 속에서 기쁨의 에너지가 샘솟고 온몸에 생명의 활력이 넘칠 것이다. 왜 행복한지 모르지만 행복해 하는 자신을 발견하게 된다. 슬플 때는 재미있는 영화를 한 편 보면서 새로운 정보로 뇌에 자극을 주거나, 좋아하는 사람을 만나거나, 자신에게 보상을 해줌으로써 자신의 기분을 달래주는 것도 좋다.

　나쁜 감정에서 빠르게 벗어나는 방법 중에 하나는 노래를 부르는 것이다. 유명한 가수가 부른 최신 히트송도 좋지만 때로는 가사, 음정, 박자를 맞춰야 하는 것이 스트레스가 될 수도 있다. 그렇다면 맞게 불러야 한다는 걱정 없이, 목청이나 박자에 관계 없이 허밍을 해보라. '아', '음', '예', '라'처럼 한 음을 타고 허밍을 하다 보면 자신의 에너지장에 자연스럽게 공명이 된다. 자기도 모르게 가슴 속의 영혼이 반응을 한다. 눈을 감고 살짝 미소를 지으며 가슴의 느낌에 집중해서 노래해 보라. 자신의 영혼에게 감동을 줄 수 있을 만큼 집중해서 불러보는 것이다. 영혼의 울림이 소리와 함께 퍼져 나가며 가슴 속에 평화의 에너지가 차오른다. 그것은 다른 누가 가져다준 것이 아니라 스스로 창조한 에너지다.

　이렇게 행동을 통해 새로운 감정을 창조하는 것은 마치 새로운 길을 내는 것과 같다. 우리는 습관적으로 오래된 익숙한 패턴을 따라가기 때문에 새로운 길을 내는 것은 시간이 필요하다. 감정 반응의 패턴이 한 번 형성되면 그 패턴을 바꾸기가 쉽지 않다. 다르게 반응해 보려고 해도 이미 형성된 길을 따라 감정이 질주해 버리기 때문이다. 이미 난 길을 없애려고 노력하는 것보다 새 길, 더 좋은 길을 내면 옛길은 수풀에 덮여 자연히 사람들의 발길이 끊긴다.

　부정적인 감정을 다루는 가장 효과적인 방법은 긍정적인 감정을 창조하는 것이다. 부정적인 감정에 잘 빠지는 사람이라면 긍정적인 감정을 일으키는 일들을 가능한 한 자주 경험하기 위해 노력해야 한다. 외부 자극에 수동적으로 빠져드는 것이 아니라 자기 자신이 스스로에게 긍정적인 정보를 제공함으로써 좋은 감정 반응을 일으키는 것이다.

부정적인 감정은 우리를 영혼과 멀어지게 한다. 이런 감정들은 보통 전체의 선을 추구하기보다는 개인적인 만족을 우선시하기 때문이다. 감정 중에서도 기쁨, 사랑, 감사는 우리의 영혼과 신성과의 연결에서 자라나는 감정들이다. 기쁨과 사랑과 감사는 평화로 가는 길이기 때문에 모든 인류의 공통적인 바람이다. 하지만 에고의 자기만족을 위해서 추구하는 기쁨과 사랑과 감사는 부조화를 가져온다. 이러한 감정들이 전체의 선을 통해서 추구되었을 때는 평화를 가져온다.

감정을 조절할 수 있는 힘은 영혼에서 나온다. 영혼의 힘이 약하면 감정의 에너지는 집채만 한 파도가 되어 당신을 집어삼킨다. 반면 영혼의 에너지가 강해지면 감정의 에너지는 손톱만 하게 느껴져 아예 싸울 상대조차 되지 않는다. 당신의 삶에서 감정을 제대로 조절하지 못해서 불행한 일들이 일어났다면 그것은 그때 당신의 영혼이 그만큼 약하고 성숙하지 못했기 때문이다. 감정을 지혜롭게 다스리고 활용할 수 있게 되었다는 것은 그만큼 당신의 영혼이 성숙해졌다는 것을 의미한다.

우리의 영혼이 감정을 잘 조절하기 위해서는 영혼과 감정 사이에 바람직한 커뮤니케이션이 이루어져야 한다. 먼저, 영혼이 스스로를 감정과 동일시하는 것을 멈추어야 한다. 영혼이 "감정은 내가 아니라 내 것이다!"라고 선언함으로써 감정에 대한 주도권을 잡아야 한다. 그렇게 선언하는 순간 감정은 영혼에게 이렇게 얘기할 것이다. "그동안 너는 내 말을 잘 들었잖아. 우리는 하나였어. 그런데 왜 갑자기 우리가 더 이상 하나가 아니라고 하는 거야? 넌 내 친구야. 그렇지 않니?"

그러면 영혼은 그 감정에게 이렇게 얘기할 수 있어야 한다. "예전에는 그랬지만 이제는 아니야. 너는 감정이고 나는 영혼이야. 너는 내가 아니라 내 것이야. 나는 너를 관찰하고 조절할 수 있는 힘을 가지고 있어."

이렇게 선언을 해도 처음에는 여전히 감정의 지배에서 자유로워지기가 쉽지 않을 수 있다. 그러나 영혼과 감정 사이에 이러한 대화가 계속되면 영혼이 감정을 이끌 수 있는 힘을 갖게 되고, 감정은 영혼에 의해 길들여진다. 영혼이 주인의 자리, 중심자리를 찾게 되고, 감정은 영혼의 성장을 돕는 도우미 역할을 하게 되는 것이다. 영혼이 감정의 주인이 되는 법을 알면, 새로운 감정을 스스로 창조할 수 있다는 것을 알게 된다.

우리는 왜
외로워 하는가?

당신은 영혼의 느낌을 어떻게 묘사하겠는가? 그 느낌을 한마디로 표현하기는 쉽지 않을 것이다. 사람마다 그 느낌이 다르고 그것을 표현하는 방식도 다를 수 있다.

당신은 어느 한순간 가슴 속에서 형언할 수 없는 외로움을 느껴본 적이 없는가? 무엇인지 모르지만 그 무언가를 그리워하는 듯한 느낌? 그리움인지 외로움인지 슬픔인지 한마디로 정의하기 힘들지만 쉽게 채워지지 않는 어떤 갈망을 분명 느꼈을 것이다. 표현하기 힘든 그 느낌을 일단 '영혼의 외로움'이라고 부르기로 하자.

나는 어릴 적에 그러한 외로움을 무던히도 많이 느꼈다. 사람들과 같이 있든 혼자 있든 나는 늘 외로웠다. 초등학교 시절에 부모님을 보고 있으면, 두 분은 부부싸움과는 거리가 멀 만큼 사이가 좋았는데도 나는 부모님이 너무나 외로워 보였다. 뭔가 행복해 보이지 않고 불쌍해 보였는데, 그럴 때면 '나는 어린 아이이고 부모님은 어른인데, 내가 이렇게 생각하면 안 되지.'라고 내 생각을 스스로 고친 적도 많았다. 그런데 나 자신을 생각하면 나도 한없이 불쌍하게 느껴졌다. '내가 어쩌다 여기 와 있을까?'라는 생각이 끊이지 않았기 때문이다.

어린 나는 친구도 없이 매일 산에 가서 혼자 놀기 일쑤였다. 혼자 산에 앉아 있으면 앞산에서 기운이 올라오는 것이 보이고, 옆에 서 있는 나무와 대화도 할 수 있었다. 그런데 학교 교실에 앉아 있으면 눈앞에 영화가 펼쳐지듯이 환상 같은 것이 보여서 공부에 집중할 수가 없었다. 어린 나는 원인을 알 수 없는 외로움과 내 자리가 아닌 곳에 와 있는 듯한 낯섦과 불안함을 잊기 위해 무술에 몰두하곤 했지만, 그 외로움은 결코 사라지지 않았다.

그런데 이상하게도 공동묘지에 앉아 있으면 마음이 그렇게 평화롭고 편안해질 수가 없었다. 다른 아이들은 무서워서 혼자 가기를 꺼리는 그곳에 나는 밤에도 태연하게 찾아가곤 했다. 그곳에서 밤하늘을 올려다 보고 있으면 마치 시간이 멈춰버린 듯한 거대한 공간을 느낄 수 있었다. 밤하늘의 별 하나하나는 나처럼 외로워하며 빛나고 있는 것 같았다. '나는 지금 왜 여기 있을까? 누가 내 허락도 없이 나를 이곳에 데려다 놓은 것일까?' 어린 나는 그 별들을 바라보며 궁금해 하곤 했다.

청소년기의 방황을 끝낸 후 대학공부도 마치고, 결혼도 하고, 괜찮은 직장도 갖고, 여러모로 생활이 안정되어 갔다. 겉으로 보면 모든 것이 성공적으로 흘러가는 것 같았다. 하지만 매일 퇴근 후 집으로 돌아오는 길에 하늘을 올려다보면 울컥 서러움이 목까지 치밀어 오르고 한없이 외로워졌다. 나는 가족들을 사랑하고 내가 하는 일을 사랑했지만 가슴 깊은 곳에 있는 허무함과 외로움은 달래지지 않았다.

당신 또한 나처럼 영혼의 외로움을 느껴본 적이 있을 것이다. 우리의 영혼은 왜 외로워하는 것일까? 무엇을 그리도 찾고 있는 것일까? 나는 지금까지 전 세계 곳곳을 여행하며 수많은 사람들을 만나보았지만 영혼의 외로움을 갖지 않은 사람은 찾기 힘들었다. 돈, 권력, 명예, 사랑과 같은 우리가 원하는 모든 세상적인 것들을 가진 사람들도 외로움을 호소하기는 마찬가지였다. 아무리 많은 것을 소유하고 아무리 멋진 것을 경험해도 가슴 속의 외로움과 허전함은 쉽게 채워지지 않는다.

요즘 많은 사람들이 외로움을 달래기 위해 술, 게임, 섹스, 마약이나 각종 엔터테인먼트를 선택한다. 그러나 그런 것들은 목마를 때 설탕물을 마시는 것과 같아서 계속 마셔도 근원적인 갈증은 해갈되지 않고 더욱 심해질 뿐이다. 감각적인 즐거움에 빠져 있을 때는 잠시 외로움을 잊어버리지만, 다음 날 아침에 눈을 뜨면 똑같은 현실이 자신을 기다리고 있다.

자신이 사랑하고 또 자신을 사랑해주는 사람들에 둘러싸여 있을 때는 그 외로움이 잠시 잊혀지기도 한다. 특히 로맨틱한 사랑은 사람들이 외로움을 달래기 위해 가장 자주 찾는 설탕물이다. 그러나 인간의 감정은 변하게 마련이고 그러한 관계도 오랫동안 만족을 주지는 못한다. 영원히 변하지 않을 것 같았던 사랑도 시간이 지나면 퇴색하고 변한다. 사랑하는 사람이 곁에 있어도 우리는 문득 문득 찾아드는 외로움의 어두운 그림자를 감지하곤 한다.

우리는 잠시나마 외로움을 덮어둘 방법을 찾기 위해 사람들을 만나고 이곳 저곳 기웃거려 본다. 잠시 외로움이 잠잠해지면 우리는 자신이 행복하고 평화롭다고 느낀다. 그러나 그것은 마치 오리가 독수리에게 쫓기다 덤불 숲에 머리만 파묻고 안도의 한숨을 쉬는 것과 같다. 우리의 근원적인 외로움은 여전히 가슴 깊숙한 곳에 자리하고 있다.

나이가 적든 많든, 여자든 남자든, 가난하든 부자든, 길거리의 거지든 대통령이든, 이 외로움에서 벗어날 길이 없다. 이 외로움의 정체는 무엇인가? 자기 자신에게 무엇을 어떻게 해주어야 그 외로움이 달래질 수 있을까? 이 외로움은 인류가 안고 있는 영원히 치유할 길이 없는 불치병과 같은 것일까?

완전함을 향한 영혼의 갈망이 외로움으로 나타나는 것이다. 외로움은 영혼이 우리에게 쏘아 올리는 신호탄이다. 우리의 영혼은 우리에게 외친다. "이봐, 여기야. 나 여기 있어!"라고. 그러니 당신이 원인을 알 수 없는 외로움을 갖고 있다면 크게 걱정할 필요는 없다. 그것은 당신이 영혼의 성장과 완성에 대한 갈망을 느끼고 있음을 의미한다.

영혼의 완성은 무엇인가?

영혼은 무엇인가를 향해서 나아가고자 한다. 무엇인가를 만나서 합일을 이루고자 한다. 불완전한 영혼이 이 세상에 와서 그토록 찾아 헤매는 짝은 바로 신성이다. 신성은 당신 안에 밝게 빛나고 있는 빛이다. 영혼은 무엇이고 신성은 무엇인가? 이 둘은 어떻게 다른가? 우리는 영혼의 외로움을 가슴에서 느낀다. 그 말은 우리 영혼의 에너지가 가슴에 존재하고 있다는 것을 의미한다. 영혼의 사랑과 영혼의 기쁨, 영혼의 슬픔이 가슴에서 퍼져나가는 이유는 그 때문이다.

그러면 신성 또한 가슴에 존재하는 것일까? 신성이 가슴에 영혼과 함께 있다면 영혼은 외로워할 필요가 없을 것이다. 신성의 에너지는 뇌에서 느껴진다. 인체의 차크라 시스템으로 설명하자면, 4차크라인 가슴 한가운데에 영혼의 에너지가 있고, 6차크라인 뇌 속에 신성의 에너지가 있다. 영혼은 나머지 반쪽인 신성을 만나서 완전해지고자 하기 때문에 외로움을 느끼는 것이다. 영혼의 외로움을 해결하는 유일한 길은 신성을 만나는 것이다. 어떻게 하면 영혼이 신성을 만날 수 있는가?

첫 번째는 신성을 만나고자 하는 꿈, 영혼의 꿈을 품는 것이다. 영혼의 꿈은 오직 하나, 신성과 합일되는 것이다. 신성과 합일되기 위해서는 신성의 존재를 믿어야 한다. 그 믿음은 가슴 속에 진정한 열망을 담은 흔들림 없는 것이어야 한다. 그 순간 신성의 씨앗이 서서히 싹을 틔우기 시작한다. 그것은 마치 어미 닭이 부화할 병아리를 기다리며 알을 품는 것과 같다.

'당신 안에 신성이 있다.'는 말을 듣고 깊이 감동하는 사람이 있는가 하면 무덤덤하게 지나치거나 건성으로 듣는 사람도 있다. 타오를 추구하는 순수하고 간절한 마음이 있는 사람에게는 그 말이 가슴에 확 와닿는다. 그 순간의 감동이 영혼을 가리고 있던 장막을 찢고 화살처럼 영혼의 심장부에 꽂힐 때 신성이 부화하기 시작한다.

자유로운
영혼

영혼이 신성을 만나기 위해서 우리의 영혼은 자유로워져야 한다. 다른 말로, 4차크라 가슴에 있는 영혼이 6차크라 머리에 있는 신성을 만나러 올라가기 위해서는 영혼이 충분히 가볍고 자유로워야 한다. 여기에서 '올라간다'는 것이 무슨 뜻인지 의아해할 수도 있다. 영혼도 신성도 눈에는 보이지 않지만 에너지 상태로 존재한다. 영혼의 에너지가 충분히 가벼워지면 그 순수하고 가벼운 에너지가 주위로 퍼져 나가고 상위 차크라로 올라가게 되어 있다. 이것은 가벼운 수증기가 상승하는 자연의 이치와 같다.

그러면 어떻게 해야 영혼의 에너지가 가벼워질 수 있을까? 커다란 열기구를 한번 상상해 보자. 열기구를 하늘로 띄우기 위해서는 먼저 기구를 잡아매 두었던 끈을 풀어주고, 기구 안에 있던 무거운 모래주머니를 버린다. 이렇게 해서 가벼워진 열기구는 하늘로 자유롭게 날아오를 수 있다. 마찬가지로 우리는 에고가 붙잡고 있는 것들을 놓아야 한다. 영혼을 무겁게 짓누르는 것을 우리는 집착이라고 부른다. 사실 그것들은 스스로의 힘으로 당신의 영혼에 매달려 있는 것이 아니다. 그것들을 움켜잡고 있는 것은 바로 당신이다.

원래 자유로운 영혼은 색깔도 없고 무게도 없는 그릇과 같다. 자유로운 영혼의 무게는 0인데 갖가지 기억들, 감정들, 욕망들, 수많은 정보들이 담겨서 영혼의 그릇을 무겁게 하고 있다. 영혼을 가볍게 하려면 집착하고 있는 것들을 놓아야 한다.

영혼을 가볍고 자유롭게 해야 하는 이유를 차크라 시스템으로 살펴 보면, 목에 있는 5차크라의 특성과 깊은 관련이 있다. 5차크라는 탁하고 무거운 감정의 에너지가 머리로 올라가지 못하도록 막고, 맑게 순화된 가벼운 에너지가 통과하도록 그 길목을 열어주는 필터 역할을 한다. 4차크라인 가슴에 있는 영혼의 에너지가 6차크라인 머리에 있는 신성의 빛을 만나기 위해서 거쳐 가야 할 관문이 바로 5차크라이다. 그 길을 통과하려면 영혼의 에너지가 순화되어 자유롭고 가벼워져야 한다. 영혼에 덕지덕지 붙어 있는 무거운 것들을 털어내 버려야 한다. 아무리 흥미롭고 그럴싸한 것이라도 당신의 영혼을 얽매고 무겁게 하는 것이라면 그것은 하나의 집착이며 구속일 뿐이다.

우리의 영혼을 저울에 비유한다면, 자유로운 영혼은 조정이 잘 된 저울이라고 표현할 수 있다. 영혼의 저울은 올려 놓은 물건이 없는 0의 눈금을 가리켜야 한다. 우리는 누구나 완벽한 0점의 저울을 갖고 태어났다. 그러나 살면서 무수히 많은 저울질을 하는 동안 0점에 대한 감각을 잃어버린 것이다. 영혼의 저울 위에 무거운 것들이 올려져 있는데도 그것들이 있는 줄 모른다. 그러한 무거운 것들에 집착하면 제대로 판단할 수 없다. 맑은 의식을 유지할 수 없기 때문이다. 김치를 입에 물고 있으면 토마토 맛을 알 수 없는 것과 마찬가지다.

이 세상을 살아가다 보면 저울 눈금이 항상 0점에만 머물러 있을 수는 없다. 우리를 화나게 하는 것들도 있고, 슬프게 하는 것들도 있다. 우리는 이것 저것 올려 놓고 끊임없이 무게를 재 본다. 평생 0점의 상태만을 유지하려면 아마도 외부의 자극이 전혀 없는 곳에서 혼자 살아야 할 지도 모른다.

저울 위에 어떤 것을 올린 후에는 그것을 즉시 내려놓아야 한다. 이것이 일상 생활 속에서 0점의 상태를 유지할 수 있는 비결이다. 감정에 빠져 있을 때, '원래는 0점의 상태인데 지금 내 저울 위에 무언가 올려져 있구나.'라고 자각하고 얼른 그것을 내려놓을 수 있어야 한다. 저울이 짐을 다 내려놓을 때라야 쉴 수 있는 것처럼, 우리의 영혼도 모든 집착에서 자유로워질 때 비로소 진정한 자유와 평화를 찾을 수 있다.

자유로운 영혼만이 참다운 평화 속에서 쉴 수 있다. 자유로운 영혼은 현상을 그냥 현상으로 볼 뿐이다. 모든 상황과 현상을 담담하게 볼 뿐 그 현상에 지배당하지 않는다. 자유로운 영혼은 모든 것이 기운 따라 왔다 기운 따라 가는 에너지의 변화라는 것을 안다. 자유로운 영혼만이 탁 트인 시야 속에서 세상의 진실을 볼 수 있고, 신성의 빛을 찾아 날아오를 수 있다.

영혼과 신성 발견하기

세상에서 살다 보면 부와 명예, 권력으로는 만족되지 않는 허전함과 외로움을 느끼게 된다. 이것은 영혼이 보내는 신호이다. 영혼은 나머지 반쪽인 신성을 만나서 완전해지고자 하기 때문에 외로움을 느낀다. 가슴에 있는 영혼이 머리에 있는 신성을 만날 때 영혼의 외로움은 자연스럽게 해갈된다. 마침내 참다운 평화와 자유를 얻게 되는 것이다.

4

영혼의
성장을 위한
3대 공부

타오의 길은 평생에 걸친 수행이다.

무슨 일이 있더라도 그것을 꼭 지키는 것이다.

아침에도 좋고 저녁에도 좋다. 눈을 감고 조용히 명상을 해보라.

'나는 오늘 내 영혼의 에너지를 키우기 위해서 얼마나 노력을 했는가?

나는 오늘 영혼의 향기로 주위 사람들에게

얼마나 도움을 주었는가?'

○

○

○

　　　　　　3장에서 영혼이 성장하기 위해서는 감정을 조절하고 집착에서 자유로워져야 한다고 했다. 그랬을 때 영혼이 가벼워져 신성을 만날 수 있다. 여기서 한 걸음 더 나아가, 그러면 구체적으로 생활 속에서 무엇을 어떻게 해야 영혼의 성장과 완성을 위한 삶을 살 수 있을까?

　어느 날 비장한 결심을 해서 하루 만에 집착에서 자유로워지고 감정을 조절하게 되어 영혼이 급성장을 하게 될까? 며칠 동안 또는 몇 달 동안 집중적인 수행을 통해 큰 자각과 깨달음을 얻는다면 그 이후의 삶은 어떻게 되는가? 그런 수행을 통해 영혼이 크게 깨어나면 더 이상의 노력이 필요 없는 상태가 될까? 영혼이 드디어 신성의 빛을 만났으니, 이제 나머지 인생은 그 합일감을 즐기며 살아가면 되는 것일까?

　영혼의 성장과 완성을 위해서 어떻게 해야 하는지 차근차근 알아보기로 하자.

영혼을 성장시키기 위해서는 먼저 영혼이 성장한다는 것이 구체적으로 어떤 것인지를 알아야 한다. 눈에 보이지 않는 영혼이 어떻게 성장할 수 있으며, 실제로 영혼이 성장하는지 그렇지 않은지를 어떻게 가늠할 수 있을까? 영혼은 눈에 보이지 않는다. 그러나 느낄 수는 있다. 왜냐하면 영혼은 에너지 형태로 존재하기 때문이다.

영혼의 에너지는 구체적으로 가슴 한가운데에 그 중심점을 두고 있다. 영혼의 에너지가 가벼워지고 활성화되면 가슴에서 팔과 몸통, 목, 사방으로 퍼져 나간다. 그러나 영혼이 깨어나지 못하면 알에서 깨어나지 못한 병아리처럼 영혼의 에너지가 작고 미미하다. 그 상태에서는 영혼의 에너지를 사용하지 못하고, 에고에서 나오는 에너지, 감정에서 나오는 에너지에 주로 의존하게 된다.

그러면 어떻게 영혼을 깨울 수 있을까? 어미 닭이 알을 부리로 깨주듯이 영혼의 알 껍질을 깨줄 영적인 스승을 만날 때까지 기다릴 것인가? 이미 깨달음의 과정을 다 지나가 보았기 때문에 그 길을 속속들이 잘 알고 있는 영혼의 안내자, 스승을 따라가는 것은 정말로 도움이 된다. 그러나 본인이 알에서 깨어나 자유로운 영혼이 될 준비가 되어 있지 않으면 아무리 위대한 스승이 곁에 있다고 해도 소용이 없다.

병아리가 알에서 나오기 위해서는 새끼와 어미닭이 안팎에서 서로 껍질을 쪼아야 한다. 이것을 '줄탁동기啐啄同機'라고 한다. 여기서 껍질을 깨고 나가려는 병아리는 깨달음을 향해 나아가는 수행자로, 어미닭은 제자에게 깨우침의 방법을 가르치는 스승으로 비유할 수 있다. 새끼와 어미 닭이 동시에 알을 쪼기는 하지만 병아리를 세상 밖으로 나오게 하는 것은 어미 닭이 아니다. 결국 알을 깨고 나와야 하는 것은 병아리 자신이다.

영혼의 눈, 타오의 눈을 뜨기 위해서는 세 가지 공부, 즉 원리 공부, 수행 공부, 생활 공부를 해야 한다. 여기서 공부는 흔히 학교에서 하는 지식적인 공부를 의미하는 것이 아니라 영혼으로부터 지혜를 얻고 그것을 삶 속에서 적용해 가는 과정을 의미한다. 에너지적인 관점에서 말하면, 자신의 가슴에 있는 영혼의 에너지장을 넓혀 일상생활 속에서 그 영혼의 에너지를 사용하는 것을 말한다.

삶과 우주의 보편적 지혜, 원리 공부

우리가 습득해야 할 첫 번째 커리큘럼은 원리 공부이다. 원리 공부는 말 그대로 원리를 공부하는 것이다. 여기에서 '원리原理'가 의미하는 것은 무엇일까?

나는 이 책에서 여러 가지 타오의 원리를 제시한다. 그것은 모두 에너지적인 관점에서 조망한 원리들이다. 어떻게 하면 이 원리를 활용해서 우리 안에 내재된 에너지 시스템을 활성화하고, 영혼의 성장과 완성의 삶으로 나아갈 수 있으며, 전체의 에너지장에 기여할 수 있을 것인가 하는 것이 이 책에서 제시된 원리들의 핵심이다. 인체의 에너지 시스템과 5장에서 다루게 될 인간의 세 가지 몸에 관련된 원리들부터 시작해서, 우리의 삶과 우주에서 발견할 수 있는 보편적인 지혜와 깨우침을 포함한다.

우리는 영혼의 눈을 뜰 수 있는 원리를 알기 위해서 노력해야 한다. 그 원리는 영혼의 성장과 완성으로 우리를 이끌어주는 깨달음의 보편적인 진리들이다. 그래서 원리 공부를 한다는 것은 '진리를 자각한다'는 것이다. 그러한 것들을 이해할 때 자기가 누구인지, 자신의 실체가 무엇인지, 그 실체를 어떻게 삶 속에서 실현할지를 알게 된다.

진정한 원리를 얻는 것은 지식을 얻는 것보다 더 많은 노력이 필요하다. 그것은 보이지는 않지만 세상 만물 속에, 허공 속에서도 작용하고 있는 생명의 원천인 생명 에너지의 원리이다. 그 원리는 생명 자체에 깃들어 있는 것이다. 우리의 생명 에너지를 활성화하고, 그 에너지를 사용해서 다른 이들의 생명 에너지도 살리는 길을 추구해야 한다. 지구상의 모든 인간과 생명체, 무생명체인 환경까지도 충만한 에너지로 빛나게 할, 살아 있는 원리가 필요하다.

그 원리는 누군가가 만든 것이 아니다. 어떤 이가 메시지를 받아서 책에 기록해 놓은 것도 아니다. 그것은 그냥 그대로 존재하는 자연과 우주의 살아 있는 이치들이다. 당신이 알든 모르든, 사람들이 인정하든 부정하든, 찬양하든 무시하든 상관없이, 시작도 끝도 없이 스스로 존재하는 생명 에너지의 법칙이자 진리이다.

이러한 원리 중 하나가 '공전과 자전의 원리'이다. 지구는 하루에 한 바퀴씩 자전을 하면서 동시에 다른 행성들과 함께 태양을 중심으로 공전하고 있다. 만약 갑자기 지구가 다른 방향으로 가겠다고 한다면 어떤 일이 일어날까? 어느 날 지구가 "나는 태양 주위를 돌지 않고 내 맘대로 움직일 거야."라고 한다면 어떻게 될까? 태양계의 질서 자체가 깨져서 지구는 다른 행성이나 위성과 충돌하게 되고 상상하기 힘들

만큼의 혼돈이 야기될 것이다. 안정된 공전이 없이는 지구의 존속 자체를 보장할 수 없다. 공전이 없으면 자전도 없는 것이다.

이러한 공전과 자전이라는 자연의 원리는 개인의 삶이나 사회에도 반영된다. 특정 개인이나 조직이 가진 영향력이 아무리 막대하다 해도 그 영향력이 전체의 이익을 도모하지 못한다면 그 성장은 결국에는 한계에 부딪히기 마련이다. 특정 개체가 잘못된 방향으로 가고 있는 것을 일찍 알아채면 잘못된 궤도를 바로잡아 모든 것을 정상 상태로 되돌릴 수 있다. 그러나 너무 늦게 깨달아 더 이상 돌이킬 수 있는 가능성조차 없을 때, 그 잘못된 방향은 한 개체는 물론이요 그가 속한 전체를 파괴할 수도 있다.

이것은 조직에 속해 있는 개개인이 어떻게 하느냐에 따라서 그 조직의 운명이 달라진다는 것을 시사한다. 마찬가지로 지구라는 가장 큰 전체에 속해 있는 개인이나 단체가 어떻게 하느냐에 따라서 지구의 운명이 달라진다. 공전을 생각하지 않고 끊임없이 외부의 에너지를 끌어와 자신의 이익만을 채우며 제자리에서 맴돌고 있는 개체는 조직을 파괴하는 암세포와 같다. 공전과 자전이라는 우주와 자연의 생명 원리를 그대로 구현하는 생명체는 살고, 그 원리를 거스르는 생명체는 자멸하거나 공멸하기 마련이다.

공전과 자전의 원리는 원자핵 주위를 도는 전자의 움직임에서부터 개인과 조직, 인간과 지구, 지구와 태양계, 태양계와 은하계에 이르기까지 모든 만물에서 작용하고 있는 생명의 원리이다. 생명은 조화의 원리를 바탕으로 한다. 이 원리를 알 때, 개체의 이익이 전체의 이익으로 자연스럽게 연결될 수 있는 조화점을 찾을 수 있고, 개체의 생명 에너지를 증폭시켜 전체의 생명 에너지장에 기여할 수 있다.

이렇듯 원리 공부는 자연과 우주의 보이지 않는 생명의 에너지 작용을 원리로 깨닫고, 그 원리가 비단 자연만이 아니라 인간의 삶에도 그대로 적용되는 것임을 아는 것이다. 인간 또한 자연의 일부이므로 인간도 우주의 원리에서 예외일 수 없다. 그래서 우리가 그 원리에 순응할 때는 생하고, 그 원리에서 벗어날 때는 멸하게 되는 것이다.

원리를 공부한다는 것은 여행을 하기 전에 지도를 미리 보는 것과 같다. 예를 들어 마라톤을 한다고 하자. 마라톤을 하기 전에 당신은 마라톤 구간에 대해서 충분히 공부할 것이다. 마라톤 구간의 지형은 어떠한지, 어느 곳이 언덕길이고 어느 곳이 비탈길인지, 어느 곳에 식수대가 설치되어 있는지, 그 날의 날씨와 온도와 풍속은 어떠한지, 바람이 앞에서 불어오는지 등 뒤에서 불어오는지, 최종 도착 지점은 어디인지 등에 대한 정보를 알아 두어야 할 것이다. 그래야 머릿속에 전체 구간에 대한 그림이 그려져 방향을 잃지 않고 페이스를 조절하며 갈 수 있기 때문이다.

마라토너가 사전에 입수한 정보를 활용해서 페이스를 조절하며 뛰듯이 우리는 영혼의 성장을 위한 길을 가는 동안 미리 공부해 둔 원리를 활용할 수 있다. 우리가 어떻게 원리를 활용할 수 있을까? 원리는 세 가지의 성질이 있다. 거울과 검, 방울의 성질이 그것이다.

고려시대 승려 일연이 지은 《삼국유사》에는 한웅이라는 인물이 등장한다. 그는 하늘의 왕국을 다스리는 천제 한인의 아들이다. 그는 어느 날 지상세계를 다스리겠다는 마음을 품고, 그 마음을 아버지인 한인에게 전한다. 한인은 아들을 격려하며 지상세계를 잘 다스리는 데에 도움이 될 거라며 세 개의 상징적인 물건을 건네준다. 그것이 바로 거울과 검과 방울이다.

이 거울과 검과 방울은 여러 가지 정치적, 역사적 해석이 가능하지만 나는 이것이 영적인 의미를 갖고 있다고 본다. 한웅이 아버지에게서 받은 거울, 검, 방울은 그가 천제의 아들로서 잃어버리지 말아야 할 영적 권위와 지혜를 상징하고 있다. 나는 우리가 공부하는 원리가 한웅의 거울과 검, 방울의 성질을 갖고 있다고 믿는다.

모든 원리는 거울과 검, 방울이라는 세 가지 주요 성질을 갖고 있다. 다른 말로 하면 그것은 성찰, 개선 그리고 자각이다.

자신의 외양을 비추는 거울처럼 원리는 우리 내면의 모습을 비춘다. 원리는 내면의 신념을 반영하고 그것은 외적인 행동으로 나타난다. 당신이 지금까지 생명의 원리를 명확하게 정리할 시간을 갖지 못했다면, 그 원리를 정리해 보는 것이 영혼의 성장을 위한 첫 번째 단계이다. 내면으로 들어가서 당신의 영혼에게 물어보라. 나는 개인적인 욕구에만 바탕을 둔 삶을 추구하고 있는가? 아니면 나의 행동이 내 주위 세상에 영향을 준다는 것을 고려하고 있는가? 나는 다른 사람들에 대한 연민을 갖고 있는가? 나는 내가 속한 공동체에 기여하고 있는가? 나는 모두를 위한 진리와 정의를 바탕으로 한 삶을 살고 있는가?

성찰을 통해 맘에 들지 않는 자신의 모습을 보았다면 그것을 개선해 나갈 수 있다. 우리의 선조들이 돌을 깎아 생존을 위한 검을 날카롭게 만들어 앞길의 장애를 제거했듯이 우리는 원리를 사용해서 삶의 기술을 연마할 수 있다. 원리는 검처럼 우리를 더 좋은 방향으로 이끌지 않는 낡은 신념과 행동을 잘라내는 데에 도움을 준다. 원리는 또한 우리를 에고의 환상에서 벗어날 수 있게 해 준다. 우리가 가진 원리가 더 좋은 세상을 만드는 데에 도움이 되지 않는다면 우리는 그것을 버리고 새롭고 더 올바른 원리를 찾아야 한다. 우리는 검의 날처럼 깨끗이 갈고 닦아 새로운 삶을 개척해 나갈 수 있다.

원리를 정립하고 나면 무엇이 옳은 것인지를 알게 된다. 원리를 받아들이고 인정할 때, 특정한 시간을 알려주는 방울처럼 그 원리는 당신의 몸과 마음 전체로 울려 퍼질 것이다. 원리를 진정한 자신의 일부로 받아들일 때 자신이 더 큰 전체의 일부라는 자각이 든다. 무엇을 위해 나아가야 할지 알게 되고, 자신의 경험을 세상에 알리게 된다. 이런 자각의 순간은 자신을 열어 우주와 직접 연결되는 순간이다.

현재의 의식에서 벗어나 영혼이 성장하기 위해서는 첫째 원리적으로 바로 서야 한다. 원리가 바로 서지 않으면 판단력이 흐려지고 현상에 빠져 실체를 볼 수가 없다. 자신의 삶이 예전이나 지금이나 답답하고 불명확한 무엇인가에 얽매여 있다면 그것은 명확한 원리가 부족하기 때문이다. 먼저 원리적으로 달라져야 한다.

원리 공부는 땅에 좋은 씨앗을 뿌리는 것과 같다. 원리는 씨앗이다. 씨앗도 종류가 다양하다. 아름다운 꽃과 풍성한 열매를 맺는 씨앗이 있는가 하면, 무성하게 우거져 해만 끼치는 씨앗도 있고, 다른 식물의 영역까지 침범해서 영양분을 빼앗고 마침내는 그 식물을 죽여버리는 씨앗도 있다. 또한 같은 식물의 씨앗이라도 싹이 터서 튼실하게 자라는 실한 씨앗이 있는가 하면, 싹이 트지 못하거나 싹이 터도 비실비실하게 자라나는 부실한 씨앗도 있다.

당신은 어떤 씨앗을 고르겠는가? 어떤 원리가 당신의 영혼에 있는 아름다운 꽃들을 피워낼 수 있을까? 그 원리의 씨앗은 아름다운 꽃을 피워내 자기 스스로도 자랑스럽고, 다른 이에게도 생명의 빛깔과 향기를 선사할 수 있을 것이다. 원리 공부의 핵심은 간단하다. 나는 육체만을 위해서 이 세상에 온 것이 아니라 영혼의 성장과 완성을 위해서 왔다는 것, 나도 살리고 너도 살리고 모두를 살리기 위해서 왔다는 것을 아는 것이다. 결국은 나에게 주어진 생명 에너지를 깨닫고 이를 최대한 활용해서 나를 포함한 모두를 이롭게 하겠다는 생명 에너지의 순리를 아는 것이다.

원리 공부를 정말로 잘 하기 위해서는 원리를 당신의 삶 속에서 실행해야 한다. 원리를 지식으로 이해하는 것만으로는 충분하지 않다. 오렌지에 대해 아무리 많은 지식이 있어도 오렌지 한 쪽을 맛보는 것만 못하듯이, 원리에 대해 아무리 많은 지식이 있어도 원리를 몸으로 느끼고 실천하는 것만 못하다.

많은 사람들이 정신세계에 관한 책을 읽고 난 후 '이제 나는 인간의 의식과 세상에 대해서 알 만큼 알고 있다. 나는 영적인 사람이다.'라고 생각한다. 그러나 지식으로 이해한 깨달음은 다른 사람에게서 받은 것일 뿐 자신의 몸으로 직접 키우고 캐 올린 열매가 아니다. 아무리 해박한 지식도 그것을 자신의 몸으로 느끼고 깨닫지 않는 이상 진정한 생명의 이치를 깨닫기에는 역부족이다. 누가 가르쳐 준 지식을 그냥 받아들이는 것이 아니라 자신의 몸으로 직접 깨닫는 것이 최고의 원리 공부이다.

물론 지식으로 원리를 이해하는 것이 아무것도 모르는 것보다는 나을 수 있다. 그것은 더 깊이 이해할 수 있는 시발점이 될 수 있다. 그러나 그 지식이 선입견이 되어 참 진리에 대한 깨달음을 가릴 수도 있다. 깨달을 가능성이 가장 낮은 사람이 깨달음을 모르면서 알고 있다고 생각하는 사람이다. 이해하는 것과 깨닫는 것은 다르다. 자신이 원리를 정말로 실천하는지를 가늠하기 위해서는 자신을 진지하게 들여다 보고 자신의 맹점을 인정해야 한다.

몸과 마음을 닦는
수행 공부

원리 공부가 진리에 대한 자각을 의미한다면, 수행 공부는 진리에 대한 자각을 몸으로 익혀 나가는 과정이다. 많은 사람들이 주로 육체적인 욕망과 감정을 충족시키기 위해서 자신의 몸을 사용할 뿐, 몸속에 영혼의 성장과 완성을 위한 완벽한 시스템이 있다는 것은 모른다. 그 시스템은 만물에 스며 있는 생명 에너지인 기를 바탕으로 한 시스템이다. 이 에너지 시스템은 동양의 모든 명상과 힐링, 심신수련의 근간이 된다.

수행 공부에서 '수행修行'은 어떤 의미일까? '수修'는 닦고 연마한다는 뜻이고, '행行'은 행동, 행함, 움직임을 의미한다. 즉, 수행에는 몸의 움직임을 닦는다는 표면적인 의미가 있고, 더 깊이 들어가면 몸의 움직임을 닦음으로써 마음을 닦는다는 의미가 있다.

'몸의 움직임'이란 어떤 것들이 있을까? 보고, 듣고, 말하고, 먹고, 자는 것을 포함해서 인간의 몸을 통해서 이루어지는 모든 움직임을 말한다. '몸의 움직임'이란 사실 인간의 생활 그 자체를 의미한다. 그래서 넓은 의미에서 우리의 삶 자체가 수행인 것이다.

우리의 인생사에서 일어나는 사건들에 어떻게 대처하는가가 궁극적인 수행이다. 예를 들어, 어떤 사람이 어렸을 때 부모든 형제든 가족 중에 한 명이 죽는 것을 체험했다고 하자. 그 체험은 그에게는 현실로 받아들이기 힘든 뼈아픈 고통일 것이다. 이러한 경험은 '사람은 저렇게 죽어가는구나.'라고 느끼게 만들고 그의 인생관을 형성한다. 가족을 잃은 애통함이 가슴 속 깊이 자리잡고 있겠지만 그 죽음으로 인해 그는 '결국은 누구나 죽게 되는 인생, 그러면 도대체 삶의 진정한 의미가 무엇인가?'라는 질문에 대한 답을 찾아 더욱 고민하게 될 것이다. 그는 언젠가는 찾아올, 아니면 난데없이 들이닥칠 수도 있는 인생의 마침표를 일찌감치 알아버렸기 때문에, 육체의 삶이 전부가 아니라는 것을 깨닫고 육체의 삶 너머 그 무엇인가를 찾으려고 할 것이다. 가족의 죽음이 당장은 뼈아픈 고통이지만 그러한 사건으로 인해 그는 삶의 의미에 대해서 남 다르게 성찰하게 되고, 그의 삶과 내면은 더욱 깊어질 것이다.

어떤 사건이 일어났을 때 현상만 보며 울고 웃을 것인가? 아니면 현상 너머에 담긴 의미를 생각하며 그것을 영혼의 성장을 위한 계기로 삼을 것인가? 인생의 마디마디에서 발생하는 사건들이 싫든 좋든 간에 그것은 결국 인생의 무상함을 깨닫고 영혼을 성장시키는 데에 도움을 주는 공부거리가 된다. 당신이 처한 현실이 고통스럽다면 두 팔을 더 크게 벌려 그 고통을 당당히 맞이하라. 쓰든 달든 모든 인생사가 결국은 당신을 공부시키기 위한 수행거리라고 생각해라. 인생은 깨달음의 수련장이다. 여기서 배우는 인내와 용서 그리고 사랑. 그 속에서 당신의 영혼은 더욱 더 단단해질 것이다.

수행 공부는 '원리를 몸으로 체험하는 과정'이다. 우리의 신념 체계, 원리가 우리 몸의 모든 세포에 각인이 된다. 우리는 원리를 몸에 심기 위해 의식적으로 노력해야 한다. 몸이 단련되고 원리가 자리를 잡으면 마음도 강인해진다. 수행 공부를 하는 데에는 힘과 지속적인 훈련이 필요하고, 그럴 때 흔들리지 않는 마음이 뿌리를 내리게 된다. 수행을 통해 자신의 신념에 대한 자신감과 확신을 기를 수 있다.

원리 공부가 마라톤을 하기 전에 마라톤 구간을 미리 공부하는 것이라면, 수행 공부는 실제로 마라톤을 하는 것이다. 어디가 급경사 구간이고 어디가 완만하고 평탄한 곳인지, 바람이 앞에서 불어오는지 등 뒤에서 불어오는지, 사전에 들었던 정보들을 직접 몸으로 체험하며 확인하는 것이다. 원리 공부만 했을 때는 파워가 없다. 자신의 체험이 아닌 다른 사람의 체험에서 나온 지식을 얘기할 때는 확신과 파워가 실릴 리 없다. 자신의 두 발로 마라톤 코스를 실제로 뛰어본 사람만이 숨이 얼마나 찼고 다리가 얼마나 아팠는지를 온몸으로 체험할 수 있고, 그 체험에서 나온 상세하고 사실적인 얘기를 해줄 수 있다.

수행 공부를 통해 원리를 온몸으로, 온 세포로 느꼈을 때 그것이 살아 있는 진짜 앎이 된다. 살아 있는 앎은 계산을 하거나 눈치를 보는 것이 아니라 자연스럽게 저절로 행동으로 나타난다.

그러면 어떻게 몸을 통해서 온전한 앎에 이를 수 있을까? 우리는 수많은 정보를 습관과 기억의 형태로 우리 몸에 지니고 있다. 크게 세 가지 형태의 정보가 있다. 첫 번째는 유전 정보로 부모에게 받은 DNA에 담겨 있는 정보이다. 두 번째는 지식 정보로, 부모님이나 선생님을 통해서 또는 책과 TV, 인터넷과 같은 미디어를 통해서 얻은 지식이다. 세 번째는 체험 정보로, 실제 자신의 경험을 통해서 얻은 느낌과 정보들이다. 그 정보들 중에는 자신이 그것을 얻은 과정을 인지하고 있는 것도 있고, 자기도 모르는 사이에 머릿속에 들어와 자리잡은 것도 있다.

그러한 정보들의 집합이 당신을 구성하고 있고, 당신의 행동은 그 정보들이 좌우한다. 그러면 그 정보와 앎이 온전한 것일까? 당신은 당신이 갖고 있는 정보가 100퍼센트 완전하다고 말할 수 있는가? 그렇지 않을 것이다. 사람들은 무언가 부족함을 느끼기 때문에 그 부족함을 채우기 위해서 이것저것 들춰보고 여기저기 기웃거린다. 아무리 열심히 찾으려고 애를 써도 항상 뭔가 부족함을 느낀다.

온전한 앎이란 무엇일까? 어떻게 그것을 발견할 수 있을까? 온전한 앎이란 바로 당신 안에 있으며, 그것은 몸을 통해서 발견할 수 있다. 온전한 앎이란 바로 자기 스스로 행함을 통해서 얻는 깨달음이다. 그리고 그 깨달음에 이르는 과정이 수행인 것이다.

수행은 한마디로 비움의 과정이다. 달리 말하면 정보를 정화하는 과정이다. 우리의 삶 내내 다양한 곳에서 온 수십억 가지의 정보들이 우리를 속박한다. 그 정보들 중에 어떤 것은 과거의 경험과 기억을 바탕으로 우리의 DNA와 세포에 깃들어 있고, 또 어떤 것은 부모님이나 선생님, 정치인, 종교 지도자, TV, 책과 같이 외부에서 온다.

당신의 의식에 들어온 그 정보들은 당신의 세포에 깊이 자리를 잡고 당신의 생각과 감정, 습관을 조절한다. 몸을 통한 수행은 그러한 정보들을 걸러내는 과정이다. 그래서 결국 당신의 원래 순수한 마음 상태를 회복하는 것이다. 원래의 순수한 상태라야 생명의 정수 그 자체를 알게 된다.

　깨달음은 기도한다고 오는 것이 아니다. 흉내 낸다고 되는 것도 아니다. 콩을 앞에 두고 아무리 "콩이 맛있는 두부가 되게 해 주십시오."라고 기도한들 그 콩이 두부로 바뀔 리 만무하다. 정말로 두부를 먹고 싶으면 콩을 갈아야 한다. 그와 같은 것이 수행 공부이다.

수행 공부의
세 가지 방법

　　　　　　수행 공부의 방법에는 크게 세 가지가 있다. 지감止感, 조식調息, 금촉禁觸이 그것이다.

지감 – 마음을 고요히 하기

수행 공부의 첫 번째 방법은 지감止感이다. '지止'란 '그치다'라는 뜻이고, '감感'이란 '느낌'을 말한다. 그래서 지감이란 '오감에서 오는 느낌을 그친다' 또는 '감정을 그친다'는 뜻이다. 감정의 움직임에 동요 없이 마음을 맑고 고요히 가라앉히는 것을 말한다. 잠시라도 눈을 감고 자기 내면에 귀 기울여 보면 자신의 마음이 얼마나 분주한지, 얼마나 쉴 새 없이 떠드는지 알 수 있다. 꼬리에 꼬리를 무는 생각은 멈추려 한다고 해서 없어지는 것이 아니다. 없애려고 애쓰면 애쓸수록 그 소음은 점점 더 커진다.

　그 소음으로부터 자유로워지는 핵심은 마음의 중심을 잡는 것이다.

오랜 세월을 거쳐 사람들은 마음을 조절하는 방법들을 개발해왔다. 예를 들어 고정된 자세로 몸의 균형을 유지하는 요가나 한 가지 물음에 마음을 집중하는 화두 참구, 일부러 몸에 고통을 가하는 고행이 모두 마음의 중심을 잡기 위한 수행법들이다. 하지만 그러한 접근법은 어지간한 집중력과 체력이 없으면 견뎌내기 힘들어 일반인이 따라 하기는 쉽지 않다.

그래서 나는 감정을 그치는 쉬운 방법, 지감을 추천한다. 그것은 우리 몸의 안팎에서 쉴 새 없이 순환하는 기 에너지의 느낌에 집중하는 것이다. 이러한 기의 흐름을 감지하려면 우리의 뇌파가 알파파로 떨어져야 한다. 그것은 우리의 생각과 감정이 고요해지고 잠잠해질 때 가능하다.

지감은 우리 몸 중에서 감각이 특히 예민한 손에서부터 시작한다. 당신이 1장에서 했던 것처럼 손에 집중해서 기운의 섬세한 흐름을 느끼다 보면 쉽고 빠르게 지감 상태에 들어갈 수 있다. 이런 지감 수련을 계속 되풀이하다 보면 나중에는 몸 전체로 에너지를 느낄 수 있게 된다. 그러다 보면 몸의 중심 특히 아랫배 쪽에 에너지의 중심점이 형성된다. 아랫배에 형성된 에너지 중심점이 마치 닻과 같이 굳이 애쓰지 않아도 마음을 온전히 붙들 수 있는 상태까지 깊어진다. 이때부터 본격적인 몸과 마음의 수련이 시작된다고 할 수 있다.

많은 사람들은 자기 안에서 일어나는 생각과 감정이 자신이라고 알고 사는데, 지감 수련을 통해 마음을 고요히 함으로써 생각과 감정은 의식의 바다에서 일어나는 파도처럼 덧없는 것임을 체험할 수 있다. '생각을 놓아야 한다. 감정을 그치고 조절해야 한다.'는 생각을 할 필요도 없다. 기운을 느끼면서 지감 수련을 하다 보면 저절로 생각이 없어지고 감정이 가라앉으며, 생명의 바다인 에너지 세계 속에 있는 자신의 참모습을 볼 수 있다. 지감 수련은 자기 내면의 가장 깊은 단계를 체험할 수 있게 해 준다. 그것은 타오를 깨닫기 위한 수행 공부의 가장 기초가 되는 것이다.

조식 - 숨 고르기

수행 공부의 두 번째 방법은 조식調息이다. '조調'는 '고르다'는 뜻이고, '식息'은 '호흡'을 의미한다. 즉, 조식은 '숨을 고른다'는 뜻이다. 숨을 고름으로써 감정을 가라앉히고 마음을 조절한다. 자신의 숨쉬는 패턴을 잘 살펴보면 자신의 생각과 감정의 패턴을 알 수 있다. 화가 났을 때는 씩씩거리고, 급할 때는 헉헉거리고, 기쁠 때는 하하거리고, 슬픔에 빠져 있을 때는 긴 한숨을 내쉰다.

그렇다면 당신의 마음이 그지없이 평화로울 때는 어떤 숨을 쉬는가? 코끝에 깃털을 대도 그 깃털의 움직임이 미미할 만큼 길고 그윽하고 편안한 호흡을 할 것이다. 지금 당신에게 1분의 시간을 할애해서 그런 편안한 호흡으로 돌아가 보라. 한 호흡 한 호흡 숨과 함께 당신이 잡고 있는 생각과 감정을 하나씩 놓을 때 숨도, 마음도 편안해지는 것을 체험할 수 있을 것이다. 조식도 지감과 마찬가지로 감정을 조절하고 생명의 실체를 깨닫는 방법이다. 숨을 고름으로써 감정의 파도를 잠재우고 평화의 상태, 순수한 생명의 상태로 되돌아가는 것이다.

숨과 함께 생명 에너지가 우리 몸에 들어오고 나간다. 따라서 숨을 조절함으로써 몸속의 기운도 조절할 수 있다. 한참 화가 났을 때 씩씩

거리다가 마음을 가라앉히기 위해서 입으로 '후우~' 하고 숨을 길게 내뱉곤 한 적이 있을 것이다. 그것도 부족하다 싶으면 밖에 나가 산책을 하면서 가슴 속의 답답함을 숨과 함께 내보냈을 것이다. 그렇게 한동안 숨을 내쉬다 보면 가슴 속의 무거운 느낌이 나가면서 어느 순간 마음이 진정된다.

이렇게 숨을 고름으로써 몸속의 답답한 기운을 밖으로 내보낼 수도 있고 외부의 신선한 기운을 몸 안으로 끌어올 수도 있다. 이러한 기운의 작용은 몸과 마음의 상태에 직접적인 영향을 준다. 숨을 편안하게 쉼으로써 기운이 맑아지는 순간 몸과 마음이 편안해진다. 숨을 크게 들이쉼으로써 기운의 작용을 강하게 해서 몸의 온도를 높일 수도 있다. 또한 아랫배까지 길고 깊게 숨을 쉬면 아랫배에 단단한 에너지 중심점을 만들어 몸속에 기운을 축적할 수도 있다.

숨을 통해 기운을 조절할 수 있다는 것은 생각과 감정을 뜻한 대로 다룰 수 있다는 것이다. 그것은 단순히 감정적으로 어려운 상황에 닥쳤을 때 감정에 동요하지 않는 차원을 넘어서, 의도한 대로 감정을 선택할 수 있다는 뜻이다. 이렇듯 숨을 고르는 것만으로도 기운의 흐름과 마음의 작용을 조절할 수 있다.

호흡의 힘을 알면 그것은 단순하면서도 매우 깊이 있는 수련법이 된다. 호흡의 의미는 또한 우리가 더 깊은 수련을 할 때 더욱 커진다. 정성스럽게 숨을 쉬다 보면 우리는 호흡의 더 깊은 의미, 즉 생명의 참모습을 알 수 있다. 호흡은 생명의 가장 구체적인 표현이다. 우주의 생명 에너지와 함께 쉼 없이 드나드는 숨은 그 자체가 바로 생명의 실상이다. 숨을 들이마실 때는 몸과 마음이 하나 되니 몸에 감사하고, 숨을 내쉴 때는 허공과 하나 되니 하늘에 감사한다. 그렇게 하다 보면, 어느덧 몸 안팎의 경계가 사라져 안에도 밖에도 갇히지 않는 숨 그 자체가 된다.

금촉 - 욕망 조절하기

수행 공부의 세 번째 방법은 금촉禁觸이다. '금禁'은 '금지한다'는 뜻이고, '촉觸'은 '부딪힘'을 말한다. 즉, 금촉은 '부딪힘을 금한다'는 뜻이다. '부딪힘'은 외부의 물리적인 자극과 우리 몸의 감각이 만나는 것을 의미하고, 그때 인지가 이루어진다.

외부의 정보는 눈, 귀, 코, 혀, 피부라는 다섯 가지 감각기관을 통해서 우리의 뇌 속에 들어온다. 금촉은 부딪힘을 금하는 것으로, 외부적인 자극이 우리의 감각기관과 만나지 못하도록 하는 것이다. 감각기관에만 의지하면 우리의 의식이 외부로만 쏠리기 때문이다. 그래서 금촉을 통해서 외부로부터의 정보 유입을 차단하는 것이다. 오감을 통해서 들어오는 정보의 양을 제한할 때, 제6의 감각이라고 불리는 잠재의식의 영역이 더욱 활성화된다.

금촉 수련의 핵심은 몸의 욕구에서 오는 유혹과 타협을 제한하는 것이다. 몸은 항상 편안한 상태에 머무르려는 경향이 있다. 편안하게 먹고 자고 쉬는 것, 이것이 몸이 원하는 본능적인 욕구이다. 그러한 욕구를 충족시키지 않을 때 몸은 불평불만을 터트린다. 금촉 수련자는 몸이 원하는 것을 들어주지 않고 타협을 원하는 온갖 유혹의 소리에 귀를 닫는다. 그럴 때 전혀 다른 내면의 소리, 바로 영혼의 소리를 들을 수 있다. 육체의 소리가 아닌 영혼의 소리를 선택할 때 금촉 수련이 시작된다.

이를 더 쉽게 이해하려면 요즘 유행하는 다이어트와 운동을 생각해 보면 된다. 가령 당신이 하루에 한 끼만 먹는 다이어트를 하루 한 시간 조깅과 겸해서 1주일째 해 왔다고 하자. 그 상태에서 음식을 보면 얼마나 군침이 돌겠는가? 당장이라도 다이어트를 집어치우고 마음껏 먹고 싶은 몸의 소리가 들릴 것이다. 조깅은 또 어떤가? '배도 고픈데 뛰기까지 해야 하나? 내 다리가 무슨 고생이람? 오늘 하루만 쉬면 안 될까?' 등등 편안한 상태에 머무르려는 온갖 유혹이 밀려올 것이다. 그러나 한편으로는 이런 소리도 들려온다. '안 돼, 참아야 돼! 다이어트를 2주간 하기로 했잖아? 지금 잘 하고 있어. 이제 절반밖에 안 남았는데 좀 더 힘을 내자!'

이때 몸의 욕구에서 나오는 소리를 따르느냐, 내면의 의지에서 나오는 소리를 따르느냐의 기로에서 오감의 소리에 귀를 닫고 내면의 의지에서 나오는 소리를 선택하는 것이 바로 금촉이다. 의지를 내는 선택을 반복할 때 마음의 힘은 점점 강해지고 몸의 욕구에서 나오는 소리도 쉽게 극복할 수 있다. 또 의지가 더 깊은 내면으로 들어가면 영혼의 소리도 들을 수 있다. 감각기관을 통한 외부 세계와의 통신을 끊고 의식이 온전히 자신의 내면에 집중할 때, 자기 안에 있는 근본적인 생명의 실체를 만날 수 있다.

예수가 40일간 광야에서 금식을 했다거나 부처가 6년간 고행을 한 것도 모두 생명의 실체를 만나기 위한 일종의 금촉 수련으로 볼 수 있다. 그러나 우리가 모두 예수나 부처처럼 극단적인 방법으로 해야 하는 것은 아니다. 나 역시 21일간 먹지도, 눕지도, 자지도 않는 극한 수행의 방법을 택했지만 나는 그 방법을 누구에게도 권하지 않는다. 사실 나는 어린 시절부터 매일 두세 시간씩 무술을 단련해왔다. 그리고 내가 그 수행을 한 것은 서른 살의 한창 나이 때였다. 그럼에도 21일간 죽을 고비를 몇 번이나 넘겨야 할 만큼 힘든 수행이었다. 안 먹는 것은 그래도 참을 수 있었는데, 안 눕고 안 자는 것은 정말로 이기기 힘든 강력한 유혹이자 고통이었다.

일상생활 속에서 실행할 수 있는 금촉의 방법은 나쁜 습관을 끊는 것이다. 예를 들어 과식하거나 단 음식을 좋아하는 것, 아침에 늦잠을 자는 것, 게임이나 술, 담배와 같은 유혹을 끊지 못하는 것이 있을 수 있다. 이러한 나쁜 습관은 그동안 자신의 몸이 원하는 것을 계속해서 들어주었기 때문에 쌓인 것이다. 그러한 몸의 욕구에 끌려다니지 않으려면 규칙적인 운동이나 자기계발과 같은 건강한 습관을 만들어 나가야 한다. 그런 노력을 계속하기 위해서는 내면의 의지가 필요하므로 금촉의 좋은 방법이 될 수 있다.

금촉을 하면 끈기와 인내심을 키울 수 있다. 금촉의 방법 중에 '연단鍊丹'이 있다. 한 자세를 일정 시간 유지한 채 몸속에 기를 모으고 운기運氣하는 것인데 이것은 인내심을 키우는 데에 좋다. 연단을 하다 보면 한 자세를 계속 유지하기가 너무 힘들어 중간에 포기하고 싶은 마음이 올라온다. 그럴 때 몸에서 나오는 불만의 소리를 듣고 포기해 버리는 사람은 더 이상의 발전이 없다. 반대로 무슨 일이 있어도 정해진 시간을 다 채우겠다는 의지와 신념의 소리를 선택한 사람은 그 순간 몸과 마음의 한계를 넘어간다. 이러한 과정을 반복하다 보면 몸의 한계에 맞서는 인내력을 키울 수 있다.

지감과 조식은 금촉에 비해서 비교적 쉬운 공부다. 그러나 쉽다고 해서 지감과 조식만 해서는 안 된다. 그것은 입에 맞는 음식만 골라 먹는 편식과 같다. 편식이 심해지면 영양 불균형이 되듯이 비교적 쉬운 지감, 조식 수련만 하다 보면 육체적, 정신적인 힘을 키우기가 힘들다.

힘을 키우려면 몸을 단련해야 한다. 쉽고 부드러운 수련만 갖고는 힘이 커지지 않는다. 힘든 것도 참고 이겨 낼 줄 알아야 한다. 힘들다는 것은 그만큼 힘이 들어간다는 것이다. 힘이 들어야 힘이 생긴다. 힘은 쓸수록 더 커진다. 금촉 수련을 하면서 포기하고 싶을 정도로 힘든 순간에 '나는 할 수 있다!'라는 내면의 소리를 선택해 보라. 거기서 새로운 힘이 솟아나고, 영혼이 제자리에 바로 설 수 있다.

지감, 조식, 금촉, 이 세 가지의 방법은 형식은 다르지만 그 목적은 같다. 바로 몸의 욕구에서 비롯한 생각과 감정을 그치고, 깊은 내면에 있는 생명의 본질을 만나는 것이다. 이것은 마치 나뭇잎에 덮여 있는 수정처럼 맑은 샘물과 같다. 나뭇잎에 덮여 있어서 그 밑에 샘이 있는 지조차 몰랐는데, 나뭇잎을 옆으로 살살 치우다 보면 그 밑에 흐르는 맑은 샘물을 발견할 수 있다.

다시 한 번 강조하면 수행의 핵심은 '비우는 것'이다. 자기 안에 가득 차 있는 감정과 욕망의 소리를 비워내는 정화의 과정이다. 비우는 것은 절대 생각으로 되지 않는다. 생각으로 원리를 깨달으려는 인위적인 노력 자체를 하지 마라. 생각의 뇌를 끄고 그냥 느껴라. 모든 것을 비운다는 마음으로 천천히 호흡하면 생각과 감정, 욕망의 파도가 가라앉기 시작한다. 계속 의식을 몸 안에 집중하며 호흡하다 보면 몸속에 에너지가 활성화된다. 몸속의 에너지 시스템이 1차크라부터 하나씩 깨어나면서 온몸으로 에너지가 순환된다. 그리고 깊은 무의식의 상태에 다다를 때 타오에 대한 깨달음이 저절로 찾아올 것이다. 수행 공부가 깊어지고, 인생의 진정한 목적을 위해서 몸이 거들도록 영혼이 명령할 때, 타오에 대한 진정한 앎이 내면에서부터 일어나기 시작할 것이다.

수행의 핵심은
정성

원리 공부가 씨앗을 뿌리는 것과 같다면 수행 공부는 그 씨앗이 자라는 과정이다. 비옥한 땅에 뿌려진 원리의 씨앗은 부단한 수행을 통해 뿌리를 내리고 싹이 트고 꽃이 핀다. 씨앗이 처음 싹틀 때는 너무나 약하고 가냘픈 잎새가 나오지만 성장하면 튼실한 한 그루의 나무가 된다. 그 어린 떡잎이 하루아침에 나무가 되는 것은 아니다. 땅속에서 끌어올린 물과 영양분 그리고 따뜻한 햇빛과 공기를 받아 만들어진 천지간의 합작품인 것이다. 그 나무는 묵묵히 자기에게 주어진 생명력을 펼침으로써 하늘과 땅에 감사할 줄 안다. 울창한 나뭇잎으로 그늘을 만들어 새와 다람쥐, 사람들에게 휴식처를 제공하고, 때가 되면 아름다운 꽃을 피워내 그 빛깔과 향기로 보는 이의 마음에 위안을 준다.

우리는 나무를 대수롭지 않게 여길 수도 있지만, 그 하나의 생명체가 싹이 트고 자라나 꽃이 필 때까지 하늘과 땅이 얼마나 많은 공을 들였겠는가? 또 그 나무는 때로는 비를 맞고 바람을 맞으며 더 강인해지기 위해 얼마나 많은 인고의 시간을 보냈겠는가? 우리도 수행 공부를 할 때 이처럼 지극한 정성을 들여야 한다.

당신은 매일 하루를 시작하면서 그 날 어떤 하루를 창조할 것인지 명상을 하거나 계획을 세우는가? 매일 하루가 끝나면 그 날 일어난 일들을 되짚어보고, 당신이 그 일들에 어떻게 반응했는지 돌아보는가? 매일 자신의 에너지를 정화하고 회복하기 위해 하는 수련 방법이 있는가?

우리의 외부 세계인 몸을 단련하고 정성을 들임으로써 우리는 내면 세계를 굳건하게 만들 수 있다. 수행은 자기가 세운 뜻을 몸에 심는 과정이며, 몸에 공감대를 형성하는 시간이다. 즉, 원리에 대한 자각이 온몸으로 퍼져 나가 행동력으로 이어지도록 하기 위한 것이다. 수행을 통한 지속적인 정성 없이는 내면의 뜻을 지켜 나가기 쉽지 않다. 작심삼일이라는 말처럼 몸과 마음 사이에 공감대가 형성되지 않으면 행동력이 약해진다. 그러나 수행을 통해 정성을 들이면 내면의 의지는 오래 지속된다.

수행은 자기의 생명의 실체를 만나는 자기만의 시간이다. 평상시에 느끼는 감정과 에고가 아니라, 감정과 에고 그 밑바닥에 있는 근원적인 자기를 만나는 것이다. 이처럼 생명의 실체를 만나기 위해 자기 몸과 마음에 정성을 들이는 사람을 '수행자'라고 한다. 수행자는 자기의 참 본성, 영혼을 지키고자 하는 마음을 갈고 닦는다. 진정한 정성은 마음 깊은 곳에서 나오는 것이다. 정성의 에너지가 쌓이고 쌓여서 꽃이 피어난다. 그 꽃은 자신도 기쁘게 하고 그 성장을 지켜본 이들의 마음도 감동시킨다.

많은 사람들이 외롭다, 심심하다고 얘기한다. 수행하는 사람에게는 외로움이 끼어들 새가 없다. 혼자 있을 때는 수행을 하고, 사람들과 같이 있을 때는 잘 어울리며 교류하면 된다. 정말로 기를 터득한 사람은 혼자가 아니다. 그에게는 하늘이 있고 땅이 있다. 늘 하늘과 땅의 에너지와 교류하고 주위에 있는 많은 생명들과 교류하는 것이다.

우리의 영혼은 얕은 수나 요령을 통해 성장하지 않는다. 정성 없이 얕은 수나 요령을 피워서 무언가를 얻는다면 그것은 그 사람의 마음을 불안하게 한다. 그것은 마치 오렌지의 알맹이를 버리고 껍데기를 붙들고 있는 것과 같다. 우리의 영혼은 '정성'을 통해 성장한다. 깨달음에 이르는 길은 정성으로 시작해서 정성으로 끝난다. 그 사람의 신분이나 지위가 높든 낮든 정성으로 대하는 사람은 아름답다. 정성을 배울 수 있는 일이라면 그 일은 가치가 있다. 눈 밝은 사람은 무슨 일을 하든지 그 속에서 타오를 찾는다.

정성은 원래 높고 맑고 신령스러운 것을 향해 들이는 것이다. 그렇기 때문에 정성이란 지금의 자신보다 더 밝아지고 성장하기를 염원하는 마음가짐이다. 항상 정성 어린 마음으로 살아가는 사람은 어려움에 처해도 희망이 사라지는 법이 없다. 그는 누가 뭐라든, 마음 밖에서 어떤 일이 벌어지든 언제나 감사와 행복을 느끼며 살아간다. 슬픔이나 역경을 경험하지 않는다는 말이 아니라 어려움 속에서도 희망의 불길이 꺼지지 않는다는 뜻이다. 그는 삶의 가변성을 알고 믿음과 확신을 갖고 더 밝은 날을 향해 나아간다. 또한 정성스러운 마음을 가진 사람은 절대 게으를 수가 없다. 그러나 정성을 잃어버린 사람의 삶은 황폐해지기 쉽고 절망에 빠지기도 쉽다. 정성이 사라지면 그만큼 나태해지기 쉽고 불평불만에 사로잡히기도 쉽다.

많은 사람들이 정성을 들이지 못하는 이유는 현재의 순간에 완전히 집중하지 않기 때문이다. 정성은 현재에 들이는 것이다. 자신이 정성을 들이고 있다는 것은 지금 이 순간에 집중하고 있다는 증거이다. 지금 이 순간에 집중하지 않으면 마음은 과거에 대한 집착과 미래에 대한 걱정 사이에서 정처 없이 방황한다. 마음이 다른 데에 사로잡히면 당연히 정성이 들어설 자리는 사라진다.

옛 선가에서는 깨달음을 얻겠다고 공부를 시작한 수행자들은 바로 참선 공부로 들어간 것이 아니라 3년은 청소하고, 3년은 나무하고, 3년은 밥 짓는 기간을 거쳤다. 이렇게 청소하고 나무하고 밥 짓는 긴 시간을 다 거치고 나서야 비로소 깨달음을 위한 공부를 할 수 있었다.

청소하는 첫 3년은 자기의 마음을 닦는 시간이다. 하루하루 온 정성을 다해서 쓸고 닦다 보면, 어느 날 문득 자신이 방바닥을 쓸고 닦는 게 아니라 자기 마음을 쓸고 닦았다는 것을 깨닫게 된다.

그것을 깨닫고 나면 그 다음에는 나무하는 일을 시작한다. 처음에는 그저 아무 생각 없이 나무를 하지만, 해가 거듭되면서 자신이 쳐내는 나뭇가지가 사실은 비뚤어진 자신의 마음이라는 것을 보게 된다. 자신의 비뚤어진 마음에서 나오는 잡념과 망상들을 쳐내는 것이다.

마지막으로 음식을 준비하는 일로 넘어간다. 요리를 하는 과정 하나하나가 정성 없이는 안 된다. 정성을 들이느냐 아니냐에 따라 음식의 맛과 향, 모양이 달라지기 때문이다. 그렇게 정성을 들여 만든 음식을 사람들이 먹고 행복해 할 때 보람과 기쁨을 느낀다.

처음에는 단순한 허드렛일이나 스승을 시중드는 일로만 여겼던 그 9년의 시간이 결국은 자신을 성장시키기 위한 스승의 큰 배려와 사랑이었으며, 그 어떤 수행법보다 깊고 참된 수행의 시간이었음을 깨닫게 된다. 그리고 이 과정에서 수행자는 정성의 참 의미를 알게 된다.

처음에는 바라는 바가 있어서 정성을 들이기 시작했어도, 정성이 지극해지면 처음에 바라던 바는 점점 작아지고 정성만 더욱 커진다. 그러다 정성이 더욱더 깊어지면 바라는 바도 사라지고 오직 정성을 다 하고자 하는 마음만 남는다. 그래서 정성 자체가 주 목적이 된다. 그 가운데서 일은 저절로 이루어진다. 줄곧 현재의 순간에 정성을 들여 왔기 때문이다. 이렇듯 정성을 들이는 것의 참 의미를 알 때 그 사람은 비로소 영혼의 성장을 위한 본격적인 공부를 할 수 있는 준비가 된다.

선가에는 이런 얘기가 있다. '정성이 없는 사람에게는 법을 전하지 마라. 준비가 되지 않은 사람에게 법을 전하는 것은 백해무익하다.' 타오의 법은 육체를 중심에 둔 삶을 살고자 하는 사람에게는 아무런 도움이 되지 않기 때문이다. 깨달음을 얻기 위해서는 준비가 필요하다. 그 준비란 '나는 나의 삶의 목적을 영적인 성장과 완성에 두겠다.'는 마음가짐이다.

타오의 길은 평생에 걸친 자기 수행이다. 무슨 일이 있더라도 타오의 길을 가겠다는 마음이 중요하다. 아침에도 좋고 저녁에도 좋다. 눈을 감고 조용히 명상을 해보라. '나는 오늘 내 영혼의 에너지를 키우기 위해서 얼마나 노력했는가? 나는 오늘 영혼의 향기로 주위 사람들에게 얼마나 도움을 주었는가?'

매일 수행을 통해 영혼의 꽃에 물을 주면 영혼의 향기가 가득히 피어난다. 그렇게 수행을 통해 영혼의 꽃을 피우면 자기 자신이 아주 사랑스럽고 자랑스럽게 느껴져, 밝고 환한 빛 속에서 살아갈 수 있다. 자신의 인생이 영혼을 위한 삶 그 자체가 되는 것이다. 그래서 수행을 하는 사람에게는 언제나 그윽한 수행의 향기가 난다.

깨달음을 실천하는
생활 공부

　　　만약 당신이 타오의 원리를 이해하고, 수행을 통해서 그 원리를 몸으로 완벽하게 깨달았다고 하자. 그렇다면 깨닫고 나서는 무엇을 해야 할까? 깨달았으면 그 자체로 모든 것이 완벽하기 때문에 더 이상의 노력은 필요 없는 걸까? 예전의 생활로 돌아가면 깨달음이 없어지기 때문에 깨달음의 상태를 유지하기 위해서 산 속에 남아 계속해서 수행을 해야 할까? 그건 그렇고 그 사람이 정말로 깨달았다는 것은 어떻게 증명할 수 있을까? 조용히 산 속에서 명상하는 모습일까? 그 모습을 본다고 깨달음이 사람들 눈에 보일까?

　그렇지 않다. 설령 그 사람이 깨달았다고 해도 현실에 영향을 주지 못하는 깨달음, 현실 속에서 증명할 수 없는 깨달음은 진정한 깨달음이 아니다. 진정한 깨달음이라면 이상만을 좇는 것이 아니라 현실에 뿌리를 내리고 현실을 바꿀 수 있어야 한다. 전달되지 못하는 깨달음은 깨달음이 아니다.

　영혼의 성장을 위한 세 번째 공부는 '생활 공부'이다. 생활 공부란 깨달음을 사회 속에서 실천하고 현실화하는 과정이다. 수행 공부를 통해 씨앗이 자라나 꽃이 피었다면 생활 공부는 열매를 맺는 것이다. 아름다운 꽃은 피웠지만 열매를 맺지 못한다면 그 꽃은 허무하기 짝이 없다. 열매가 없기 때문에 그 꽃이 시들면 그것으로 존재 가치가 끝난다. 반면 열매를 맺은 꽃은 시들어도 마냥 기쁘다.

현실에 영향을 주지 못하는 깨달음은 열매를 맺지 못하고 시들어 버리는 꽃과 같다. 열매가 없다는 것은 현실적인 영향력이 없다는 것 이고, 그 깨달음의 에너지장이 미치는 영역이 미미하다는 것이다.

산속에서 혼자 명상만 하는 것은 반쪽짜리의 깨달음일 수 있다. 테 레사 수녀, 간디, 달라이 라마 등 많은 정신적인 리더들은 바깥 세상 과 교류하고 소통하면서 세상에 도움을 주기 위해 매일 끊임없이 정 진했다.

진정한 깨달음이라면 그 깨달음의 에너지장이 세상 속으로, 사람들 속으로 흘러가야 한다. 내면의 깨달음이 삶을 통해서 외부로 표현될 때라야 현실을 바꿀 수 있다. 그래서 나는 "전달할 수 없는 깨달음은 진정한 깨달음이 아니다."라고 말한다.

가슴 속에 있는 우리 영혼의 에너지장은 사람들과의 교류 속에서 더욱 커지고 강력해진다. 영혼이 성장하기 위해서는 우리의 영혼을 표 현하고 비춰줄 대상이 필요하다. 우리가 자신의 영혼의 에너지를 보내 고 또 상대방의 영혼의 에너지를 받아 교감할 수 있는 가장 적합한 대 상은 사람이다. 즉, 우리의 동료나 이웃처럼 세상 속의 사람들이다. 사 람들과의 교류를 통해서 자기 영혼의 에너지장을 키울 수 있고, 자신 의 영혼이 얼마나 성장했는지 비춰보고 확인할 수 있다.

생활 공부에서 '생활生活'이라 함은 말 그대로 아침에 일어나 잠들기 까지의 모든 움직임을 말한다. '행주좌와行住坐臥 어묵동정語默動靜'이라 는 말처럼 가거나, 머물거나, 앉거나, 눕거나, 말하거나, 침묵하거나, 움 직이거나, 움직이지 않는 것까지 우리가 하는 모든 움직임이 생활이다.

모든 순간이 생활 공부거리인 것이다.

아침에 일찍 일어나는 것도, 다른 이에게 웃음을 선사하는 것도 자신의 깨달음, 즉 원리를 실천하는 생활 공부이다. 원리가 있는 사람은 생활 속에서 스스로 기쁨과 행복을 창조한다. 그러나 원리를 잃어버리면 모든 것이 고역스럽다. 아침에 일찍 일어나는 것도 끙끙거리게 되고, 웃음도 마지 못해 웃으니 억지웃음이 된다. 영혼을 중심 삼는 삶, 영혼의 향기가 나는 삶을 통해 내 혼도 기뻐하고 다른 사람의 혼도 기쁘게 하는 것이 우리가 하는 공부의 핵심이다.

영혼의 성장과 완성을 향한 길은 길고 힘들 수도 있다. 그 길을 잘 가려면 원리 공부, 수행 공부, 생활 공부, 이 세 가지가 모두 필요하다. 이 중 한두 가지만 해서는 불충분하다. 원리 공부와 수행 공부를 통해 생명의 실체를 자각했다면, 생활에도 변화가 와야 한다. 생활이 예전과 전혀 다름이 없다면 원리가 바로 서지 않았든지, 수행이 부족한 것이다. 원리가 제대로 정립이 안 되면 신념을 갖고 수행에 임할 수 없다. 또 원리는 알지만 수행을 통해 기적인 변화를 체험하지 못했거나 체력이 약하다면, 마음은 굴뚝 같지만 원리는 머릿속에서만 맴돌 뿐 생활 속에서 실천할 힘이 부족하다.

원리 공부를 통해서 '의식'이 변하고, 수행 공부를 통해서 '에너지'가 변하고, 생활 공부를 통해서 '행동'이 변할 때 그것이 진정한 변화이다. 이것은 한 치의 오차나 에누리도 없는 정확한 공부이다.

이 시대의 문제를 극복하는 길은 무엇을 믿는 것만으로는 충분하지 않다. 각자 자기 자신을 믿고 자기 자신을 사랑하는 수밖에 없다. 지금 우리에게는 나도 살리고 남도 살리고 이 세상도 살릴 수 있는 원리와 수행, 생활이 필요하다. 원리 공부를 통해서 생명의 원리를 깨닫고, 수행 공부를 통해서 생명의 에너지를 가득 채우고, 생활 공부를 통해서 생명의 에너지를 나누는 삶! 영혼의 성장을 위한 3대 공부로 자기 자신을 운전할 때이다. 3대 공부를 통해 내부의 깨달음이 당신을 변화시키고 밖으로, 세상으로 흘러가게 하라.

다음의 시는 내가 오래 전에 수행의 의미를 생각하며 명상할 때, 내 안에서 흘러나온 영감을 적은 것이다. 삶을 영혼의 성장의 과정으로 이해하는 모든 이들과 공유하고 싶다.

수행

인생은 수행을 위하여 왔다네
이 세상은 깨달음의 수련장
인내와 용서와 사랑은
의식의 성장과 깨달음의 지름길

나에게 주어진 육체와 인간 관계, 나의 성격
그리고 모든 환경과 시간
이것은 임께서 주신 숙제이며 사랑이네
나무는 거친 땅에 태어남을 탓하지 않고
종자가 무엇이든 환경이 어떠하든 어떻게 쓰여지든
인내하며 용서하며 조화를 이루므로 사명을 다하네

산이 신령하고 아름다운 것은

어느 나무든 분별하지 않고

비는 비대로 바람은 바람대로

천둥은 천둥대로

눈이 오면 눈을 맞으며

모든 동물을, 사람까지 포용하며

인내와 용서와 사랑을 우리에게 보여 주기 때문이네

영혼의 성장을 위한 3대 공부

영혼의 성장을 위해서는 원리 공부, 수행 공부, 생활 공부를 해야 한다. 여기서 공부는 학교에서 하는 지식적인 공부가 아니라 영혼으로부터 지혜를 얻고 그것을 삶 속에서 적용해 가는 과정을 의미한다. 에너지적인 관점에서 말하면, 가슴에 있는 영혼의 에너지장을 넓혀 일상생활 속에서 그 영혼의 에너지를 사용하는 것을 의미한다. 원리 공부를 통해서 '의식'이 변하고, 수행 공부를 통해서 '기운'이 변하고, 생활 공부를 통해서 '행동'이 변할 때 우리 삶에 진정한 변화가 일어난다.

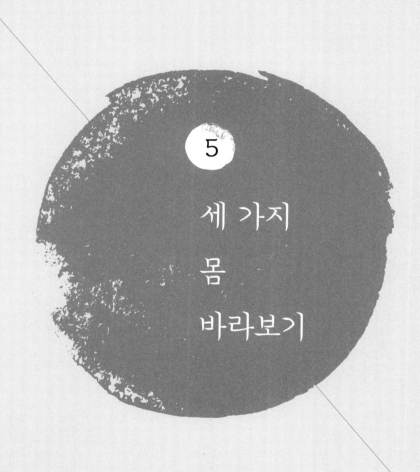

5

세 가지
몸
바라보기

우리 몸은 세 가지 차원으로 존재한다.
물질적 차원의 몸인 '육체',
에너지적 차원의 몸인 '에너지체',
영적인 차원의 몸인 '정보체'가 그것이다.

○

　　　　　○

　　　　　○

　　　　　당신의 몸은 몇 개인가? 어리석게 느껴질
수 있는 이 질문에 당신은 아마 "하나!"라고 대답할 것이다. 당신의 육
체가 하나인 것은 자명하다. 설령 비슷한 몸을 가진 쌍둥이 형제가 있
다고 해도 그 몸은 당신의 몸이 아니다. 그런데 당신의 몸이 하나가 아
니라 셋이라고 한다면 처음에는 무슨 말인가 하고 의아할 것이다.

　육체의 눈으로 보이는 몸은 오직 하나다. 당신이 손으로 만질 수 있
고 매일 먹여 주고 입혀 주고 보살펴 주는 바로 그 몸이다. 그러면 나머
지 두 가지의 몸은 어디 있으며 어떻게 느낄 수 있는가? 그 두 가지 몸
은 육안으로는 보이지 않는 세계에 있다.

　당신에게는 몸 이외에 '나'라고 부를 수 있는 다른 것이 있는가? 탄
생의 순간, 우렁차게 울면서 세상을 향해 신고식을 하던 당신의 모습
을 떠올려 보라. 그때 당신에게 육체 말고 무엇이 더 있었는가?

당신이 태어나던 그 순간, 당신에게는 육체가 있었고, 그 육체를 움직이게 만든 에너지가 있었다. 그리고 그 모든 것을 지켜보고 있던 당신의 의식이 있었다. 에너지와 의식은 육체와 함께 당신을 구성하고 있는 다른 두 가지의 몸이다.

그런 의미에서 인간은 세 가지의 몸을 가지고 있다. 육체, 에너지체, 정보체가 그것이다. 이 세 가지 몸은 서로 동떨어져서 존재하는 것이 아니다. 당신이라는 존재는 육체라는 질료에 에너지와 의식이 결합되어 빚어진 결과물이다. 또한 이 세 가지의 몸은 모두 에너지의 다른 형태들이다. 한마디로 육체든 에너지체든 정보체든 모두 에너지로 구성되어 있고, 에너지의 성질에 따라 각각 나뉘어진 것뿐이다.

이 부분에 대한 이해를 돕기 위해 한 가지 예를 들어 보자. 유리컵에 흙탕물이 들어 있다. 처음 그 흙탕물을 보면 분리되지 않은 하나의 물질로 보인다. 하지만 시간이 경과함에 따라 흙은 아래로 점점 가라앉고 맑은 물은 차츰 위로 떠오른다. 마침내 흙탕물은 물과 흙이라는 두 가지로 분리된다. 그러나 분리되었던 물과 흙을 휘저으면 다시 원래의 흙탕물로 돌아간다.

이러한 비유는 인간의 세 가지 몸에도 적용된다. 원래 세 가지의 몸이 모두 에너지인데, 그 에너지의 밀도에 따라 다른 형태를 갖게 된 것이다. 유리컵 아래에 가라앉은 흙처럼 무겁고 밀도 높은 에너지는 우리의 육체가 되었고, 위에 떠오른 물처럼 가볍고 맑은 에너지는 우리의 정보체가 되었다. 그리고 육체와 정보체를 이어주는 중간 단계로 에너지체가 존재한다. 이 세 가지 몸은 각각 다른 것처럼 보이지만 근본적으로는 하나다. 에너지의 밀도와 진동에 따라서 서로 다른 형태를 취하고 있을 뿐이다.

첫 번째 몸,
육체

　　　　　　먼저 가장 쉽게 이해할 수 있는 물질적 차원의 몸인 육체(physical body)에 대해서 알아보자. 육체는 형체가 있는 물질의 상태로 존재하는 에너지의 한 형태이다. 육체를 좋은 상태로 유지하고 관리할 수 있는 핵심은 에너지의 흐름이다. 이 세상 만물은 모두 기 에너지로 구성되어 있고, 모든 것은 에너지의 작용에 따라 결정된다. 어떤 종류의 에너지가 우리 눈에 보이는 육체를 만들고 유지시키는 것일까?

　당신의 육체를 형성한 최초의 에너지는 무엇이었는가? 달리 말하면, 당신은 누구에게 몸을 받았는가? 바로 당신의 부모님이다. 당신의 몸은 정자와 난자의 만남으로 시작되었고, 당신은 어머니의 자궁 속에서 열 달을 지내면서 어머니의 몸에서 공급되는 에너지원을 받으며 성장했다. 어머니 자궁 속에 있을 때는 당신의 피부, 뼈, 장기, 뇌, 모든 것이 사실은 어머니 몸의 일부분이었다. 탯줄을 통해 어머니에게 공급받은 에너지로 당신의 생명을 유지했다. 그러한 에너지를 '원기元氣'라고 한다. 원기는 원래의 에너지라는 뜻으로, 태어날 때부터 가지고 태어난 에너지, 즉 부모에게 물려받은 에너지를 말한다.

　당신이 세상에 태어난 후를 상상해 보자. 이제 당신은 하나의 독립된 생명체로서 외부에서 직접적으로 에너지를 공급받는다. 처음에는 모유나 분유를 마시다가 조금 더 자라면 다른 음식을 먹는다. 소화된 음식은 에너지 형태로 바뀌고 영양분이 되어 온몸으로 보내진다.

그러나 이렇게 음식을 먹는 것만으로 에너지가 유지되는 것은 아니다. 음식을 먹고 체내에서 흡수된 영양분이 우리 몸의 생명 에너지로 전환되려면 반드시 산소가 필요하다. 호흡을 통해서 들어온 산소는 혈관을 타고 온몸에 공급되고 신진대사를 통해 음식을 에너지로 바꾼다. 이렇듯 음식의 섭취와 호흡을 통해서 얻어지는 에너지를 '정기精氣'라고 부른다.

한자 '정精'이라는 글자를 보면 정기의 의미를 짐작할 수 있다. 왼쪽에 있는 '쌀 미米'자는 음식을 뜻하고, 오른쪽에 있는 '푸를 청靑'자는 공기를 뜻한다. 음식과 공기가 하나로 합쳐져서 정기를 생성하고, 이 정기로 당신의 육체는 성장하고 그 생명을 유지한다.

인체를 형성하는 원기와 정기 이외에 또 다른 방식으로 생성되는 에너지가 있다. 이 에너지는 정신집중을 통해서 발생하며, '진기眞氣'라고 부른다. 원기와 정기가 마음을 집중하지 않아도 발생하는 에너지인데에 반해 진기는 의식의 집중을 통해서 얻을 수 있는 에너지다.

1장에서 경험한 에너지를 느끼는 수련을 기억하는가? 그때 당신이 느꼈던 열감, 전기처럼 찌릿찌릿한 자력과 같은 느낌은 당신의 손에서 발생한 진기의 현상이다. 당신의 육체에 존재하고 있었던 정기에 마음을 집중했더니 그 정기가 한 차원 더 높은 진기의 형태로 바뀐 것이다.

손에서 에너지를 느낄 때 가장 중요한 핵심은 마음을 집중하는 것이다. 에너지를 느끼는 수련을 하는 동안 다른 생각이나 감정에 빠져 있다면 진기를 느끼기 힘들다. 진기는 마음을 집중할 때 기운이 모이는 마음의 작용이다. 이것을 에너지 수련의 중요한 원리 중의 하나인 '심기혈정心氣血精'이라고 한다. 즉, 마음이 가는 곳에 진기가 모이고, 진기가 모이는 곳에 피와 정기가 따라간다는 것이다. 다시 말하면, 마음이 가는 곳에 기가 따라 가고, 기가 가는 곳에 물질이 따라 간다는 의미이다. 심기혈정의 원리는 인간의 육체와 에너지, 마음, 이 세 가지 요소의 상호작용뿐만 아니라 우주 만물의 생성과 진화에 적용되는 중요한 원리이기도 하다. 즉, 마음, 의식의 작용으로 에너지가 움직이고, 그 에너지의 작용으로 물질이 형성되는 것이다. 결국은 마음을 먹고, 그 마음에 집중함으로써 창조가 이루어진다. 마음을 먹는다는 것은 보이지 않는 의식의 세계에 그림을 그리는 것이다. 그 그림에 계속 에너지를 씀으로써 그 그림은 의식의 세계에서 현상의 세계로 옮겨간다. 이것이 바로 창조의 과정이다.

심기혈정의 원리는 돋보기로 햇빛을 모으는 과정에 비유할 수 있다. 돋보기를 이리저리 움직이면 햇빛은 분산된다. 그러나 돋보기를 고정시키고 정확히 초점을 맞추면 그 빛은 불을 일으킬 정도로 강해진다. 우리의 의식 작용도 이와 같다. 분산되고 산만한 마음은 약한 에너지이지만 한곳에 집중된 마음은 강력한 에너지를 만들어 낸다.

빛 에너지를 돋보기로 모아서 불 에너지로 바꾸듯이, 정기에 마음을 집중하면 진기로 바꿀 수 있다. 우리는 마음의 집중을 통해 우주에 충만한 기 에너지를 끌어올 수도 있고, 그 기를 조절하여 에너지 힐링이나 당신 원하는 것을 이루는 데에 사용할 수 있다. 수련의 경지가 높아지면 신체의 어느 곳에나 원하는 대로 기운을 보낼 수 있고, 자신의 좋은 에너지를 다른 사람들에게 보낼 수도 있다. 에너지의 원리를 터득한 사람은 자신의 몸뿐 아니라 자신의 상황도 바꿀 수 있다.

내가 제작한 다큐멘터리 영화와 책, '체인지Change'에서 양자물리학을 바탕으로 마음과 에너지의 작용에 대해서 다루었다. 많은 책에 소개된 '끌어당김의 법칙Law of Attraction' 또한 심기혈정의 원리와 같은 것이다. 에너지는 마음을 집중하는 곳에 모인다. 그러므로 모든 것은 마음먹기에 달렸다.

그럼, 진기가 우리에게 어떤 도움이 될까? 밥 잘 먹고 숨 잘 쉬면 발생하는 정기만으로 충분하지 않을까? 육체의 생명을 유지하는 데에는 정기만으로도 문제가 없다. 물론 진기가 추가되면 육체의 건강과 활력을 유지하는 데에 훨씬 더 많은 도움이 된다. 우리가 명상이나 기공, 호흡을 통해 진기를 발생시키고 축적하는 진짜 중요한 이유는 진기가 영혼의 성장과 완성에 매우 중요한 역할을 하기 때문이다.

우리 몸에는 에너지가 발생하고 분배되는 특정한 부위가 있다. 그것은 아랫배에 해당하는 곳으로, 동양에서는 대부분의 전통적인 힐링과 심신수련에서 사용하는 '단전丹田'이라고 부르는 곳이다. '단丹'은 '붉다'는 표면적인 의미와 함께 붉게 타오르는 생명 에너지인 '진기'를 뜻하고, '전田'은 '밭'을 뜻한다. 즉, 진기가 모이는 밭이라는 뜻으로, 차크라와 비슷한 에너지 센터이다. 단전은 우리 몸에서 장기처럼 물질적인 차원으로 존재하는 것은 아니다. 그것은 에너지 차원으로 존재하는 에너지 시스템이다.

우리 몸에는 세 개의 단전이 있는데, 아랫배에 위치한 하단전, 가슴에 위치한 중단전 그리고 머리쪽의 상단전이다. 이 세 개의 단전에 있는 에너지는 각각 고유한 성질을 갖고 있고 각기 다른 이름으로 불린다. 하단전의 에너지는 '정精'이고, 중단전의 에너지는 '기氣'이고, 상단전의 에너지는 '신神'이다. 이 세 가지의 에너지 센터는 세 가지의 몸과 각각 연결된다. 하단전의 에너지는 육체, 중단전의 에너지는 에너지체, 상단전의 에너지는 정보체와 연결되어 있다.

육체의 힘과 활력에 영향을 주는 하단전의 정 에너지는 음식 섭취와 호흡을 통해 온몸에 생명력을 공급한다. 정 에너지는 아랫배 깊숙이까지 하는 호흡을 통해 진기의 형태로 바뀔 수 있다. 하단전의 위치는 배꼽에서 5센티미터 아래 지점에서 몸 안쪽으로 들어간 아랫배 중심에 있다. 이곳은 우리 몸을 전체적으로 봤을 때도 중심에 해당하는 곳으로 육체적인 힘의 근원이기도 하다. 따라서 하단전의 정 에너지의 상태는 육체의 컨디션과 밀접한 관련이 있다.

정 에너지의 활성화 정도는 에너지의 충만한 정도로 파악한다. 정 에너지는 중앙으로 응축되고 집약되는 성향이 있다. 정 에너지가 충만하면 아랫배에 많은 에너지가 응축해 있다는 뜻이고, 정 에너지가 희박하면 에너지가 별로 없고 그 응축하는 힘도 약하다는 뜻이다. 정 에너지는 또한 온도로도 측정된다. 정 에너지가 충만할수록 아랫배의 온도도 높다.

정 에너지가 충만하면 강력한 중심에서 온몸으로 에너지가 원활하게 순환되어 육체적인 활력이 증가하고 질병에 대한 면역력도 높아진다. 반면 정 에너지가 부족하면 중심이 약하기 때문에 몸 전체의 에너지의 흐름이 원활하지 않아 활력이 떨어진다. 그래서 하단전을 강화시켜 정 에너지가 충만한 상태를 만드는 것이 진기를 수련하는 사람들의 첫 번째 목표이다. 하단전에 정 에너지가 충만한 상태라는 의미에서 이를 '정충精充'이라고 한다. 정충은 육체의 건강을 위한 핵심이다.

두 번째 몸,
에너지체

육체는 가볍고 거의 보이지 않는 기체 형태의 에너지체로 둘러 싸여 있다. 에너지 감각이 발달한 사람은 에너지체를 보고 느낄 수 있다. 사람들의 오라를 본다는 것이 바로 에너지체를 두고 한 말이다.

에너지체는 몸 안팎에도 존재하는데, 대개 몸에서 90센티미터 남짓 밖으로 뻗어 있다. 과학적인 용어로 에너지체는 생체전자기장이라고 한다. 에너지체는 에너지의 활성화 정도, 마음의 작용에 따라서 모양과 크기가 확장되었다 수축되었다 한다.

우리는 다른 사람의 에너지장을 볼 수 없어도 가끔 감지할 때가 있다. 에너지체는 그 사람의 마음과 정신 상태를 직접 반영하고 있기 때문이다. 예를 들어, 어떤 사람이 화가 난 상태에서 방에 들어올 때 시각적인 암시가 없이도 당신은 그것을 감지할 수 있다. 당신의 에너지체는 당신 주위에 있는 사람들에게 영향을 받기 때문에 그 에너지를 느낄 수 있는 것이다.

예전에 내가 백일 동안 매일 새벽에 명상수련을 할 때 눈앞에 황금빛 광채가 나는 사람 모양의 어떤 형체가 보이곤 했다. 나중에 알게 되었지만 그 황금빛 에너지 캡슐은 나의 에너지체가 눈앞에 비춰진 것이었다. 에너지체가 활성화되면 맑고 밝은 황금빛을 띠기도 한다.

에너지체는 가슴 한가운데 위치한 중단전의 에너지와 관련이 깊다. 중단전의 에너지의 이름은 '기氣'이다. 기 에너지의 활성화 정도는 에너지의 청탁淸濁으로 판단한다. 기 에너지의 청탁은 에너지체의 크기에 영향을 미친다. 맑은 에너지는 주위로 넓게 퍼져 나갈 수 있고, 탁한 에너지는 퍼져 나가지 못하고 정체되어 가슴의 에너지 흐름을 막는다. 가슴의 에너지가 무거워지면 몸 전체의 에너지 흐름이 저해된다.

기를 맑게도 하고 탁하게도 하는 요인은 무엇일까? 기의 청탁은 마음의 상태와 직결되어 있다. 마음이 열리고 긍정적이면 에너지체도 같이 활성화된다. 우리는 사랑과 기쁨을 느낄 때 흔히 사랑과 기쁨이 가슴 속에서 '흘러 넘친다'고 표현한다. 흘러 넘친다는 표현은 바로 중단전의 기 에너지가 확산되는 것을 나타낸다. 반면에 답답하고 불행하게 느낄 때 우리의 마음은 닫히고 더 부정적으로 되는데 그렇게 되면 기 에너지의 흐름도 막힌다.

우리 말에 '기쁘다', '기분이 좋다'는 표현은 '기가 가득하다', '기의 분배가 좋다'는 뜻으로, 가슴의 에너지체가 활성화된 상태이다. 반면에 '기분이 나쁘다', '기가 막히다'는 말은 '기의 분배가 나쁘다', '기운이 정체되다'는 의미로, 가슴의 중단전이 막혀서 에너지체가 활성화되지 못한 상태를 말한다.

기 에너지가 활성화되면 중단전의 에너지장이 커져서 저절로 사랑의 에너지가 다른 사람에게로 흘러가게 된다. 그것은 억지 웃음이나 의무적으로 하는 사랑이 아니라 통제나 규제하지 않고 대가를 바라지 않는 진정한, 무조건적인 사랑이다. 그것을 감정의 사랑이 아닌 영혼의 사랑이라고 한다. 마르지 않는 사랑과 기쁨의 원천이 바로 중단전의 기 에너지인 것이다.

중단전에 에너지가 부족한 사람은 가슴 속에서 느껴지는 그 허전함을 채우기 위해서 다른 사람에게 에너지를 받으려고 한다. 또한 음식이나 다른 형태의 즐거움을 통해 그 허전함을 달래려고 한다. 중단전의 에너지를 잘 관리하기 위해서는 부정적인 생각과 감정, 스트레스를 조절할 수 있어야 한다. 부정적인 마음은 부정적인 에너지를 야기하고, 그 에너지는 가슴의 에너지 흐름을 정체시킨다. 가슴의 에너지가 정체되면 전신의 에너지 순환도 나빠져 신경계와 순환계 등에 다양한 질병을 일으키기도 한다.

이에 반해 중단전에 기 에너지가 활성화될수록 외부의 에너지에 대한 필요나 집착이 줄어든다. 오히려 긍정적인 에너지가 넘쳐 흘러서 주위 사람들에게 흘러간다. 그래서 중단전의 에너지가 활성화되면 타인과의 인간관계나 정서적인 소통도 원활해진다. 이런 상태를 기가 어른스러워진다는 의미에서 '기장氣壯'이라고 한다.

세 번째 몸, 정보체

육체는 우리 눈에 확연히 보이는 것이고, 에너지체도 에너지 감각을 통해서 느낄 수 있는 것이다. 그러면 정보체는 느끼기 힘들까?

아니다. 매우 쉽다. 지금 당장 눈을 감고 당신이 아이스크림을 맛있게 먹고 있는 모습을 상상해 보라. 누구나 쉽게 상상할 수 있을 것이다. 그 상상을 할 때 당신의 모습이 마치 영화 스크린 위의 이미지처럼 떠오르지 않았는가? 그 이미지는 당신의 손으로 만질 수는 없지만 분명히 거기에 존재하고 당신은 그것을 느끼고 인지할 수 있다. 육체의 눈에는 보이지 않지만 당신의 뇌가 감지하고 창조해내는 의식의 세계, 그것이 바로 정보체이다.

정보체의 중심점은 상단전, 즉 뇌이다. 상단전은 '제 3의 눈'이라고 불리는, 이마 한가운데에서 안으로 들어간 뇌 속에 위치해 있다.

상단전의 에너지 이름은 '신神'이고, 신성神性을 의미한다. 신 에너지의 색깔은 짙은 파랑이다. 신 에너지의 활성화 정도는 '명암明暗'으로 판단한다. 다시 말해서 신 에너지는 의식의 밝기로 나타난다.

우리는 흔히 의식의 정도를 표현할 때 '의식이 밝다', '의식이 어둡다'라고 말한다. 그것은 단지 은유적인 표현이 아니다. 의식의 밝기는 상단전의 신 에너지에 의해 일어나는 구체적이고 실질적인 현상이다.

그러면 어떤 것이 밝은 의식이고, 어두운 의식일까? 먼저 어두운 의식을 열거해 보자. 슬픔, 분노, 두려움, 무기력, 수치심, 죄의식 등은 상상하기만 해도 우리의 마음이 어두워지고 무거워진다. 이를 감안하면 밝은 의식은 어떤 것들일지 쉽게 짐작할 수 있다. 사랑, 기쁨, 행복, 용기, 용서, 조화, 평화 등 우리를 환하고 기분 좋게 하는 것들이다.

예를 들어, 당신이 캄캄한 방에 1와트의 전구를 켰다고 가정하자. 그 방 안에 무엇이 보이겠는가? 거의 보이지 않고 전구를 켜나마나 할 것이다. 방이 어둡기 때문에 움직이려면 손으로 더듬어서 사물을 인지해야 하고, 어디에 걸려 넘어질까봐 활동 반경이 좁아질 수밖에 없다.

그 다음에 30와트의 전구를 켰다. 이제 어떻게 보이겠는가? 캄캄했던 방이 제법 환해 보일 것이다. 가구와 사물들이 눈에 들어오겠지만 대낮처럼 완전히 환하지는 않다. 어둑한 구석에 쌓인 먼지도 안 보이고, 작은 글자도 선명하게 보이지 않아 답답한 느낌이 있을 것이다.

이제 1000와트의 전구를 켰다. 방 안이 대낮처럼 환해져 마음까지 환하고 기분 좋게 느껴질 것이다. 모든 것이 훤히 보이기 때문에 손으로 더듬거리며 다닐 필요도 없고, 작은 글자가 안 보여서 답답해 할 필요도 없다.

의식의 밝기도 이와 같다. 1000와트의 전구를 켰을 때처럼 의식이 밝아지면, 애써 노력하지 않아도 그 밝음만큼 삶과 세상의 이치가 저절로 훤히 보이게 된다. 세상의 이치를 두루 알기 때문에 무엇이 옳고 그른지 고민하거나 분별할 필요도 없고, 나와 타인, 세상을 이해와 포용으로 대하게 된다. 의식이 밝아져 세상의 이치, 타오의 이치를 꿰뚫어볼 수 있는 눈을 갖게 되는 것이다.

반면 낮은 와트의 전구처럼 의식이 어두우면 아무리 노력해도 삶과 세상의 이치를 제대로 볼 수 없다. 그러니 어둠 속에서 본인이 본 것이 전부라고 믿고, 자기와 다른 의견은 무시하거나 인정하지 않으려고 한다. 본인의 어두운 의식 속에 갇혀서 혼자 더듬거리며 자신의 잣대로 시비를 가리고 분별한다.

정보체가 활성화되어 의식이 밝아지면, 그냥 보이고 알게 된다. 그래서 무엇을 믿을 필요가 없다. 직접 느끼고 알면 그냥 그것으로 충분하다. 상단전의 신 에너지가 밝아지면 모든 것과 하나로 연결된 생명의 실체를 느끼게 된다. 깨달음을 영어로 '인라이튼먼트Enlightenment'라고 하는 것도 밝아진 상태를 표현하는 것이 아닐까? 상단전의 신 에너지가 최고로 밝아진 상태, 그것을 선도에서는 '신명神明'이라고 한다.

에너지 시스템의
진화

인간의 에너지 시스템은 단계적으로 발전되고 완성된다. 하단전의 정이 충만해지면 중단전의 기가 장해지고, 중단전의 기가 장해지면 상단전의 신이 밝아진다. 이것을 '정충기장신명精充氣壯神明의 원리'라고 한다. 정精, 기氣, 신神은 각각의 특성과 역할이 있지만 크게 보면 분리할 수 없는 하나의 에너지이다. 정은 기의 기초가 되고, 기는 신의 기초가 된다. 정충, 기장, 신명의 발전 과정을 차례대로 알아보자.

하단전의 정 에너지를 단련하기 위해서는 건강한 영양 섭취와 적당한 운동이 필요하다. 그리고 여기에 한 가지 더 추가할 것이 있는데 바로 에너지 호흡이다. 무리하게 숨을 깊이 들이마시거나 참는 것이 아니라 기운의 흐름을 타고 자연스럽게 호흡하는 것이다. 기운을 느끼며 천천히 숨을 들이쉬면서 아랫배를 내밀고 하단전에 정 에너지가 모인다고 상상한다. 숨을 내쉴 때는 아랫배를 등쪽으로 당기며 정 에너지의 밀도가 더욱 높아진다고 상상한다. 이때 의식을 집중하면서 한 호흡 한 호흡 정성을 들이는 것이 중요하다. 그럴 때 하단전에 정 에너지가 쌓인다.

하단전에 충만해진 정 에너지는 척추를 타고 가슴으로 올라가 중단전의 에너지 시스템을 활성화한다. 중단전의 기 에너지가 활성화된다는 것은 가슴의 에너지가 맑고 성숙해진다는 의미이다. 그것은 가슴 속 영혼에서 나오는 순수한 사랑과 기쁨의 에너지로, 자신뿐만 아니라 주위 사람들에게 퍼져나가게 할 때 더욱 커진다. 맑고 순수한 영혼의 에너지는 상단전이 있는 뇌로 올라가서 신 에너지를 깨운다. 상단전의 에너지 시스템이 활성화되면 신이 밝아진 상태, 신명에 이르게 된다.

정충, 기장, 신명이라는 단계적인 개발을 통해 우리의 육체와 에너지체, 정보체는 균형 있고 조화롭게 성장할 수 있다. 이를 체험하고 실현하기 위해서 가장 중요한 것은 에너지를 느끼고 활용하는 감각을 키우는 것이다. 에너지는 이 세 가지의 몸을 서로 연결시키는 매개체이면서 동시에 그것들을 발달시킬 수 있는 훌륭한 도구이기 때문이다.

우리는 말과 지식으로 포착하지 못한 생명의 섬세한 결들을 에너지를 통해 느끼고 알 수 있게 된다. 기는 보이는 세계와 보이지 않는 세계, 물질과 정신 그 자체이면서 그들 사이를 이어주고 소통하게 하는 다리이다. 원리 공부, 수행 공부, 생활 공부를 통해 육체, 에너지체, 정보체를 건강하고 조화롭게 하는 것, 이것이 바로 타오의 삶의 요체이다.

세 가지 몸 바라보기

세 가지 몸인 육체와 에너지체, 정보체는 서로 유기적인 관계를 가지고 육체적, 정서적, 정신적 건강을 좌우한다. 특히 에너지체는 육체와 정보체 가운데 존재하며 몸과 마음에 강력한 영향을 미친다. 에너지는 이 세 가지 몸을 연결하는 매개체이면서 동시에 그것들을 발달시키는 훌륭한 도구이다. 보이지 않는 에너지를 느끼고 활용하는 감각을 키움으로써 우리는 이 세 가지 몸을 보다 건강하고 조화롭게 발달시킬 수 있다.

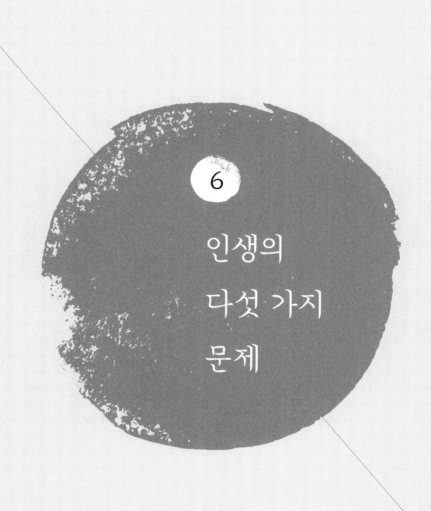

6

인생의
다섯 가지
문제

인생의 다섯 가지 문제인 건강, 성, 돈, 명성, 죽음은
인간의 욕구에 뿌리를 내리고 있다.
육체적인 욕구는 몸이 있기 때문에 발생한다.
그러니 삶의 기본 욕구들을 무시하거나 억눌러서는 안 된다.
자신이 가진 욕구를 이해하고 지혜롭게 해결해야 한다.

°

·

°

·

°

　　사람마다 각자의 인생에서 다양한 고민이 있겠지만 그 중에서 영혼의 성장을 위해서 해결해야 할 삶의 문제들이 있다. 건강, 성, 돈, 명성, 죽음, 이 다섯 가지의 문제이다. 우리는 이 다섯 가지 문제로 울고 웃고 상처 주고 상처 받으며 엎치락뒤치락 인생을 살아간다. 당신은 이 중에서 어떤 것을 가장 많이 고민하는가? 또 무엇을 가장 먼저 해결하고 싶은가? 만약 이 문제들이 모두 해결된다면 그것은 어떻게 확신할 수 있을까? 사실 이 문제들은 하나같이 만만치 않은 것들이다.

　　몸을 완벽하게 건강한 상태로 만들면 건강 문제를 해결할 수 있을까? 성적인 욕구를 완전히 충족시키면 성 문제가 해결될까? 부자가 되면 돈 문제가 해결될까? 세상에 이름을 널리 알리면 명성의 문제가 해결될까? 불로장생의 물을 마시면 죽음의 문제가 해결될까?

욕구를 최대한 충족시킴으로써 문제를 해결하려는 것이 많은 사람들이 선택하는 일반적인 방식이다. 그러나 이러한 방법은 지칠 줄 모르는 욕망을 만족시키기 위해서 더욱 더 많은 것을 차지하려는 경쟁과 욕심을 불러일으킬 뿐이다. 부자는 아무리 돈을 벌어도 충분하다고 느끼지 않는다. 몸도 충분히 강해지지 않고, 성적인 욕망도 충분히 만족되지 않는다.

그러면 그와 반대로, 욕구를 끊임없이 억제하고 이러한 문제들을 무시해야 할까? 산속의 절에서 평생 수도를 한다면 모를까, 세상에서 사람들과 어울려 살면서 이 다섯 가지 문제를 무시하기란 불가능하다.

인생의 다섯 가지 문제를 '해결한다'는 참 의미는 무엇일까? 첫째, 이 문제들에 집착하지 않는 것이다. 둘째, 이 문제에 지배받거나 통제받지 않는 것이다. 셋째, 자신의 삶에서 이 문제들의 주인이 되어 그것을 더 훌륭한 목적을 위해서 관리하고 활용하는 것이다. 궁극적으로는 이 다섯 가지 문제에 자신의 의식이 매이지 않고 자유로워야 한다.

중요한 것은 이 다섯 가지 문제는 모두 '현상'이라는 점이다. 현상의 문제를 현상으로 해결하려고 하면 점점 미궁 속으로 빠질 뿐이다. 현상의 문제를 풀 수 있는 것은 바로 '원리'이다.

해결 방법을 찾기 위해서는 먼저 이 문제들의 근본 뿌리가 무엇인지부터 알아야 한다. 건강, 성, 돈, 명성, 죽음, 이 다섯 가지 문제는 인간의 욕구에 뿌리를 내리고 있다. 육체적인 욕구는 우리가 몸이 있기 때문에 발생한다. 그러니 자신이 가진 욕구를 이해하고 지혜롭게 해결해야 한다. 삶의 기본 욕구들을 무시하거나 억눌러서는 안 된다. 그 소리들이 생각 너머에서 계속해서 졸라댈 것이기 때문이다.

우리는 지각과 의식을 발전시킴으로써 욕구의 소리에 지배당하지 않고 조절할 수 있는 힘을 키울 수 있다. 인간은 욕구에 대한 열망도 있지만 욕구의 노예가 되지 않도록 그것을 조절할 수 있는 힘도 있다. 이 다섯 가지의 문제를 해결하는 방법은 영혼의 성장이라는 관점에서 그것을 바라보고 영혼의 성장을 위해서 어떻게 그 욕구를 잘 조절하고 활용할지를 아는 것이다.

건강, 성, 돈, 명성, 죽음. 당신은 인생의 이 다섯 가지 문제를 해결하고 싶은 마음이 있는가? 그렇다면 먼저 솔직해져야 한다. 마음속에서 이 문제들에 어떻게 걸려 있는지, 그것이 자신의 육체적, 정신적, 영적인 상태에 어떤 영향을 주는지를 명확하고 정직하게 볼 수 있어야 한다. 자신이 이 문제들에 대해서 의식적으로나 무의식적으로 피하려고 하지는 않는지, 아니면 늘 이 문제들에 사로잡혀 그 욕구를 충족시키기 위해 자신의 모든 시간과 에너지를 쏟아붓고 있지 않은지 스스로의 상태를 점검해 볼 필요가 있다.

삶의 근본 토대, 건강

당신은 건강하다고 생각하는가, 아니면 건강하지 못하다고 생각하는가? 당신이 그렇게 생각하는 이유는 무엇인가? 당신이 생각하는 건강의 의미와 기준은 무엇인가?

당신은 몸에 병이 없기 때문에 건강하다고 생각하는가? 당신은 몸이 아프거나 불편하기 때문에 건강하지 못하다고 생각하는가? 당신이

나이가 든 사람이라면, 몸이 젊을 때 같지 않아서 건강하지 못하다고 생각하는가? 건강의 진정한 의미는 무엇이라고 생각하는가?

세계보건기구에서는 '건강은 육체적, 심리적, 사회적으로 완전한 웰빙 상태를 말하며, 단지 질병이 없거나 쇠약하지 않은 것만을 의미하는 것은 아니다.'라고 정의했다. 대부분의 사람들은 몸에 어떤 질병이 없으면 자신이 건강하다고 생각한다. 오늘날 많은 건강 전문가들은 사람들이 육체적으로 건강할지라도 심리적, 정신적인 병으로 고통받을 수 있다고 한다. 반대로 정서적, 정신적으로는 건강하지만 육체적인 고통을 겪거나 심지어 불치병을 앓을 수도 있다. 육체적인 건강은 어디까지나 웰빙을 향한 여정의 출발점이지 건강의 전부는 아니다.

세계보건기구에서는 특히 선진국에서 4억 5천만 명이 심리적인 장애가 있고, 앞으로 20년간 인류의 건강을 해롭게 하는 가장 큰 짐으로 우울증을 꼽았다. 또한 세계보건기구와 하버드대가 공동 진행한 연구 보고서에 따르면, 우울증은 심장질환, 교통사고와 함께 가까운 미래에 인류를 괴롭힐 3대 질병이라고 경고하고 있다. 더 나아가 과학자와 의학 전문가들 사이에서는 몸과 마음의 건강에 대한 상호 관련성에 대한 인식이 점점 증가하고 있다.

앞 장에서 우리는 육체, 에너지체, 정보체의 세 가지 몸으로 구성되어 있다는 것을 알았다. 이 세 가지 몸의 건강은 서로 밀접한 영향이 있다. 이 세 가지 중에 한 가지만 이상이 생겨도 다른 부분에 영향을 미친다. 이 세 가지 몸이 모두 균형이 잡힌 최적의 상태가 되어야 우리는 진정으로 건강하다고 말할 수 있다.

현대인의 질병 대부분이 마음에서 비롯한 심인성 질환인 것을 감안하면 에너지체와 정보체의 건강이 육체적인 웰빙에 얼마나 큰 영향을 미치는지 쉽게 가늠할 수 있다.

육체적인 측면에서 건강은 대개 질병이나 기능장애가 없는 것을 의미한다. 육체적인 건강을 더 적극적으로 표현하면 자신의 신체 기능과 에너지를 최대한 자신의 의도대로 쓸 수 있는 상태라고 정의할 수 있다. 이것은 몸의 지배를 받는 것이 아니라 몸의 주인이 되어 몸을 의도한 대로 활용할 수 있어야 한다는 뜻이다. 그러면 선천적이든 후천적이든 신체 장애가 있는 사람은 자신의 몸을 원하는 대로 쓸 수 없으니 건강하지 않다고 해야 하는가? 그렇지 않다. 장애가 있다면 장애가 있는 대로, 각자 자신의 몸 상태에서 그 기능을 최대한 활용할 수 있으면 된다.

건강이라고 하면, 많은 사람들이 탄력 있는 근육과 빛나고 매끄러운 피부를 가진 젊은 사람을 떠올린다. 나이 든 많은 사람들도 그러한 이미지를 연상하면서 무리한 운동을 하거나 주름을 제거하기 위한 성형수술을 감행한다. 그러나 젊은이의 모습을 기준으로 건강의 정도를 평가해서는 안 된다. 나이가 70이 된 사람이 20대 청년처럼 혈기왕성하고 유연해지기를 기대한다면 그것은 어리석다.

젊을 때는 건강했어도 언젠가는 노화가 일어난다. 이것은 아무도 피할 수 없다. 나이가 들면 몸의 활력과 기능이 떨어지고 이곳 저곳이 삐걱거리기 마련이다. 살아가는 동안 누구나 크고 작은 병이 들 수 있고 결국에는 모두 죽음을 맞이한다. 우리는 이런 사실을 담담하게 받아들일 수 있어야 한다. 중요한 것은 건강한 마음이다. 그 마음으로 자신의 몸을 이끌고 다니는 것이다. 몸의 현실을 담담하게 받아들이면서도 적극적으로 몸의 건강을 관리할 수 있는 건강하고 유연한 마음, 이것이 건강의 열쇠다.

마음의 건강에도 같은 이치가 적용된다. 심리적인 질환이라고 진단 받지 않았다고 해서 그 사람이 정신적으로 건강하다고 할 수 있을까? 정신적인 건강과 관련해서 마음의 기능과 작용에 대해서 충분히 이해 하고 이를 활용할 수 있어야 한다. 마음은 몸보다 훨씬 더 정교하고 놀 라운 기능을 가지고 있다. 당신은 마음의 기능을 얼마나 깊이 이해하 고 있으며, 이를 잘 활용하고 있는가? 당신은 당신 마음의 주인인가, 아 니면 노예인가?

마음의 주인이 되지 못하고, 마음의 변화에 이리저리 끌려 다닌다 면 그 사람은 정신적으로 건강한 사람이라고 할 수 없다. 마음을 자신 의 의도대로 쓸 수 있다는 것은 자신의 생각과 감정을 뜻대로 다룰 수 있음을 의미한다. 이처럼 정신의 건강이란 마음이 가진 기능과 에너지 를 최대한 자신의 의도대로 활용할 수 있는 상태라고 정의할 수 있다.

육체적으로, 정신적으로 건강하다고 해서 완전히 건강한 상태라고 할 수는 없다. 대인관계나 사회 활동을 기피한다거나 사회에 악영향을 주는 사람이라면 건강한 사람이 아니다. 건강한 사람은 원만한 인간관 계와 사회활동을 통해서 사회의 건강에 기여할 수 있는, 사회적으로 도 건강한 사람이어야 한다.

진정으로 건강한 사람은 자신의 몸과 마음을 의도와 목적대로 활 용할 수 있어야 한다. 그러면 바람직한 의도와 목적은 무엇일까? 무엇 을 위해서 몸과 마음을 사용해야 건강하다고 할 수 있을까? 이러한 건 강의 정의에는 두 가지의 근본적인 질문이 내포되어 있다. 첫 번째 질 문은 '나는 누구인가'이며 두 번째 질문은 '내 삶의 목적은 무엇인가?'

이다. 이것은 곧 영성, 의식의 성장과 직결된 질문이다. 그래서 몸과 마음의 건강에서 한 단계 더 나아가면 영적인 차원의 건강으로 그 개념이 확대된다. 육체적, 정신적으로 질병이 없고 원만한 인간관계와 사회 활동을 한다고 하더라도 영적인 만족을 얻지 못한다면 진정한 건강이라고 보기 어렵다.

이 모든 것을 종합해볼 때, 기존의 건강에 대한 정의를 이렇게 확대할 수 있다. '건강은 자신이 누구인지, 자기 삶의 목적이 무엇인지를 바로 알고, 그 목적을 이루기 위해 몸과 마음의 기능과 에너지를 최대한 활용하는 상태이다'. 진정한 웰빙은 몸과 마음 그리고 영혼의 건강까지도 포함한다.

건강은 단지 개인 차원에만 머무르지 않는다. 생명에 대한 이해가 깊어질수록 개인의 건강은 사회로, 인류로, 지구로 확산된다. 즉, 개인의 건강은 외부 환경의 건강 상태와 밀접한 관련이 있다. 우리 모두는 가정, 사회, 국가, 인류, 심지어 지구까지 외부 환경에 영향을 받는다.

국가의 경제 상황이 열악해서 또는 정치적으로 부패해서 국민의 인권이 보호받지 못하는 나라의 국민 건강 상태는 열악할 수밖에 없다. 공기 오염이 심각한 도시에 살고 있는 시민들은 육체적, 정신적으로 건강한 상태를 유지하기가 어렵다. 개인이 아무리 건강을 위해 노력한다고 해도 우리가 살고 있는 사회의 환경에 어쩔 수 없이 영향을 받는다.

개인의 건강은 전체의 건강을 반영하며, 전체의 건강은 개인의 건강에 영향을 주는 유기체적인 관계 속에서 우리는 살아가고 있다. 그러므로 개인도 건강하고 사회도 건강하기 위해서는 우리가 분리된 것이 아니라 하나의 통합적인 생명체임을 자각해야 한다. 이러한 자각은 단순히 지식을 통해서 얻어지는 것이 아니다. 생명 에너지인 기를 통해 생명의 실체를 경험할 때 우리는 우주의 상호의존성을 깨닫게 된다.

건강의 원리

기 에너지의 원리를 이해하는 것은 몸과 마음의 건강을 유지하는 데에 도움을 준다. 지금 손으로 당신의 이마를 만져 보라. 이마가 당신의 손보다 시원한가, 따뜻한가? 아니면 훨씬 더 뜨거운가? 정상적인 상태라면 이마가 손보다 훨씬 더 뜨거워서는 안 된다. 혹자는 머리가 손보다 시원한 상태를 느껴본 적이 없다고 할 수도 있다. 그것은 지속적인 스트레스로 머리에 열이 차서 그런 것이다. 밤새 숙면을 취하고 아침에 깨어났을 때 당신의 이마를 한 번 만져보라. 분명히 이마가 손보다 더 시원할 것이다.

수승화강水昇火降의 원리는 인체의 균형 잡힌 정상적인 에너지 상태를 나타내는 것으로, 머리의 온도는 시원하고 아랫배는 따뜻한 상태이다. 수승화강은 글자 그대로 '물은 올라가고 불은 내려온다.'는 뜻이다. 몸의 에너지가 균형이 잡히면 물의 에너지인 수기水氣는 위로 올라가 머리를 식혀 주고, 불의 에너지인 화기火氣는 아래로 내려가 아랫배를 따뜻하게 해준다. 즉, 머리는 시원해지고 복부는 따뜻해진다. 이러한 상태가 이루어질 때 우리 몸은 이상적인 건강 상태를 유지할 수 있다.

수승화강의 현상은 자연에서도 쉽게 찾아볼 수 있다. 태양의 복사열이 땅으로 쏟아지는 것은 화강火降, 화기가 내려오는 현상이다. 태양열에 의해 가열된 물은 증발하여 수증기가 되고 그 수증기는 하늘로 올라간다. 이것이 수승水昇, 수기가 올라가는 현상이다. 이렇듯 '하강하는 불'과 '상승하는 물'의 작용으로 지구상에는 끊임없이 에너지의 순환이 이루어지고 있다. 이러한 작용이 있기 때문에 인간을 포함한 모든 동물과 식물은 태양의 열기와 물을 공급받으며 생명을 유지할 수 있다. 물과 불의 순환은 지구의 근본적인 생명 원리이고 이 원리가 우리의 몸에서 원활하게 작용하면 누구나 자연적으로 건강해질 수 있다.

인체에서 수기를 관장하는 곳은 신장이고, 화기를 관장하는 곳은 심장이다. 화기는 아랫배에 축적되고 몸 전체로도 순환된다. 그 열기는 허리 뒤로 흘러가 신장을 데워서 신장의 수기를 위로 밀어 올린다. 머리로 올라간 시원한 수기는 머리와 심장, 간의 화기를 아래로 밀어 내리고, 아랫배의 에너지를 더욱 달구어 준다. 에너지가 원활하게 흐를 때 이러한 순환이 끊임없이 일어난다. 수승화강의 원리가 원활하게 이루어지면 머리가 시원해져 집중력과 기억력이 높아지고, 창의력도 최대한 발휘할 수 있다. 아랫배가 따뜻해지면 복부 장기들의 기능과 활동력이 향상된다. 또한 입 안에는 달콤한 침이 고인다.

반대로 수승화강의 순환이 저해되면 뜨거운 기운이 머리에 모여 두통이 생기고 입이 마르고 심장 박동이 불규칙해진다. 이러한 상태는 일반적인 질병의 증상으로 이어지고, 피곤하고 초조하고 목과 어깨가 뻣뻣해지는 현상을 동반한다. 머리와 심장의 화기가 아래로 내려오지 못하면 아랫배가 차가워져 장이 굳거나 통증이 느껴지고 소화 장애가 올 수 있다. 에너지 흐름이 계속 막히면, 변비, 수족냉증, 성 에너지의 부족, 고혈압 등과 같은 상태로 이어질 수 있다.

일반적으로 수승화강이 잘 이루어지지 않는 이유는 두 가지이다. 하나는 아랫배가 화기를 잡아둘 수 있을 만큼 단전이 강하지 않아서

이다. 특히 현대인들은 몸을 적게 움직이고 머리를 많이 써서 화기가 주로 머리에 머무는 경향이 있다. 수승화강이 잘 이루어지지 않는 또 다른 이유는 스트레스에 시달리면서 부정적인 감정에 너무 집중하기 때문이다. 이러한 이유로 가슴이 막히면 기운의 정상적인 흐름이 역전되어 아랫배로 내려가야 할 화기가 머리 위로 치솟는다.

기의 흐름이 거꾸로 뒤집혀서 생긴 증상들을 바로잡는 길은 수승화강의 순환이 원활하게 회복되도록 하는 것이다. 다시 말해 수승화강을 방해하는 것들을 바로잡아 주면 된다. 스트레스와 부정적인 감정을 조절하고 단전을 강화해서 기운이 흐르는 길을 열어준다. 가슴, 어깨, 목, 허리 등 기운이 많이 막혀 있거나 굳어 있는 장을 부드럽게 풀어준 뒤 호흡을 깊이 하면 머리와 심장, 간에 있는 열기가 점점 내려 가고, 아랫배가 따뜻해지며 수승화강의 상태로 돌아갈 것이다.

기억하라. 머리는 시원하고 아랫배는 따뜻하게! 수승화강은 생명의 근본원리이면서 또한 건강의 지표이다. 몸속의 기운이 잘 순환될 수 있도록 하루에 한 시간, 적어도 30분만이라도 자신에게 투자한다면 건강을 유지하는 데에 큰 도움이 될 것이다.

인간의 가장 강력한 갈망, 성性

당신은 성에 대해서 어떻게 생각하고 있는가? 머리로는 성은 아름답다고 생각하지만 마음속으로는 성에 대한 수치심이나 죄의식이 있지 않은가? 성을 즐기는가, 회피하는가? 대개 성에 대한 태도와 경험은 그 사람의 삶의 질과 인간관계에 중요한 영향을 미친다. 많은 사람들이 성에 대해 왜곡되거나 이중적인 잣대를 가지고 있다. 이러한 현실은 좀더 충만하고 완전한 삶을 사는 데에 큰 걸림돌로 작용한다.

성욕은 우리의 동물적인 본능이지만 동시에 신성함, 고귀함으로도 표현된다. 많은 사람들은 여전히 성욕에 대해 매우 편협한 생각을 가지고 있다. 성욕은 삶의 중요한 부분이기 때문에 그 놀라운 에너지에 대한 이해를 증대시켜 적극적으로 활용해야 한다. 성욕을 감각적인 쾌락만이 아닌 영적인 힘으로 승화시킨다면 성 에너지에 대한 우리의 태도는 획기적으로 바뀔 수 있다.

성욕은 우리가 경험하는 가장 강력한 갈망이다. 우주는 음과 양, 두 가지의 힘이 있다. 그것은 모든 것에 존재하며 균형을 잡아준다. 예를 들어, 땅이 음이면 하늘은 양이다. 마찬가지로 밤이 음이면 낮은 양이다. 음은 암컷의 에너지이고, 양은 수컷의 에너지이다. 이렇듯 세상은 음과 양 에너지의 상호작용으로 돌아가고, 수많은 생명체들은 음과 양의 만남으로 이 세상에 탄생한다. 인간도 마찬가지다. 여자는 음의 에너지를, 남자는 양의 에너지를 갖고 있어서 반쪽의 불완전한 존재가 나머지 반쪽을 찾는 것은 본능적이며 자연스러운 이치이다. 음이 양을 만나고 양이 음을 만나서 합일이 되었을 때 새로운 생명체가 탄생한다.

생물학적으로 보면 성적인 즐거움을 경험하고자 하는 갈망은 자연스러운 것으로, 뇌에 깊이 각인되어 있는 것이다. 수백만 년에 걸친 진화과정에서 인류는 뇌 회로와 호르몬 조절과 같은 놀랍도록 정교한 시스템을 발전시켰다. 이 시스템을 통해 인류의 구성원들은 좋은 감정과 성적인 매력을 느끼는 상대와 짝을 이루어왔다.

신경과학자들은 사랑조차도 상당 부분 뇌의 활동으로 느끼는 감정이라고 한다. 식욕이 뇌세포의 유일한 에너지원인 포도당의 양에 따라 발생하듯이, 성욕 또한 성 호르몬의 농도에 따라 발생하고, 우리가 사랑이라고 부르는 감정도 뇌에서 분비되는 신경전달물질의 작용으로 일어난다는 것이다.

사랑의 시작 단계에서는 도파민이라는 신경전달물질의 작용으로 상대방을 보고 있는 것만으로도 기분이 좋아진다. 그러다 옥시토신이라는 호르몬이 분비되는 시기에는 사랑하는 사람을 안아 보고 싶은 성적인 욕구가 일어난다. 그러한 시기가 지나면 엔돌핀이 분비되면서 사랑의 기쁨과 행복감에 젖게 되고 사랑의 안정기를 맞는다. 엔돌핀은 마약 성분인 모르핀과 비슷한 물질로, 통증을 없애주고 행복감을 유발하는 호르몬이다. 한 연구결과에 따르면, 사랑하고 있는 뇌는 뇌섬엽, 전두대상피질, 미상핵, 조가비핵 부위의 활동이 증가했다고 한다. 주목할 점은 이 뇌의 부위들이 마약에 취했을 때 흥분하는 뇌의 부위와 일치한다는 점이다. 사랑은 일종의 마약처럼 뇌를 황홀하게 하기 때문에 사람을 중독시킨다는 것이다. 다시 말해 섹스를 좋아하는 것은 우리의 뇌다.

이 사회는 종종 성에 대해 죄의식을 느끼게 하는 고리타분한 사고방식을 권장한다. 오랜 역사를 거치면서 성에 대한 수치심과 죄의식은 인간의 의식에 깊이 각인되어 왔다. 지나치게 도덕적인 규범은 개인의 의식을 제약하여 궁극적으로 개인의 행복을 방해한다. 우리는 종종 성에 대한 도덕적 규범과 성적인 욕구 간의 단절로 고통받고 자기

비하에 빠진다. 성에 대해 수치심과 죄의식을 느끼는 사람은 의식이 제대로 성장할 수 없다.

인간의 천성은 너무나 자연스러운 것이다. 인간의 천성에 '저속하다'거나 '고귀하다'거나 하는 수식어가 붙을 이유가 없다. 모든 생명은 성에서 시작되었다. 성관계가 이루어지지 않았다면 우리는 여기에 존재하지 못했을 것이다. 우리의 가치체계와 태도가 성을 자연스러운 현상으로 볼 때 비로소 우리는 성에 대한 성숙한 경험을 할 수 있다.

하지만 성욕은 매우 강렬한 욕구이기 때문에 그것을 표현할 때 신중하게 판단해야 한다. 성행위를 통해 타인을 지배하려 들거나 욕망을 제어하지 못하고 내버려 두면 다른 사람에게 상처를 줄 수 있다. 게다가 성 중독은 풍요로운 인간관계를 앗아가 버린다.

우리가 어떤 가치관으로 어떤 선택을 하느냐에 따라 성은 친밀감이 되거나, 탐닉이 될 수도 있다. 성숙한 성은 서로를 치유하고, 두 사람의 몸과 마음이 진정으로 교감하는 수단이다.

인간은 세 가지 몸인, 육체, 에너지체, 정보체를 지닌 다차원적인 존재이다. 따라서 성숙한 성은 이 세 가지 차원의 경험을 모두 동반한다. 즉, 성관계는 단지 육체적인 욕구를 충족시키는 차원에서 끝나는 것이 아니라 서로에 대한 존중과 열린 마음을 통해 에너지적이고 영적인 교류를 가능하게 한다.

성적인 갈망은 호르몬의 작용이지만, 동시에 합일을 원하는 영혼의 갈망이기도 하다. 서로 다른 두 사람이 강렬한 생명의 흐름 속에서 하나가 됨으로써, 분리감이 완전히 사라진 순간을 경험할 수 있다. 성을 통해 짧은 순간 모든 것을 잊어버리고 합일감과 황홀감을 체험한다.

하지만 그것이 인간 존재의 근본적인 외로움을 해결해주지는 못한다. 당장의 고민을 잊기 위해 술을 마시는 것처럼, 삶의 공허나 외로움에서 도피하기 위해 성에 탐닉하는 것은 결코 바람직하지 않다. 인간이 갖고 있는 근본적인 외로움은 성적인 사랑으로 완전히 해결할 수 있는 것이 아니다. 어떻게 보면 그러한 사랑은 날카로운 칼에 묻은 꿀을 혀로 핥는 것과 같다. 조심해서 살짝 핥으면 괜찮지만 너무 욕심을 부리다가는 그 칼에 베이고 만다. 그런 사랑은 시기, 질투, 증오, 집착 등 온갖 감정의 덫과 함께 온다.

성 에너지를 잘 관리하고 활용하는 것은 타오의 좋은 수행 방법이 될 수 있다. 성 에너지는 다른 활동을 위한 열정적이고 창조적인 에너지로 전환할 수 있다. 갈증이 나면 물을 마시고 배가 고프면 음식을 먹듯이 성욕이 느껴질 때마다 성관계를 통해 해소할 수는 없지 않은가? 창조적이고 충만감을 주는 일에 전념하거나 몸을 움직이는 운동을 통해 몸의 에너지가 잘 순환되면 성 에너지의 파장이 잠잠해진다. 그러나 성 에너지가 다른 활동 에너지로 전환되지 않을 때는 온몸을 돌아다니며 온갖 성적 환상과 욕망을 만들어낸다.

그럴 때는 요가나 기공과 같은 에너지 트레이닝으로 단전의 힘을 단련하거나 깊은 에너지 호흡으로 단전에 에너지를 축적시키면 좋다. 흔히 단전, 하위 차크라들에 에너지가 충만하면 성적인 욕구를 조절하기가 어려울 것이라고 생각하기 쉬운데 오히려 단전의 에너지가 적을수록 성적인 욕구를 조절할 힘이 약해서 성에 탐닉하거나 중독되는 경향이 있다.

수련을 통해 성 에너지가 활동 에너지로 전환되고 단전에 강한 중심이 형성되면 그만큼 성적인 욕구를 조절하기가 쉬워진다. 활동 에너지로 전환된 성 에너지는 삶에 대한 열정과 생활에 활력을 가져다 준다. 특히 미술, 저술, 음악과 같은 창조적인 활동은 물론이고 긍정적인 사회 활동의 밑거름이 되기도 한다.

성 에너지는 반드시 하단전의 에너지를 사용한 육체적인 관계에만 국한되는 것은 아니다. 이를 위해서 중단전의 기氣 에너지를 사용할 수도 있고, 상단전의 신神 에너지를 사용할 수도 있다. 중단전의 에너지를 사용할 때는 상대방의 손을 잡거나 따뜻한 포옹만으로도 성적인 관계 못지 않은 깊은 에너지 교류가 일어난다. 상단전의 에너지를 사용할 때는 서로의 눈을 깊이 응시하는 것만으로도 교류가 일어난다. 또한 상대방이 눈앞에 없어도 명상을 통해 의식으로 에너지를 주고받을 수 있다.

궁극적으로는 성을 통한 사람과의 에너지 교류 차원이 아닌 우주의 무한한 생명 에너지와의 교류를 통해서 우리의 뇌는 오래 지속되는 깊고도 진정한 만족감을 얻을 수 있다. 인간의 에너지가 음이라면 우주의 에너지는 양이다. 우리의 에너지 감각이 발달하면 우주의 신령스러운 에너지가 정수리로 들어와 상단전, 중단전, 하단전의 에너지를 채워주는 것을 체험할 수 있다. 그럴 때 우리의 근원적인 공허함과 외로움의 구멍이 비로소 채워지고 우주 에너지의 강력한 지원으로 기쁨과 사랑과 활력의 에너지가 가슴 속에서 흘러넘치게 된다. 이것은 오감의 차원을 넘어선 새로운 감각, 에너지의 세계에서 일어난다.

인간에게는 오감을 넘어서 그 이상의 세계를 느낄 수 있는 감각이 있다. 그 감각을 회복함으로써 성에 대한 욕구에 지배받는 것이 아니라 그것의 주인이 될 수 있다. 또 그럴 때 대우주의 본성, 타오와 통할 수 있다.

자유와 힘의 상징,
돈

돈에 대한 당신의 생각은 어떠한가? 당신은 인생에서 돈이 중요하다고 생각하는가, 그렇지 않은가? 당신은 돈이 충분한가, 그렇지 않은가? 돈은 우리의 영적인 성장과는 어떤 관련이 있는가?

현대 문명의 오지에 살고 있는 사람이라면 백만 원권 수표를 건네주어도 그것을 종이 쪼가리라고만 생각할 것이다. 그러나 대도시의 거리에서 백만 원권 수표를 뿌린다면 너나 할 것 없이 우르르 달려들어 줍겠다고 난장판이 될 것이다. 백만 원권 수표는 표면적으로는 달랑 종이 한 장이지만, 물질세계에 사는 대부분의 사람들에게 그 종이 한 장이 갖고 있는 힘은 대단하다. 많은 사람들에게 돈은 강력한 힘이요, 자신이 선택한 삶을 살 수 있는 자유를 의미한다.

돈은 원래 가치척도의 수단, 교환 수단, 지급 수단, 가치 보장 수단이었다. 그러나 요즘은 돈이 수단이 아닌 목적 자체가 되어버렸다. 우리는 얼마나 많은 돈을 벌었는가에 따라 자신의 가치를 매기고 자신의 능력을 평가한다. 다른 사람들도 나의 재산을 바탕으로 나의 가치를 평가한다고 믿는다. 현대사회는 옛날보다 훨씬 더 물질적으로 풍족해졌지만 돈 때문에 고통받는 사람들은 더 많아지고 있다.

많은 사람들이 돈에 대한 이중적이고 모순된 태도를 가지고 있다.

사실은 누구나 돈이 필요하고 그것을 원하면서도, 동시에 자기보다 많은 돈을 갖고 있는 사람들을 속물적이라고 간주하는 경향이 있다. 돈에 대한 이러한 생각은 특히 영적인 성장을 추구하는 사람들에게 갈등을 야기한다. 사람들은 영성을 추구하는 데에 돈을 내야 하는 것은 아니라고 믿기 때문이다. 하지만 가장 존경받는 영적 지도자들도 그들의 기본적인 필요를 충족시키기 위해서는 돈이 필요하다.

돈을 비하하는 관념과 기본적인 생존을 위한 돈의 필요성 사이에서 모순을 느끼는 사람들이 많다. 그래서 종종 돈에 대해 부정적으로 생각하고, 돈을 벌고자 하는 꿈을 실현할 수 있는 자신의 능력에 대해 자신 없어 한다. 돈과 관련한 이러한 태도는 돈을 벌기 위한 동기부여를 약화시키고, 적극적이고 창조적인 활동을 방해한다.

돈에 대한 또 한 가지 모순된 태도는 두려움이다. 돈을 통해서 자신의 능력을 평가받는다는 두려움, 경제적인 위기에 봉착하면 사람들이 자신을 '경제적 실패자'로 평가할까 두려워 하는 마음 또한 돈을 벌기 위한 동기 부여를 약화시킨다.

돈에 대한 이러한 생각들이 갈등을 일으키지만 우리는 그 생각들이 우리 삶의 목적을 추구하는 데에 도움이 되는지, 방해가 되는지는 면밀히 검토해 보지 않는다. 자신의 삶에서 돈의 주인이 되기 위해서는 내적인 모순을 정확히 보고, 더 적극적인 자세로 돈 문제를 다루는 데에 도움이 되는 핵심 원칙을 정립할 필요가 있다. 원칙은 이러한 것들이 될 수 있다.

첫째, 가치의 우선순위를 지킨다. 자신이 세운 가치와 원칙을 돈을 얻기 위한 명목으로 절대 어기지 않는다. 예를 들어, 돈을 벌 때 항상 정직, 성실, 연민을 가지고 행동할 것, 다른 사람에게 해를 끼치지 않을 것, 돈을 버는 목적과 목표에 투명할 것 등이 될 수 있다.

돈과 관련해서 내적인 갈등에 빠지지 않기 위해서 정확한 가치의 우선순위를 정해놓고 그 원칙을 지키는 것이 도움이 될 수 있다. 예를 들어, 당신이 진眞, 선善, 미美라는 순서대로 가치의 우선순위를 매겨놓았다고 하자. 그럴 경우에 돈과 관련된 활동을 하거나 결정을 할 때, 미를 위해 선을 포기해서는 안 되며, 선을 위해 진을 포기해서는 안 된다. 만약 그러한 원칙을 정해놓고 그것을 지키지 못하면, 결국에는 낭패감이나 자괴감이 들 것이다. 돈을 위해서 자신의 원칙을 희생했다는 것을 언젠가는 자각하게 될 것이다.

각 개인의 자세한 사정이야 다르겠지만, 살다 보면 누구나 돈과 관련한 문제를 경험하게 된다. 이러한 경험은 돈에 대한 동기부여를 약화시키고 경제적인 성공을 위한 우리의 잠재력을 떨어뜨린다. 장기적으로 보면 자신에 대한 존중감도 깎아내릴 수 있다. 당신 나름의 가치의 우선순위를 정직하게 정해 보면, 돈 문제를 훨씬 편안하고 여유 있게 다룰 수 있을 것이다. 당신이 세운 원칙을 지키면 모든 것이 순조롭게 될 것이다.

둘째, 돈에 대하여 자신의 양심이 만족하고 뇌가 납득할 만한 분명한 목적을 갖는다. 누군가 당신에게 "돈 버는 목적이 무엇이냐?"라고 묻는다면 분명하게 대답할 수 있는가? 어떤 일을 하든 목적이 분명하지 않으면 원하는 것을 얻기 어렵다.

마지막으로, 돈의 문제와 관련하여 비즈니스 마인드와 스피리추얼 마인드를 조화롭게 가져야 한다. 많은 사람들은 비즈니스 마인드만 가지고 열심히 일하며 살아간다. 자신에게 이러한 질문을 해 보라. '당신은 당신 자신만을 위해서 돈을 벌려고 하는가, 아니면 그것을 다른 사람들과 나누고자 하는 비전이 있는가? 당신이 돈을 갖고 있다면 더 좋은 사회를 위해서 어떻게 기여할 것인가? 돈이 많지 않을 때에도 다른 사람들에게 의미 있는 기부를 할 수 있는가?' 당신이 돈을 벌려고 하는 목적이 단지 자신과 가족의 이익뿐만 아니라, 당신이 속한 커뮤니티와 나아가서는 더 많은 사람들에게 도움이 되고자 하는 진실함을 갖고 있다면 당신은 스피리추얼 마인드를 가졌다고 할 수 있다.

비즈니스 마인드로 물질적인 실리를 추구하지만, 그것의 바탕이 모두를 위한 선을 추구하는 스피리추얼 마인드일 때, 그 물질적인 이익은 영적인 가치를 창조하게 된다. 물질과 정신을 유기적인 하나로 보고 영적으로 건강한 사회를 실현하기 위해 물질을 활용할 수 있는 마음, 그것이 진정한 스피리추얼 마인드이다. 돈을 얼마나 갖고 있는가보다 돈을 어떻게 활용하는가가 훨씬 더 중요하다. 이 세상에는 정직, 성실, 책임감으로 돈을 벌어 많은 사람들의 건강과 복지를 위해 사용되도록 사회에 기부하는 훌륭한 기업가들이 많다.

엄밀히 따지면 사실 '소유'라는 것은 불가능하다. 우리는 이 지구에 빈손으로 와서 빈손으로 돌아가기 때문이다. 우리가 갖고 있는 것들은 모두 이 지구에 와서 얻은 것이고, 지구로부터 잠시 빌려 쓰는 것이다. 심지어 우리의 육체도 사용하고 나면 반납해야 한다. 그래서 이 세상에 있는 동안 최대한 잘 활용하다가 가는 것이 우리가 할 일이다.

돈 자체는 선도 아니고 악도 아니다. 중요한 것은 그 돈을 쓰는 사람의 의식이다. 선한 의식을 가진 사람의 돈은 다른 사람들과 사회를 유익하게 하는 데에 사용될 것이고, 탐욕스러운 의식을 가진 사람의 돈은 다른 사람들의 행복을 계속해서 짓밟을 것이다. 그러니 선한 사람에게는 돈이 많을수록 좋고, 악한 사람에게는 돈이 많을수록 해악이 된다. 돈이 선한 사람, 선한 단체로 모일수록 이 세상을 바꾸는 에너지는 더욱 강력해질 것이다.

그래서 나는 젊은이들에게 돈과 권력을 향해 마음껏 도전하라고 말한다. 그것을 추구하는 바탕에 바른 정신이 살아 있다면 그러한 것들을 활용해서 좋은 일을 많이 할 수 있다. 정확한 철학과 박애주의 정신을 갖고 있고, 그 정신을 끝까지 지킬 수 있는 의지와 자기관리 능력이 있는 사람은 세상과 사람들에게 많은 희망을 줄 수 있다. 스피리추얼 마인드는 있으나 비즈니스 마인드가 전혀 없는 사람은 소박한 삶을 유지할 수 있을지는 모르나 창조적인 삶을 적극적으로 개척해 나가기는 어렵다.

우리는 돈의 문제를 어떻게 다룰 것인가를 스스로 선택할 수 있다. 돈은 중요한 것이 아니라고 무시할 것인가? 돈을 잘 벌지만 개인적인 영리만을 위해서 사용할 것인가? 돈을 잘 벌기도 하고 주위의 모든 이들의 이익을 위해서 돈을 사용할 줄 아는가? 이 중에 당신은 어떤 사람이 되고 싶은가?

관심과 인정의 사회적 욕구, 명성

우리는 살아가면서 알게 모르게 명성을 추

구한다. 명성은 사람들과 세상의 관심과 인정을 받음으로써 생긴다. 알고 보면 우리 일상의 대부분이 주위 사람들에게 인정받기 위한 노력의 연속이라고 할 수 있다. 이러한 사회적인 인정의 욕구는 내재된 것으로, 우리가 살아가는 동안 내내 더욱 더 강화된다.

어렸을 때는 부모에게 사랑과 인정을 받을 수 있는 방식으로 행동한다. 학교에서는 선생님에게 칭찬받기 위해 열심히 공부하고, 친구들과 잘 어울리기 위해서 노력한다. 나이가 들어서는 회사의 훌륭한 직원으로 인정받기 위해서, 결혼한 후에는 좋은 배우자로, 자녀에게 좋은 부모로 인정받기 위해서 많은 노력을 기울인다. 게다가 우리가 매일 거울을 들여다보며 가꾸려고 애쓰는 외모 또한 자기만족뿐만 아니라 타인에게 인정과 사랑을 받고자 하는 노력의 일환으로 볼 수 있다. 어쩌면 주위 사람들로부터 인정과 사랑을 받기 위한 노력들이 쌓이고 쌓여서 지금 우리의 모습이 되었는지도 모른다.

인정의 욕구는 안정의 욕구, 지배의 욕구와 함께 인간의 행복과 불행의 감정을 일으킨다. 우리는 주위 사람들로부터 관심과 인정을 받을 때 행복하고 신이 난다. 예를 들어 당신이 헤어스타일을 바꾸거나 당신이 요리한 음식에 대해 주위 사람들이 작은 칭찬이라도 하면 당신의 얼굴에는 행복한 미소가 번질 것이다. 당신이 진행하던 프로젝트가 크게 성공했을 때 받는 찬사들이 당신을 얼마나 신나게 하는지는 두말할 나위도 없다.

그러한 관심과 인정은 사람들이 보내주는 일종의 에너지로써 우리에게 자신감 넘치고 힘찬 에너지를 불어넣어 준다. 사람들이 주는 호감의 에너지, 인기는 대단히 매력적이다. 소셜미디어에 올린 자신의 근황과 사진들에 대한 친구들의 '좋아요' 숫자만큼 우리 얼굴의 미소와 자존감도 커져가는 것을 보면 에너지를 받기 위해 그런 포스팅을 하는지도 모른다.

사람들이 보내주는 에너지가 점점 불어나 인기를 얻으면, 그 명성은 곧 돈과 힘을 끌어온다. 아주 많은 조회수를 기록한 온라인 콘텐츠에 광고 수입이 따라오고, 그 콘텐츠를 만든 사람은 유명해진다. 그래서 사람들은 유명한 연예인이나 훌륭한 운동선수, 성공적인 사업가, 프로페셔널한 정치가에 붙어 다니는 부와 힘에 매료된다. 우리가 그들에게 보내는 박수와 환호 소리가 높아질수록 그들의 수입도 올라간다.

세상에는 두 부류의 사람이 있다. 박수를 받는 사람과 박수를 치는 사람이다. 우리는 어렸을 때 학교에서부터 이 경험을 했다. 똑똑하거나 공부를 잘해서 또는 운동이나 예술에 재능이 있어서 박수를 받는 소수의 아이들과 그들에게 박수를 치는 다수의 아이들. 당신은 어떤 범주에 속했는가? 이러한 분류는 학창 시절로만 끝나는 것이 아니다. 무한경쟁 사회 속에 살다 보면 승자와 패자, 박수 받는 사람과 박수 치는 사람으로 나누어지기 마련이다.

우리는 TV에 나오는 유명한 스타들을 보면서 박수를 보내고 그들의 멋진 외모와 화려한 생활을 부러워한다. 그러나 모든 사람들이 유명한 스타나 성공한 사업가, 정치가가 될 수는 없다. 왜냐하면 그러한 부와 명성은 치열한 경쟁, 각고의 노력, 때로는 행운을 통해서 얻을 수 있는 한정된 가치이기 때문이다. 그 유한한 가치를 얻기 위해 우리는 소수의 안락의자가 놓여 있는 산의 정상에 오르는 사람들처럼 경쟁의 전쟁터로 뛰어든다. 그리고 그러한 경쟁에서 도태되거나 경쟁을 원하지 않는 사람은 그냥 다른 사람에게 박수 쳐주는 삶을 살아간다. 그렇다면 대다수의 사람들은 박수만 치고 부러워하면서 살아가야 하는 것일까? 사회적인 성공과 명성이 아닌, 우리가 추구할 다른 가치는 없는 것일까?

우리가 명성을 추구하는 또 다른 이유는 자신의 존재 가치를 확인하기 위해서이다. 사회적인 존재인 우리는 다른 사람들로부터 관심과 인정을 받을 때 자신의 존재 가치가 향상되는 것을 느낀다. 상상해 보라. 당신 주위에 당신에게 관심이나 사랑, 인정을 보여주는 사람이 아무도 없다면 어떤 느낌이 들겠는가? 아마 당신은 자존감과 존재 가치가 점점 떨어져 좌절하거나 우울해질 것이다. 이에 반해, 명성과 함께 오는 부와 힘은 사람들의 존재 가치를 한껏 높여 주고 그들 자신이 아주 중요한 사람이라고 느끼게 해준다.

부와 명성에 둘러싸여 살던 유명한 스타들 중에는 인기가 떨어지면 우울증, 마약 중독에 빠지기도 하고 자살이라는 극단적인 선택을 하는 이도 있다. 이러한 현상은 명성을 자기 존재 가치의 척도로 여기는 사람들에게 쉽게 일어난다. 유명할 때는 자신을 매우 중요한 사람으로 느끼다가 인기가 떨어지면 자신의 존재 가치가 사라지는 것처럼 느끼는 것이다. 그것은 '다른 사람들이 자신을 어떻게 평가하는가'에 집중하기 때문이다. 자신에 대한 다른 사람들의 반응에만 주목하다 보면 시선이 외부로 향할 수밖에 없고, 그런 일이 계속 반복되면 결국 자기 내면과의 단절을 불러온다. 자기 자신과의 단절은 수많은 불행의 원인이 된다.

아무리 사람들에게 인정을 받고 인기가 있어도 스스로를 인정하지 못하면 그 사람은 불행한 사람이다. 진정한 인정은 주위 사람들, 세상으로부터만 받는 것이 아니다. 그것은 자기가 스스로를 인정하고 사랑할 때 온다.

당신에게 이러한 질문을 해 보라. 그동안 나는 나를 인정하고 사랑했는가? 나의 능력, 외모, 환경을 다른 사람들과 비교하면서 '나는 왜 이것밖에 안 되지?' 하고 자학하지는 않았는가? 정말로 내가 하고 싶고 내가 되고 싶은 모습을 추구했는가, 아니면 남의 시선을 의식하고 남이 원하는 모습이 되고자 했는가?

많은 사람들이 다른 이에게 인정과 사랑을 받기 위해 많은 노력을 하면서도, 정작 스스로를 인정하고 사랑하는 것은 소홀히 한다. 늘 남의 시선만 의식하고 살다 보면, 무엇인가에 쫓기듯이 허둥지둥하게 되고 어느 순간 자기 인생이 없다는 생각이 찾아온다. 20년, 30년, 아니 60년 동안 자기 몸을 끌고 다녀도 '왜 이렇게 허전하게 느껴지는 것일까?', '나의 참 자기는 무엇일까?'라는 질문에 대한 답을 하지 못한 채 살아간다. '뭐 사는 것이 다 그렇지. 그게 인생 아닌가?' 이렇게 생각하는 사람은 바뀔 수 없다. '뭔지 모르지만 내가 지금 느끼고 경험하는 것보다 더 큰 무엇이 존재하지 않을까? 지금까지 내가 살아온 나의 인생이 최선이었을까?' 이렇게 생각하는 사람에게는 희망이 있다.

우리가 자신을 인정하고 사랑하기 위해서는 자신의 참다운 존재 가치가 무엇인지를 발견해야 한다. 명성, 사회적인 성공이 우리 인생의 성공을 재는 잣대는 아니다. 그것은 소수만 얻을 수 있는 한정된 가치이므로 모든 사람이 추구해야 할 절대적인 가치가 되기에는 부적합하다. 다른 사람들과 경쟁할 필요 없이 스스로 노력하면 누구나 얻을 수 있는 그 무엇, 그것이 우리가 지향할 참다운 존재 가치의 필수 조건이어야 한다. 참다운 존재 가치는 물질적인 유한한 세계에서는 절대 찾을 수 없다. 보이지 않는 정신의 세계, 바로 우리의 참나, 영혼에서만 찾을 수 있다. 우리의 가슴 속에 있는 영혼의 에너지를 계속 성장시키고, 그 영혼의 향기를 주위 사람들과 나누는 것이 바로 우리에게 근원적인 만족과 기쁨을 가져다 주는 삶의 절대 가치이자 목적이다.

외부의 인정이나 성공을 통해 받는 에너지만으로는 허전한 가슴을 아무리 채우려고 해도 절대 채워지지 않는다. 그것은 일시적인 위안일 뿐 영원하지 않다. 영원한 에너지의 원천은 당신 내면에서 만날 수 있다. 자기를 인정하고 사랑할 때부터 그 에너지는 솟아오르기 시작한다. 자기를 인정함으로써 느껴지는 기쁨은 다른 사람들에게 인정을 받아서 느껴지는 기쁨과 비교할 수 없을 만큼 크다. 그것은 자신의 양심과 자기 안에 있는 하늘로부터 인정을 받는 것이다.

자기를 인정하고 사랑하는 것은 생각만으로 되는 것이 아니다. 자신 안에 있는 생명의 에너지와 만나야 한다. 천천히 당신의 두 손을 가슴 위에 포개서 얹어 보라. 그리고 당신에게 이렇게 얘기해 준다. "그래, 나에게는 내가 있어. 나에게는 언제나 나를 지켜봐 주는 내가 있어. 어떠한 상황이 와도 내 편이 되어 주는 나, 그것은 나의 영혼이고 참나야. 영원히 변하지 않는 나의 생명이야." 진심을 담아 당신에게 얘기해 주면 당신 안의 영혼의 에너지, 생명의 에너지가 살아나는 것을 느낄 수 있을 것이다.

자기 안에 있는 참나를 느낀 사람은 어떠한 상황이 와도 두렵거나 외롭지 않다. 자기와 하나가 된 느낌 자체로 세상을 다 가진 것처럼 가슴에 충만한 에너지가 가득 차오르기 때문이다. 외롭다는 생각이 들 때마다, 누군가에게 인정받고 싶을 때마다 "그래, 나에게는 내가 있어" 라고 되뇌면서 당신의 가슴 속에 있는 참나와의 만남을 계속해 보라. 그리고 당신의 가장 중요하고 우선시되는 존재 가치에 당신의 시간과 에너지의 일부를 할애하는 것을 잊지 말라. 당신의 관심과 사랑, 인정 을 받은 만큼 당신의 영혼이라는 생명의 나무는 무럭무럭 성장하여 아름다운 꽃을 피우고 튼실한 열매를 맺을 것이다.

다섯 가지 주제 중에 마지막 주제인 죽음에 대해서는 10장에서 별 도로 다루겠다.

인생의 다섯 가지 문제

건강, 성, 돈, 명성, 죽음과 같은 인생의 다섯 가지 문제를 해결하고 싶다면 먼 저 솔직해져야 한다. 마음속에서 이 문제들에 어떻게 걸려 있는지, 그것이 자 신의 육체적, 정신적, 영적인 상태에 어떤 영향을 주는지를 명확하고 정직하 게 볼 수 있어야 한다. 자신이 이 문제들에 대해서 의식적으로나 무의식적으 로나 피하려고 하지는 않는지, 아니면 늘 이 문제들에 사로잡혀서 그 욕구를 충족시키기 위해 자신의 모든 시간과 에너지를 쏟아붓고 있지는 않은지 스스 로의 상태를 점검해볼 필요가 있다.

7

영혼의
성장을 위한
다섯 가지
성품

대부분의 인간관계와 리더십의 실패는
겉과 속의 불일치에 기인한다.
진정으로 성공적인 삶을 살고 싶다면,
외부적이고 기술적인 개선에 앞서
먼저 내면의 자각이 전제되어야 한다.
그러한 각성을 바탕으로 의식의 성장과
성품의 변화를 도모해야 한다.

영혼은 눈에 보이지 않는데 어떻게 성장시킬 수 있고, 영혼이 얼마나 성장했는지 어떻게 가늠할 수 있을까? 영혼의 상태를 드러내 주는 것은 성품이다. 성품은 사람과 사람 사이의 관계를 통해서 표현된다. 즉, 성품은 인간관계를 통해서 드러나는 영혼의 모습이다. 영혼은 눈에 보이지 않지만 당신의 성품은 당신의 영혼이 얼마나 성장했는지를 보여준다. 우리에게 인간관계가 필요하고, 공동체가 필요하고, 역할과 책임이 필요한 것은 그러한 것들이 우리의 성품을 가꾸고 성장시킬 수 있는 기회를 제공해 주기 때문이다.

우리는 다른 사람과의 관계 속에서 선택하고, 그 선택에 따라 행동하고, 그 행동의 결과를 평가한다. 그 과정은 우리에게 자신을 돌아볼 기회를 주고, 미래에 더 나은 선택을 할 수 있는 지혜를 키워준다. 이렇게 선택하고 행동하고 돌아보고 다시 선택하는 과정에서 생각이 바뀌고, 행동이 바뀌고, 습관이 바뀐다.

인간관계에서 때로는 부딪히고 상처를 주고받는 고통을 겪기도 하지만, 그러한 힘든 경험을 통해서 우리는 더 빨리 성장할 수 있다. 그러한 관계를 돌아봄으로써 우리의 습관과 동기를 관찰할 수 있다. 어떤 종류의 사람이 되고 싶은지 명확한 목표를 설정할 수 있고, 이를 위해 우리의 습관과 궁극적으로는 인간관계까지 점점 변화시켜 나갈 수 있다. 이러한 과정에서 다른 사람들과 조화롭게 어울릴 수 있는 원만한 성품을 기를 수 있다.

당신의 영적인 성장은 사람들과의 관계 속에서 드러나는 당신의 성품을 통해 증명된다. 다른 사람들에 대한 연민, 관용, 열린 마음, 감사함을 느끼고 정직, 성실, 책임감으로 행동할 때 당신은 더 높은 수준의 의식을 표현하고 자신의 영적인 성장에 적극적으로 임하는 것이다.

의식 수준이 높아지면 자신의 생각과 행동 그리고 그것이 다른 사람들에게 미치는 영향을 더 잘 자각할 수 있다. 자신의 성품을 더 객관적으로 볼 수 있고, 어떤 점을 바꾸고 싶은지 더 명확하게 찾아낼 수 있다. 이러한 내면의 자각은 외면의 세계를 변화시키는 데에 필수적이다. 그것은 또한 영혼의 성장에 영향을 주는 성품의 개발과 인간 관계를 좌우한다.

서점에 가보면 처세에 관한 많은 책들이 나와 있다. 저마다 자신의 방법이 성공을 위한 비법이라고 소개한다. 그 책들은 대부분 성공에 필요한 기술들을 다루고 있고, 여러 가지 자세하고 구체적인 방법들도 소개한다. 물론 이러한 방법들 중에는 매우 유용하고 추천할 만한 것들이 많다. 그러나 아무리 정교한 기술이나 잘 다듬어진 방법도 의식의 성장을 통한 성품의 변화가 따라 주지 않으면 별 효과가 없다.

내면의 변화 없이 외부의 포장을 바꾸려고 하면 비록 단기적으로 성공한다 해도 결국 내면의 모습이 드러나기 마련이다. 그리고 당신 스스로 자기 내면과 외부의 불일치를 알기 때문에 다른 사람들 앞에 당당하지 못하게 된다. 누가 알까 눈치를 보게 되고, 내면의 모습을 감추기 위해 공연한 허세를 부리게 된다. 이러한 불편을 오래 견디기란 쉽지 않기 때문에 결국은 스스로 포기하고 자기의 본 모습을 드러내게 된다.

대부분의 인간관계와 리더십의 실패는 이러한 불일치에 기인한다. 그렇기 때문에 진정으로 성공적인 삶을 살고 싶다면, 외부적이고 기술적인 개선에 앞서 먼저 내면의 자각이 전제되어야 한다. 그리고 그러한 각성을 바탕으로 의식의 성장과 성품의 변화를 도모해야 한다.

좋은 성품을 개발하는 법

흔히 사람들은 좋은 성품을 개발하는 것은 원래 없었던 새로운 것을 가져와 덧붙이는 것이라고 생각한다. 예를 들어, 어떤 사람이 '친절'한 성품으로 변화하기 위해서 친절이라는 요소를 덧붙이기 위해 노력한다. 그리고 '원래 나는 사람들한테 불친절한 사람이었어. 잘 웃지도 않고 신경질도 많이 부리고. 하지만 지금부터는 친절한 사람이 될 거야.'라고 결심한다. 자신의 결심을 실천하기 위해 일부러 웃음을 지어 보이고 친절한 말투를 사용해 보기도 한다. 열심히 노력하지만 새로운 습관을 만들기 위해 여태까지와는 다르게 말과 행동을 하려니 왠지 어색하게 느껴지기도 한다.

좋은 성품을 만드는 것은 기존에 없었던 새로운 것을 갖다 붙이는 것이 아니라 원래부터 당신 안에 있었던 작은 성품을 더 크게 키우는 것임을 안다면 친절을 표현하기가 더 쉬울 것이다. 원래부터 당신 안에 친절함과 같은 좋은 성품이 있었다. 성품을 만든다는 것은 자신의 내면에서 그러한 성품을 발견하고 그것을 표현하는 것이다.

당신의 인생에 한 번도 표현한 적이 없는 성품이 있다는 것을 어떻게 확신할 수 있을까? 왜냐하면 성품은 영혼의 표현이고, 누구나 그 영혼을 갖고 있기 때문에 그렇다. 어느 날 민들레 홀씨처럼 친절함이라는 성품의 씨앗이 당신에게 날아온 것이 아니라 그 성품의 씨앗이 원래부터 당신의 영혼 안에 있었고, 당신은 단지 그것을 발견하고 키우면 되는 것이다.

우리말로 성품을 '마음씨'라고도 한다. 마음씨란 '마음의 씨앗'이라는 말이다. '마음씨를 키우라'는 말을 많이 하는데, 이것은 영혼의 씨앗인 성품을 키우라는 말이다.

그러면 좋은 성품은 어떻게 키워지는 것일까? 첫째, 좋은 환경이 좋은 성품을 만드는 바탕이 된다. 질 좋은 토양과 적당한 햇빛과 물이 씨앗을 싹트게 하듯 우리의 마음씨도 좋은 환경 속에서 싹트고 자란다. 인간의 성품을 키우는 데에 가장 중요한 환경은 가정이다. 사랑과 정성으로 식물을 키우듯 아이들의 마음씨를 보살피는 부모의 사랑과 관심 속에서 아름다운 성품의 씨앗은 자라난다.

에모토 마사루 박사의 실험에 따르면 물은 사람의 마음과 주변 환경에 영향을 받는다. 그는 실험에서 컵에 담긴 물에 대해 사람들이 칭찬을 해 주게 하고, 아름다운 음악을 틀어주고, 좋은 공기를 충분히 공급해 주었다. 그리고 다른 컵에 든 물에는 미워하고 싫어하는 말을 하면서 어둡고 우울한 음악을 틀어주고 나쁜 환경에 두었다. 그랬더니 좋은 환경 속에 있었던 물은 눈의 결정처럼 아름다운 육각형의 결정을 갖게 되었고, 나쁜 환경에 있었던 물은 결정이 날카롭고 찌그러져 있었다.

마음의 에너지가 물에 미치는 영향이 이 같은데, 사람들의 생각과 말이 순수하고 예민하고도 여린 어린아이의 마음에 줄 영향력을 생각해 보라. "넌 그것밖에 못하니? 누굴 닮아서 그 모양이니?"라는 말은 아이의 깊숙한 의식 속에 화살촉처럼 박힌다. 이러한 정보들이 뇌 속에 자리를 잡아 고정관념이 된다. 고정관념이 작용하면 본인의 의도와 상관없이 이미 뇌 속에 형성된 고정관념대로 생각하고 말하고 행동한다. 인간의 고정관념은 대부분 유년시절에 형성된다. 내가 나에 대해서 어떻게 생각하는지, 내가 주위 사람들에 대해서 어떻게 생각하는지, 내가 세상에 대해서 어떻게 생각하는지, 다른 사람이 나를 어떻게 생각하는지 등이 그것이다. 유년 시절에 마음에 심어진 고정관념들이 의식적으로 그리고 무의식적으로 일생 내내 영향을 미친다.

그것은 고정관념을 형성하는 데에 가장 큰 영향을 주는 사람이 바로 부모라는 뜻이다. 그래서 자신이 부모와 독립된 존재라는 것을 인식하기도 전에 부모가 세상을 보는 방식을 저절로 본떠서 그대로 취하기 시작한다. 거기에 다른 가족 구성원들, 학교 선생님과 친구들, TV나 영화, 비디오 게임과 같은 미디어도 성품을 형성하는 데에 중요한 역할을 한다.

성품을 만드는 데에 환경의 중요성을 여실히 보여주는 유명한 사례가 있다. 바로 맹모삼천지교이다. 기원전 4세기 전반에 공자가 세상을 떠난 지 약 100년 후 공자의 사상을 이어 발전시킨 맹자라는 유학자가 있었다. 그는 어렸을 때 아버지를 여의고 어머니 밑에서 교육을 받고 자랐다. 그들이 처음 살던 곳은 공동묘지 근처였는데, 맹자는 늘 보는 것이 장례를 지내는 것이라, 친구들과 놀 때도 곡을 하거나 묘지를 파며 장사 지내는 것을 흉내 냈다.

이를 목격한 맹자의 어머니는 공동묘지의 환경이 아이의 교육에 좋지 않다고 생각하고 시장 근처로 이사를 했다. 그러자 이번에는 맹자가 물건을 사고파는 장사꾼 흉내를 내는 것이었다. 맹자가 훌륭한 학자가 되기를 원했던 맹자의 어머니는 서당 근처로 이사를 했다. 그랬더니 맹자는 글을 읽고, 절하고, 제사를 지내며 놀았다. 그 당시 서당에서는 조상에게 제사를 지내는 유교의 예절을 가르쳤다. 이를 본 맹자 어머니는 거기가 아들의 교육을 위해 가장 적합한 곳이라 생각하고 그곳에 머물러 살았다.

맹자 어머니의 이야기는 주위 환경이 아이의 교육과 인생에 얼마나 중요한지 그리고 아이들이 얼마나 환경에 쉽게 영향을 받는지를 보여준다. 특히 순수한 백지와도 같은 아이들의 뇌는 노출된 환경을 닮아가도록 디자인되었고, 그들이 접한 정보들을 조합하여 자신의 세계관을 형성한다. 어렸을 때 강렬한 인상을 받았던 정보는 심지어 평생을 두고 영향을 주기도 한다. 우리 모두는 우리 자신의 현재 성격이나 성품을 형성하는 데에 영향을 준 유년시절의 경험이 있다.

가족이나 학교와 같은 어린 시절의 환경은 우리의 선택이나 의지와 상관없이 그냥 주어진다. 좋은 영향을 받았든 나쁜 영향을 받았든 그 환경이 현재 우리의 성격과 관념을 구성하는 토대가 되었다는 것은 부인할 수 없다. 어린 시절의 환경을 탓하고만 있는 것이 아니라 현재의 자기를 형성하는 데에 어떤 환경이 영향을 미쳤는지를 돌아보는 것은 의미 있는 일이다. 우리에게 저마다의 환경이 주어진 것은 우리 영혼의 성장을 위한 공부거리이다. 진흙 속에서 연꽃이 피어나듯 어려운 환경에서 느낀 힘든 경험과 고통은 우리의 영혼을 성장시키는 자양분이 될 수도 있다.

　　단지 유년시절에만 환경이 중요한 것이 아니다. 성장하고 나서도 환경은 중요하다. 어떤 친구를 사귀는지, 어떤 일을 하는지 그리고 어떤 단체나 그룹에 속해 있는지에 따라서 그 사람의 성품이 영향을 받는다. 이러한 환경의 중요성을 알면 그것을 선택할 때 신중해질 수 있다. 환경이 그 사람의 성품을 만드는 데에 절대적인 영향을 주지만 성품은 고정불변하는 것이 아니다. 우리가 마음먹고 노력하면 얼마든지 좋은 성품을 만들 수 있다.

　　좋은 성품을 만들기 위한 방법으로 좋은 환경을 만드는 것 외에 좋은 선택을 하는 것도 중요하다. 환경도 중요하지만 그것보다 더 중요한 것은 자신이 어떤 환경에 있든지 그 환경 탓만 하는 것이 아니라 끊임없는 선택을 통해 자신의 품성을 개발하는 것이다. 이것을 여실히 보여주는 좋은 본보기로 나는 벤자민 프랭클린을 자주 언급한다.

　　벤자민 프랭클린은 초등학교 2학년까지만 수료했다. 17명의 자녀 중에 15번째로 태어난 데에다 가정 형편도 어려워 12살 때부터 형이 운영하는 인쇄소에서 일했다. 한두 해가 지나자 인쇄일에 능숙해져 거기서는 더 이상 배울 게 없었다. 그래서 자기계발에 몰두했고 독학으로 프랑스어, 이탈리아어, 스페인어, 라틴어를 익혀 자유롭게 구사할 수 있었다. 18살에는 신문 발행인이 되었다.

그는 현실에 안주하지 않고 자신을 발전시키려는 끊임없는 노력으로 여러 분야에 통달했다. 과학자로서 방전의 원리를 발견했고, 피뢰침과 플랭클린 난로를 발명했다. 또 미국의 독립운동 당시 프랑스와의 동맹을 이끌어내 영국과의 독립전쟁에 기여했으며, 미국 독립혁명의 주역 중 한 사람으로서 위대한 유산을 남겼다.

그는 정치인, 대통령, 기업가, 교육자를 포함해서 수많은 사람들과 교류하며 인생에는 부와 명예와 권력보다 더 중요한 무엇이 있다는 것을 자각했다. 그리고 20대 나이에 '인격 완성'이라는 놀랍고도 원대한 삶의 목표를 세웠다. 자칫하면 이상주의자의 꿈으로 그칠 수 있는 이 목표를 실현하기 위해 그는 절제, 겸손, 성실을 포함해서 아주 구체적인 13가지 덕목을 정하고 이를 실천하려고 노력했다.

그러한 원칙대로 살았기 때문에 그는 주위 사람들에게 신뢰를 얻었고, 정치가, 외교관, 작가, 기업가, 언론인, 철학자, 교육자로서 다양한 분야에서 괄목할 만한 업적을 이룰 수 있었다. 리더로서 그는 자기계발의 롤모델이었으며, 자신의 유명한 좌우명인 '오늘 할 일을 내일로 미루지 말라.'의 전형적인 본보기가 되었다.

그는 수많은 업적에도 교만하지 않았고 죽을 때까지 삶에 대한 성실한 태도와 겸손함을 잃지 않았다. 자신의 묘비에는 간단히 '인쇄공 벤자민 플랭클린'이라고만 쓰게 할 정도로 마지막까지 허영심과 자만심을 경계했으며, 자신의 전 생애를 통해 과연 어떻게 사는 것이 올바른 길인지를 보여주었다.

그가 위대한 또 다른 이유는 빈곤한 환경에도 자기계발을 위해서 쉼 없이 전념했다는 것이다. 그는 무엇인가를 하기 위해서 어떤 한계나 제약을 두지 않았다. 현재 자신의 직업이나 학력에 상관없이 스스로 목표를 정하고 노력하면 누구나 자기계발이 가능하다는 것을 몸소 보여주었다.

나는 벤자민 플랭클린의 삶과 철학에 큰 감동을 받아 몇 년 전에 벤자민인성영재학교를 만들었다. 지식 전달 위주의 교육이 아니라 인성을 키우고 자신의 존재 가치를 발견하여 스스로 독립적이고 창조적인 삶을 설계할 줄 아는 미래 인재를 육성하는 것이 이 학교의 핵심 목표이다.

좋은 성품은 돈이나 권력이나 명성으로 살 수 있는 것이 아니다. 지식으로 만들 수 있는 것도 아니다. 그것은 우리가 스스로에 대한 자신감을 느낄 때 나온다. 좋은 선택을 할 때 자신을 깊이 신뢰하게 된다. 자기 안에 존재하는 가치를 발견하고, 자신이 어떤 사람이 되고자 노력해온 것에 대해 큰 만족감을 느낀다. 그 느낌은 누구도 앗아갈 수 없다. 좋은 성품을 기르지 않은 채 성품이 좋은 척 오랫동안 위장하기는 힘들다. 사람들이 보고 있을 때는 겉으로 친절하고 정직한 척해도 24시간 생활 속에서 그 사람의 성품은 그대로 드러나기 마련이다.

좋은 성품을 키우는 과정에서 홀연히 영혼의 모습이 나타난다. 여러 가지 좋은 성품은 본래의 마음자리, 본성에서 나왔다. 그래서 좋은 성품을 키우다 보면 자연스럽게 본성도 밝아진다.

우리의 영혼은 성품을 키우는 과정에서 느끼는 스스로에 대한 신뢰와 기쁨을 먹고 자란다. 몸의 이기적인 욕구를 이길 때, 좋은 습관을 만들어 좋은 성품을 키울 수 있다. 성품의 빛은 자신의 영혼도 비추고 다른 사람들의 영혼도 비추며 주위 사방을 아름답게 빛나게 한다. 자기 자신의 영혼을 깊이 감동시킨 사람만이 다른 사람과 세상의 진정한 아름다움을 볼 수 있다.

그러면 영혼을 성장시키는 데에 필요한 성품은 어떤 것들이 있을까? 좋은 성품들이 많지만 영혼의 성장에 바탕이 되는 필수적인 것은 정직, 성실, 책임감, 예의, 신의, 이 다섯 가지이다. 이 다섯 가지의 기본적인 성품 없이는 영혼의 성장을 위한 길을 걸어갈 수 없다. 설사 영혼을 성장시키고자 해도 그 과정에서 이 다섯 가지 성품을 키우지 못하면 큰 한계에 부딪히거나 중간에 포기할 수밖에 없다.

영혼의 성장이나 깨달음을 논하기 전에 먼저 기본적인 성품을 갖추는 것부터 해야 한다. 그래서 옛 선가에서는 3년간 청소하고, 3년간 나무하고, 3년간 밥 짓는 공부를 통해 기본 성품을 닦았고, 그 성품을 잘 일군 사람에게만 타오의 가르침을 전했던 것이다.

양심을 밝히는
정직

영혼의 성장을 위해 필수적인 첫 번째 성품은 정직이다. 정직은 진실함, 결백함, 솔직함과 비슷한 말이다. 정직하다는 것은 속이거나 기만하지 않는다는 것이다. 마음속으로 생각하고 있는 것과 밖으로 표현하는 것, 안과 밖이 동일하다는 것이다. 흔히 정직한 사람을 가리켜 '투명한 사람'이라고도 한다. 그 사람은 호수 표면을 덮고 있는 불순물이 없고, 물 속도 맑고 맑아서 바닥까지 훤히 보이는 호수와 같다. 호수 표면이 어떤 것으로 덮여 있거나 호수 물이 흐리면 그 아래에 무엇이 감추어져 있는지 알기 힘들다.

정직하지 못한 것에는 두 가지 부류가 있다. 첫째는 의식적으로 정직하지 못한 것이다. 즉 본인이 거짓말을 한다는 것을 알고 거짓말을 하는 것이다. 이렇게 일을 꾸미고 진실을 위장하는 주요인은 욕망 때문이다. 이러한 욕망은 사람들과의 관계에서 작은 부딪힘과 불편함을 야기할 수 있지만 그 욕망이 커지면 큰 사건을 유발한다. 금전욕에 눈멀어 회사의 기밀을 빼내어 라이벌 회사에 팔아 넘긴 회사원이라든지, 명예욕에 눈멀어 다른 사람의 논문을 베껴 쓴 교수라든지, 자신의 권력을 개인적인 이익을 위해서 사용한 정치가 등 신문에 오르내리는 많은 사건들이 욕망에서 비롯한 부정직의 소산이다. 이렇듯 개인의 욕망도 있지만 단체의 욕망도 있다. 개인의 욕망에 비해서 단체의 욕망이 미치는 파장은 상상할 수 없을 정도로 커질 수 있다. 예를 들어 많은 영리 조직, 심지어 종교적인 조직도 경제적인 이익을 얻기 위해 부정직과 거짓을 일삼는다.

정직하지 못한 두 번째 경우는 무의식적인 부정직이다. 이것을 '악의 없는 작은 거짓말'이라고 한다. 어린 아이가 자신의 잘못을 가리기 위해서 부모에게 무의식적으로 거짓말을 하는 것과 같다. 누구나 인생에서 그런 거짓말을 한 적이 있을 것이다. '그거 별거 아니야'라고 생각해서 또는 다른 사람에게 상처를 주기 싫거나 무언가를 잃을까봐 그런 거짓말을 했다고 마음속으로 정당화한다. 그러나 악의 없는 거짓말도 습관처럼 쌓이면 자신의 성격으로 자리잡을 수 있기 때문에 위험하다. 의식적인 거짓말을 더 많이 하게 되어도 마음속으로 정당화한다. 그러므로 정직을 자신의 성품 중 하나로 더 의식적으로 자각하고 자기 삶의 모든 면에서 정직한가를 돌아보는 것이 특히 중요하다.

순간의 위기상황을 모면하기 위해 아무 생각 없이 임기응변으로 내뱉는 거짓말은 무의식적으로 나온다. 그것은 무의식적인 자기방어일 수 있다. 하지만 그 밑바탕을 들여다보면 자기를 보는 눈이 어둡기 때문이다. 무의식적으로 거짓말을 하는 순간에 자신의 언행을 관찰할 수 있을 만큼 충분히 의식이 밝지 못하다는 뜻이다. 어린 나이에는 아직 정체성이나 사회의식이 충분히 형성되지 않아서 그렇다 치지만 성인이 되어서도 정직하지 못한 것은 자신의 모습을 비추어 자신이 하고 있는 행동을 바로잡을 수 있을 만큼 의식이 밝지 못하기 때문이다.

이렇듯 크고 작은 부정직이 모이고 모여 자신의 본성을 가리는 장막이 된다. 우리가 영혼의 성장을 위해 수행을 할 때 정직해야 하는 이유가 바로 이것이다. 정직하기 위해서는 부정직의 원인이 되는 에고의 욕망을 놓아야 한다. 그 욕망을 놓을 때, 속에 감추고 있는 것들이 없으면 당연히 속일 필요도 없어진다. 욕망에 덜 집착하면 자기 삶의 모든 면에서 정직이라는 성품을 기를 수 있고, 자신과 다른 사람에게 더욱 투명해질 수 있다. 이러한 결백함과 투명함은 인간관계를 더 잘할 수 있도록 도와주고 영혼의 성장에 긍정적인 영향을 준다.

정직은 영혼의 맑기와 의식의 밝기에 비례한다. 다시 말해서 정직하다는 것은 그만큼 영혼이 맑고 가볍고, 의식이 밝다는 뜻이다. 그러므로 진정한 정직이란 다른 사람에게 인정받기 위한 것이 아니라 자기 스스로에게, 자기 안에 있는 양심에게 인정받기 위한 것이다. 스스로에게 떳떳하기 위함이다.

우리는 인간이기 때문에 완전무결할 수는 없다. 때로는 실수할 수도 있다. 그러나 완성을 이루고자 한다면 정직하지 않을 수 없다. 자기 스스로의 양심에 비추어 볼 때 부끄러움이 없을 만큼 자신의 마음을 갈고 닦아 빛내는 것이 타오이다. 정직은 타오에 이를 수 있는 가장 근본이 되는 덕목이다.

정성스럽고 참된 자세, 성실

영혼의 성장에 필요한 또 다른 성품은 성실이다. 성실이란 정성스럽고 참된 자세를 일컫는 것으로, 자기에게 주어진 위치와 역할에 최선을 다하는 것이다.

성실을 위해서는 다른 것에 흐트러지지 않는 집중력, 하나로 모아진 일관된 마음이 필요하다. 이를 '일심一心' 혹은 '항심恒心'이라고 한다. 성실한 사람은 어려움에 직면했을 때에도 성실함을 유지한다. 자신의 신념을 이루기 위해 온 마음으로 몰두한다. 그래서 성실을 통해 이루어낸 결과는 이 세상 무엇보다도 값지고 소중하다.

성실이라는 덕목의 가치를 보여주는 한 무사의 얘기가 있다. 젊은 시절 그 무사는 검술을 익히기 위해서 열심히 수련에 몰두했다. 그런데 그 무사가 하는 것이라곤 고작 목검으로 사람 배꼽 높이만 한 바위를 내리치는 것이었다. 이른 새벽부터 시작해서 깜깜한 밤이 될 때까지 쉴 새 없이 내리치기 한 가지 동작만 반복했다. 부러진 검의 높이만큼, 굳은 살의 두께만큼 무사의 마음은 더욱더 단단하고 강인해져 갔다. 그렇게 몇 달이 흐른 어느 날, 힘껏 목검을 내리치는 순간 그 바위는 양쪽으로 쫙 갈라졌다. 그 무사의 항심은 바위도 갈라지게 할 만큼 집중된 힘이었다. 그 힘은 강인한 체력과 정신력이 되어 훗날 그를 최고의 무사가 되게 하는 바탕이 되었다. 이렇듯 단단한 바위도 갈라지게 할 만큼의 집중력과 일관된 마음이 바로 성실이라는 성품이다.

성실을 잃어버리는 이유는 현재에 집중하지 못하기 때문이다. 그러면 왜 현재에 집중하지 못하는 것일까? 그 이유는 현재 자기가 하고 있는 일과 역할에서 의미를 찾지 못하기 때문이다. 그 의미를 찾지 못하기 때문에 현재 자기가 하는 일에 만족하지 못하거나 다른 일을 찾는 것이다. 그래서 현재에 집중하는 대신, '과거에는 잘나갔는데'라거나 '미래에는 이렇게 될 거야'라며 망상과 번민에 빠져서 시간을 허비한다.

존재하는 것은 이 순간, 지금밖에 없다. 과거가 아무리 아름답다 할지라도 그것은 이미 지난 일이다. 아무리 멋진 미래가 예정되어 있다 할지라도 그것은 아직 오지 않았다. 바로 지금 이외에는 모두 환상일 뿐이다.

당신에게 꿈이 있고 더 좋은 역할과 더 높은 지위를 얻고자 원한다면, 지금 당장 해야 할 것은 망상과 번민에서 벗어나 현재에 집중하는 것이다. 더 높고 좋은 것을 원하면 그것을 잡을 수 있도록 딛고 올라갈 발판을 만들어야 한다. 발판도 없이 높은 곳에 있는 것을 잡으려고 하다가 바닥으로 곤두박질칠 수도 있다. 그 발판은 현재에 집중함으로써 만들어지는 것이다.

성실한 사람은 본인이 현재 하고 있는 일에서 의미를 찾고 그 의미를 현실화하기 위해 매 순간 진심을 다한다. 물질 자체보다는 정신적인 데에서 의미를 찾는다면 그 의미를 실현하기 위해서 영혼의 에너지를 더 잘 사용할 수 있다. 정신적인 의미를 발견한 일을 할 때, 힘든 것도 힘들게 느껴지지 않고, 그것을 영혼이 성장하는 하나의 과정이라고 여기게 된다.

우리가 성실하지 못한 또 다른 이유는 요행을 바라는 마음 때문이다. 자기가 노력한 만큼 결과를 바라는 것이 아니라 더 큰 결과를 바라기 때문이다. 자기가 쏟아부은 성실의 에너지만큼 결과를 기대하는 것이 마땅하다. 그것보다 더 큰 것, 예를 들어 복권이 당첨되기만을 고대하거나 요행을 바라는 마음은 현재의 책임에 대한 집중력을 흩트리고 성실한 마음 자세를 약화시킨다.

성실은 습관이다. 다른 사람에게 잘 보이려고 척하는 게 아니라 정말로 마음에서 우러나와야 한다. 성실은 하루 이틀 만에 기적적으로 나타나는 성품이 아니다. 오랜 시간을 두고 매일 행함으로써 몸에 배는 삶의 습관이다. 주위에 성실한 사람을 보면 대개 성실한 부모 밑에서 자란 경우가 많다. 부모님이 일찍 일어나고 부지런히 일하고, 사람이나 일에 마음을 다하는 모습을 보고, 배우고 행동으로 따라 한 것이다.

자신의 마음이 뭔가 불안하고 몸 상태가 좋지 않게 느껴진다면, '나는 지금 나 자신에게 정성을 들이고 있는가?' 또는 '나는 내 주변 사람들에게 정성을 들이고 있는가?'를 생각해 보면 금방 진단할 수가 있다.

정성을 들이는 것을 경험해보지 못한 사람은 늘 마음이 불안하고 가슴에 사랑이 메마를 수밖에 없다. 반면 자신에게 정성을 들인 사람은 마음에 평화와 사랑이 싹트는 것을 느낄 수 있고 활력의 에너지가 몸에 넘쳐흐른다. 남에게 정성을 들이면 인간관계가 좋아질 수밖에 없다. 먼저 상대방을 위해서 정성을 들이면, 누구든지 신뢰가 생기고 마음의 문이 열리기 때문이다. 성실, 이것은 자신에 대한 그리고 다른 사람에 대한 사랑을 키우는 공식이다.

원하는 것을 창조하는 힘, 책임감

영혼의 성장을 위해 필요한 세 번째 성품은 책임감이다. 책임감은 자기의 행동과 결정에 대한 책임을 느끼는 것을 말하고, 자신이 맡은 임무나 의무를 이루고자 하는 마음이다. 그것은 다른 사람들에게 신뢰를 준다.

당신에게는 어떤 책임들이 있는가? 당신은 그것을 이루기 위해서 어떻게 하고 있는가? 당신은 다른 사람들, 즉 당신의 가족이나 직장 동료들, 친구들에 대한 책임을 기꺼이 받아들이고 있는가, 아니면 부담스러워 하며 밀쳐내고 싶어 하는가?

맡은 책임이 있다는 것은 그 사람의 사회적 역할이 있다는 뜻이다. 사회적인 역할은 사회적인 영향력을 의미한다. 우리 각자는 이 세상에 존재함으로써 다른 사람들에게 영향을 미친다. 한 사람의 사회적인 영향력은 그 사람의 책임 정도에 달려 있다. 예를 들어 한 가장의 결정은 그 가족 구성원들에게 영향을 주고, 한 도시의 시장의 결정은 그 도시의 모든 시민들에게 영향을 미친다. 한 나라의 대통령의 결정은 그 나라 국민들에게 때로는 다른 나라에도 영향을 미친다. 이렇듯 책임의 크기와 무게는 그 사람이 끼칠 수 있는 영향력과 맞먹는다.

때로는 책임의 무게가 너무 커서 버거울 때도 있다. 책임이 크고 중하다는 것은 그만큼 돌봐야 할 대상이 많기 때문에 그동안 자신이 써 왔던 에너지보다 더 많은 에너지를 써야 하고, 자기 생각의 한계를 더 넓혀야 한다는 뜻이다. 그래서 책임만큼 의식도 밝고 커져야 한다. 자신의 의식만큼 선택하고 결정할 수 있는데, 큰 책임을 지는 사람의 결정은 많은 사람들과 중대사에 영향력을 미치기 때문이다. 그래서 자신과 세상과의 상호 의존성을 항상 염두에 두고, 결정을 할 때는 신중을 기해야 한다.

역할과 책임이 없이는 아무리 열심히 노력해도 자신이 뜻하는 바를 실현할 수가 없다. 책임은 자신의 뜻을 이루기 위한 발판이자 자신의 에너지를 쏟아부을 수 있는 출구이다. 자신의 의식이 충분히 성장하면 책임을 다하기 위해 주어진 권한을 활용해 자기의 뜻을 실현하고 주위 사람들에게 도움을 주고, 더 넓게는 사회를 변화시킬 수 있다. 그러므로 책임을 부담스럽게 생각하는 것이 아니라 자기 영혼의 성장을 위한 좋은 기회라고 받아들이는 것이 현명하다.

큰 책임과 함께 정신적인 중압감, 스트레스가 오는 것은 당연하다. 이 세상에 스트레스를 받지 않고 성공한 사람은 한 명도 없다. 성공한 사람들은 중대한 결정들을 하고 그것을 성공시키기 위한 각고의 노력을 해야 한다. 그들은 자기 스스로 더 큰 스트레스를 받는 환경을 만들고 그것을 이루기 위해서 집중한다. 그들에게는 이루고자 하는 목표가 있기 때문에 스트레스를 기꺼이 감수하고자 하고 또 스트레스를 일을 성공시키는 동력으로 활용한다. 자신의 마음먹기에 따라 스트레스는 우리를 행동하도록 몰아가는 일종의 에너지가 될 수도 있다.

그렇다고 책임을 다하기 위해서 온갖 수단과 방법을 가리지 않고 달려들어서는 안 된다. 자신의 진실함을 바탕으로 열정적이고 창조적인 에너지를 쏟아부어 이룬 결과야말로 그 가치가 정말로 빛이 난다. 책임을 다하려고 최선을 다하되 최대한 자신과 자신이 속한 조직, 관련된 모든 사람들에게 이로움을 주는 방식일수록 좋다. 자신이 하는 일이 인류 전체에 도움이 되는 것이라면 그것만큼 좋은 책임도 없지 않을까?

사람들이 때로 책임감이 부족한 이유는 무엇일까? 그것은 대부분 그 책임에 대한 주인의식이 없기 때문이다. 사람들은 자기에게 주어진 책임을 '내 것'이라고 받아들이지 못하기 때문에, 오히려 책임을 부담스러운 의무나 자신의 자유를 속박하는 굴레로 생각하기도 한다. 내 것으로 느끼지 못하기 때문에 책임감을 밀쳐내려 하고 책임감에서 벗어나려고 한다.

책임감을 갖기 위해서는 '이것은 내 책임이다. 내가 해야 하고 내가 할 수밖에 없다.'는 주인의식을 느껴야 한다. 이러한 자각은 책임 속에 담긴 참 의미를 찾을 때 강해진다. 내가 맡은 책임을 통해서 나의 존재를 실현하고, 더 나아가 이 사회에 도움을 주겠다는 정신적인 의미를 느낄 때 참다운 주인의식이 발휘된다. 그 주인의식은 영혼의 메시지이기 때문이다. 책임감, 주인의식, 영혼의 메시지가 일치할 때 당신이 어떤 일을 하든지 그것은 영혼의 성장을 위한 일이 될 것이다.

책임감은 '내가 창조자'라고 인지하는 것이고, 자신에게 현실을 창조할 힘이 있다는 것을 믿는 것이다. 이것은 자신이 처한 상황, 경험, 일의 결과 등 그 모든 것에 대해 "내가 만든 것입니다."라고 인정하는 것이다. 거기에는 긍지와 힘이 있다. 이것은 화가가 그림을 완성한 후에 사인을 하는 것과 같다. '진품 보증', '내가 그렸음'이라고 하는 것이다.

이러한 의미에서의 책임감은 "내 잘못입니다." 하는 것과는 다른 태도이다. '책임감' 하면 바로 '잘못'과 '실수'가 떠오른다면 당신은 수동적이고 책임 맡는 것을 두려워하기 쉽다. 당신이 스스로를 현실의 창조자로 선언하고, 자신에게 현실을 창조할 힘이 있다는 것을 인정할 때, 당신은 그에 걸맞은 힘을 발휘할 수 있다.

자기의 책임을 다하는 것은 중요한 생활 공부 중의 하나이다. 이를 통해 현실에서 원하는 것을 창조해내는 능력을 키울 수 있다. 아무리 높은 깨달음의 경지에 이르렀다고 해도 사회적인 책임도 없고 역할도 없으면 사회 속에서 자신의 뜻을 실현할 수 없다.

거리의 청소부든, 택시운전기사든, 농부든, 경찰이든, 기업가든, 자신이 하는 일에서 영혼의 성장을 위한 의미를 찾아낼 때, 그 책임은 의무나 부담이 아닌, 현실 속에서 영혼의 에너지를 펼칠 수 있는 소중한 기회이자 공부가 될 것이다.

사랑과 존중의 마음,
예의

       예의는 영혼의 성장을 이루는 데에 필요한 네 번째 성품이다. 당신은 예의가 있는 사람이라고 생각하는가? 예의가 있다는 것은 어떤 의미일까? 영혼의 성장을 위해 우리가 길러야 하는 예의는 에티켓이나 매너보다 더 깊은 의미가 있다. 진정한 예의는 정해진 행동양식이나 격식이 아니라 사랑과 존중의 마음이 표현된 것이다.

   예의는 억지로 하는 게 아니라 마음에서 저절로 우러나와야 한다. 보이는 행동만 그럴싸하게 하는 게 아니라 행동에 마음이 담겨 있어야 한다. 예의는 마음의 에너지를 담아 표현하는 것이다. 말 한마디의 톤, 얼굴 표정, 몸짓 하나하나에는 그 사람의 마음이 고스란히 담겨 있다. 진정한 예의가 아니라면 상대방은 그 에너지를 금방 느낀다. 마찬가지로 마음과 영혼에서 우러나오는 참다운 예의는 다른 사람을 진정으로 감동시킨다.

   삶의 모든 순간에서 우리는 사람들을 예의로 대해야 한다. 윗사람이든 아랫사람이든 친구든, 상대방의 사회적 지위에 상관없이, 모든 사람에게 똑같이 표현되는 존중의 마음이 예의인 것이다. 사랑과 존중의 마음으로 대하다 보면 자연적으로 그 마음이 행동으로 나온다. 다른 사람에 대한 사랑과 존중의 마음이 사라지면 가슴이 황폐해진다. 겉으로는 아무리 깍듯하게 예의를 차려도 그 사람의 마음이 느껴지지 않으면 결국 인간관계가 소원해진다.

우리의 삶에서 진정한 예의를 실천하는 것은 또한 다른 사람에게 존중받을 수 있는 바탕이 된다. 인간이 정말로 불행해질 때는 언제인가? 바로 사랑받지 못하고 존중받지 못한다고 느낄 때이다. 우리가 다른 이들에게 사랑받고 있고 존중받고 있다고 느낄 때 우리는 삶의 진정한 행복과 만족감을 느낀다. 존중은 다른 사람들에게서 얻는 것이라기보다는 자신의 일상의 행동과 말을 통해서 자신이 만드는 것이다. 자신의 행동이 다른 사람들에게 깊은 감동을 주면 다른 이들의 마음속에 존중이 일어나지 않을 수 없다.

만약 당신이 다른 사람들에게 사랑과 존중을 받지 못한다고 느낀다면 자신의 행동을 돌아보라. 당신은 자신을 사랑하고 존중하고 있는가? 주위 사람들을 사랑과 존중으로 대하고 있는가? 정직함과 친절함으로 다른 사람을 대하는가? 정말로 다른 사람의 의견과 필요, 열망을 존중하는가 아니면 당신 자신이 필요한 것을 먼저 채우려고 하는가? 우리는 무조건적인 사랑과 존중을 받으려고 하기 전에 먼저 다른 사람에게 주는 것을 배워야 한다.

때로 우리는 다른 사람과 커뮤니케이션을 하는 데에 어려움을 느낄 때가 있다. 그러한 경우에 문제의 원인을 자기에게서 찾기 전에 종종 상대방의 잘못을 탓할 때가 있다. 아마도 자신의 말하는 톤이 공격적이었거나 다른 사람이 이야기하는 핵심을 제대로 듣지 못하고 너무 빨리 판단해버렸을 수도 있다. 그럴 때 의사 소통의 문제를 해결하고자 한다면 자신을 들여다보고 자신의 성격과 태도를 점검해 보아야 한다. 상대방이 의사 소통을 잘못했을지라도 그 순간에 당장 바꾸고 조정할 수 있는 것은 자신의 행동이다. 우리가 자신의 행동을 더 좋은

쪽으로 바꾸면, 주위 사람들도 그 에너지에 영향을 받아 그들의 행동과 반응을 좋게 바꾸는 것을 종종 경험할 수 있다.

자존심은 때로는 영혼의 성장을 향한 길에 걸림돌이 된다. 자신이 옳고, 자신의 방식이 최선의 길이라거나 자신의 생각이 최고의 해결책이라고 착각하기 쉬운 것이 사람의 습성이다. 누구나 잘못할 수도 있는데 자존심이 강하다 보면 자신의 잘못을 인정하기가 무척 힘들다. 사람들은 종종 자기의 잘못을 인정하지 않으려 하고, 자기가 한 것이 옳다고 주장하며, 오히려 스스로를 정당화하려고 한다. 자기를 정당화하면 할수록 진정한 자기존중에서 멀어질 뿐이다. 그럴수록 다른 사람과 환경을 원망하는 마음이 커진다. 문제가 자기가 아닌 다른 사람에게 있다고 생각하면 절대 해결점을 찾을 수 없다. 자신의 잘못을 인정하고 그것에 대한 책임을 받아들일 때 성장하고 발전할 수 있는 기회를 갖게 된다. 그럴 때 문제에 대한 해결점을 찾고 더 높은 의식과 수용의 단계로 나아갈 수 있다.

예의는 사람에 대한 예의만 있는 것이 아니다. 하늘에 대한 예의도 있고, 땅에 대한 예의도 있다. 하늘과 땅이 만물을 소생시키고 키워 주었기 때문에 우리의 '천지부모'이다. 우리를 키워준 육체의 부모를 존중하라고 배운 것처럼 우리는 우주의 천지부모도 존중해야 한다. 그런데 불행하게도 인류는 환경에 대한 존중을 잃어버렸다. 하늘도 병들게 하고 땅도 병들게 했다. 하늘과 땅을 존중하지 않음으로써 우리는 지구 환경을 악화시키고 우리의 동료인 인류를 병들게 했다. 우리가 살고 있는 자연, 천지 부모에 대한 사랑과 존중을 회복해서 하늘과 땅에 진정한 예를 행해야 한다.

인간은 천지 가족의 일부이다. 만물이 하늘과 땅에 속해 있지만 인간은 특히 천지부모인 하늘과 땅을 돌보고 보호할 책임이 있다. 천지가 병들면 인간도 함께 병들 수밖에 없다. 우리가 천지부모를 존중과 예의로 대할 때 우리는 진정으로 타오의 길을 걸을 수 있다.

언행일치의 덕, 신의

영혼의 성장을 위한 다섯 가지의 성품 중에 마지막은 신의이다. 신의란 사람과 사람 사이의 말, 즉 약속을 지키고 본인이 한 말을 실행하는 언행일치의 덕을 의미한다.

한국의 고대경전 《참전계경》에서는 신의에 대해 이렇게 말한다. '신의가 있는 사람과는 비록 친분이 없다 하더라도 반드시 마음을 합하고, 신의가 없는 사람은 비록 일가친척이라도 반드시 멀리해야 한다.'

동서고금을 막론하고 신의는 사람의 됨됨이를 판단하는 중요한 기준이며, 좋은 인간관계를 위한 기본 덕목이다. 흔히 신의는 다른 사람과의 약속이나 의무를 지키는 것을 일컫지만, 신의의 시작은 자기 자신에서 비롯한다. 다른 사람과 약속을 하고 그것을 지키려고 하기 전에 먼저 자신의 마음을 지켜야 한다. 그것은 자신이 처음 먹었던 순수한 마음을 지키는 것이다. 처음 세웠던 순수한 마음을 '초심'이라고 한다. 자기의 감정과 욕망에 쉽게 영향을 받게 되면, 자기 내면의 안내자인 본성의 소리를 따르기가 힘들거나 거의 불가능해진다.

진정한 신의는 가장 어려운 상황에서도 지킬 수 있는 것이어야 한다. 정말로 힘든 상황에서도 신의를 지키는 사람을 우리는 존경하고 아낀다. 좋은 상황에서는 누구나 자기가 한 약속을 지킬 수 있다. 그러나 마치 낭떠러지 끝에 내몰리는 듯한 최악의 상황에서도 신의를 지키는 것은 누구나 할 수 있는 것이 아니다. 어떤 외적 상황에도 굴하지 않고, 자신이 마음 먹은 초심을 끝까지 놓지 않는 것은 아무나 할 수 없다. 자신의 초심을 지켜나갈 수 있을 때 타오의 덕목 중의 하나인 신의를 진정으로 경험할 수 있다.

우리가 종종 신의를 잃어버리는 까닭은 이기적인 욕망 때문이다. 이러한 욕망은 안정의 욕구, 인정의 욕구 그리고 지배의 욕구에서 기인한다. 이 세 가지 중에 어느 하나라도 깊이 빠져 있으면, 신의를 저버리기가 쉽다. 이러한 욕구가 집단적인 차원에서 발현될 경우 국가간의 전쟁이나 갈등으로 이어지기도 한다.

신의는 인간관계뿐만 아니라 인간과 자연간의 관계 그리고 자연계 안에서도 찾아볼 수 있다. 신의는 거래의 원칙이다. 자연계와 우주 안에서 끊임없는 거래가 이루어진다. 예를 들어, 비가 온 후에 물이 증발하여 수증기가 되고, 그 수증기는 비가 되어 다시 땅을 적신다. 봄에 땅에서 돋아난 새싹은 가을에 잎을 떨구어 다시 땅으로 돌아간다. 모든 것이 자연의 에너지, 타오의 법칙에 따라서 주고받는 거래 작용이다.

신의는 타오의 법을 믿고 지키는 마음이다. 보이는 현상 세계에서 벌어지는 선과 악, 손과 익, 부와 빈에 울고 웃는 것이 아니라 보이지 않는 타오의 세계, 에너지 세계의 법칙을 알고 따라가는 마음이다. 영혼이 가야 할 길을 알고 그 길을 가겠다고 마음먹는 것, 이것이 본래의 마음, 초심이다. 그래서 영혼의 성장에 가장 큰 장애는 자신의 영혼이 가졌던 첫 번째 순수한 마음을 지키지 못하는 것, 즉 신의를 잃어버리는 것이다.

신의를 지키기 위해서는 신의를 지킬 수 있을 만큼 영혼이 순수해져야 한다. 영혼이 순수해진다는 것은 기 에너지의 성질이 맑아져야 한다는 것이다. 그래서 우리는 영혼의 성장을 위해서, 다시 말하면 자신이 선택한 길을 지키고 타오와 하나가 되기 위해서 에너지 수련을 한다.

비단 신의뿐만 아니라 정직, 성실, 책임감, 예의와 같은 영혼의 성장을 위해 필요한 다른 성품들을 키우는 것도 마찬가지다. 이러한 성품을 키우는 것은 생각이나 지식, 믿음으로 되는 것이 아니라 수련을 통해 에너지를 바꾸어야 한다. 즉, 에너지의 질, 기질을 바꾸어야 한다.

이러한 성품들을 잃어버리는 이유는 육체의 소리와 요구에 쉽게 마음을 내주기 때문이다. 육체에서 이기심과 에고가 나온다. 그 이기심과 에고가 만들어낸 욕망과 집착을 따라가면 좋은 성품을 기르기가 어렵다.

이 다섯 가지의 성품을 회복하고 키우기 위해서는 영적인 각성과 성장에 진지한 관심을 갖고 이를 끊임없이 추구해야 한다. 타오의 눈을 뜨고, 생명 에너지를 타고 영혼의 완성을 향해서 걸어가라. 우리의 영혼을 싣고 가는 그 길에 나룻배는 기 에너지이며, 그 길을 비추는 등대는 우리의 신성의 빛이다.

성품을 닦는다는 것은 얼마나 아름답고 소중한 일인가? 다섯 가지의 성품은 당신의 영혼이라는 천에 수놓아진 다섯 개의 보석과도 같다. 그 보석의 모양과 색깔은 다르지만, 그것들은 모두 당신의 본성, 영혼에서 나왔다. 그 성품이 찬란한 보석처럼 빛나게 하라. 그 빛이 당신의 삶을 비추고, 다른 사람들의 삶까지도 비출 것이다.

영혼의 성장을 위한 다섯 가지 성품

정직, 성실, 책임감, 예의, 신의, 이 다섯 가지의 성품 없이는 영혼의 성장을 위한 길을 걸어갈 수 없다. 설령 영혼을 성장시키려고 해도 그 과정에서 큰 한계에 부딪히거나 중간에 포기할 수밖에 없다. 영혼의 성장이나 깨달음을 원한다면 그것을 논하기 전에 먼저 기본적인 성품부터 갖추어야 한다. 성품은 인간관계를 통해서 드러나는 영혼의 모습이다. 영혼은 눈에 보이지 않지만 성품은 당신 영혼의 성장 정도를 보여준다.

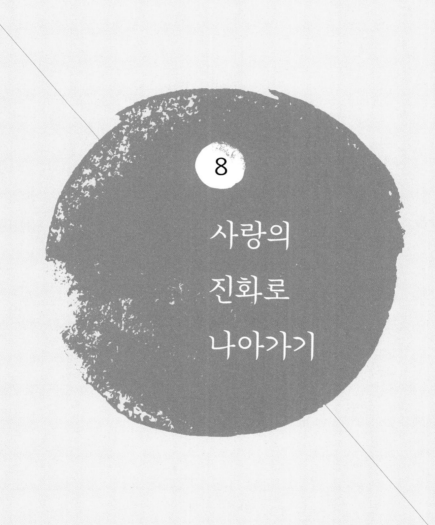

8

사랑의
진화로
나아가기

가슴에 있는 차크라에는 두 종류의 에너지가 섞여 있다.
하나는 순수하고 맑은 영혼의 에너지이고,
다른 하나는 욕망에서 기인한 감정의 에너지이다.
둘 중에서 어떤 에너지를 쓰느냐에 따라
감정의 사랑을 할 수도 있고, 영혼의 사랑을 할 수도 있다.

。

。

。

    인간은 서로 사랑하고 사랑받기 위해 태어났다고 말하곤 한다. 이 말은 무슨 뜻일까? 그 사랑이 어떠한 것인지 진지하게 생각해 본 적이 있는가? 우리는 사랑이라는 말을 로맨틱한 사랑에서부터 가족간의 사랑, 친구간의 사랑 등 다양한 인간관계를 표현하는 데에 사용한다. 한순간에 기쁨으로 심장이 터질 것처럼 가득 찬 듯 느끼다가 다음 순간에 고통스럽게 상처 입고 멍드는 그 강렬한 감정은 무엇인가? 사랑이란 무엇이라고 정의해 본 적이 있는가? '사랑'이라는 말을 들었을 때, 가장 먼저 머리에 떠오르는 것은 무엇인가?

    흔히 붉은 하트는 사랑의 상징으로 사용된다. 또한 몸 전체로 산소가 가득한 피를 펌프질하며 생명을 전하는, 박동치는 심장을 상징한다. 사실 사랑을 느끼는 데에는 뇌가 주요한 역할을 하지만 사람들은 종종 사랑의 감정이 심장에서 나온다고 생각한다. 특히 로맨틱한 사랑을 느끼면 우리의 심장박동이 빨라진다. 이것을 생리학적으로 보면 뇌에서 분비되는 신경전달물질의 영향으로 교감신경이 흥분되어 심장박동이 촉진되는 것이다. 우리는 강렬한 감정이나 열정, 다른 자극들을 통해 심장박동이 빨라지는 것을 경험하는데, 그럴 때 '살아 있다'는 느낌을 받는다. 그래서 많은 사람들은 사랑에 빠졌을 때 자신이 처음 살아 있는 것처럼 느껴졌다고 말하기도 한다.

대부분의 문화에서 사랑이라는 감정은 심장과 관계가 있다고 여겼다. 고대 이집트인들은 육체에 영혼이 깃들어 있다고 믿었기 때문에 사후에 육체를 보관하는 것을 매우 중요하게 생각했다. 그들은 심장이 영혼, 사랑이 거하는 자리이자 존재와 지성의 중심이라고 믿었기 때문에 사람에게 가장 중요한 부분이라고 여겼다. 그래서 미라를 만드는 과정에서 위, 간, 폐, 장과 같은 다른 장기들은 모두 제거해서 별도의 항아리에 보관하는 데에 반해 심장만은 시신 속에 남겨 두었다. 반면에 그들은 뇌의 중요성은 몰랐기 때문에 뇌는 모두 긁어내서 버렸다.

전통적인 동양의학에서도 심장은 단어 그대로 마음이 들어 있는 장기로 보았고, 그 마음을 가장 잘 표현한 것이 사랑이라고 여겼다. 심장은 불, 화의 요소와 관련이 있으며 감정적으로 마음 그리고 마음의 안정과 상관 관계가 있다. 인간 관계에서 열정과 따뜻함 그리고 의식적인 자각은 모두 심장에 깃들어 있다.

심장은 또한 7개 차크라 시스템에서 중간에 위치한 4차크라와 관련이 있다. 이 차크라는 사랑과 연민이 샘솟는 곳이며 힐링을 향한 문이다. 모든 정서적인 경험이 일어나는 자리이자 인간의 정신세계에서 몸과 마음, 여자와 남자, 모습과 그림자, 에고와 합일 같이 서로 상반되는 것을 통합해 주는 역할을 한다. 4차크라의 건강은 우리의 마음과 감정의 건강에 달려 있다. 이 차크라가 열리고 균형이 잡힐 때 우리는 기쁨과 사랑을 느끼고, 이 차크라가 닫히고 균형을 잃을 때 우리는 슬픔과 분노를 경험한다.

연민이라는 감정은 우리가 4차크라에서 경험할 수 있는 가장 진실한 덕목 또는 가장 높은 차원의 기 에너지라고 일컫는다. 4차크라가 열리면 열린 마음과 사랑으로 세상을 대한다. 그럴 때 우리는 진실함과 윤리적인 행동을 바탕으로 아름다운 성품을 개발할 수 있다. 에고의 마음을 넘어서 다른 사람들과 연결되고 하나가 되는 것을 경험할 수 있다. 연민의 마음을 갖는 것은 진아, 참나의 특징이다.

사랑을 에너지의 관점에서 표현한다면 '진실한 마음이 만들어낸 4차크라의 에너지 파장'이라고 말할 수 있다. '진실한 마음'은 가슴에 있는 4차크라의 에너지 시스템을 작동시키고 파장을 만들어낸다. 이러한 파장은 보이지는 않지만 우리 안에서 느낌과 감정으로 감지된다. 열린 마음으로 상대방을 향해 마음을 보내면 상대방은 우리가 보내는 진실한 마음의 파장을 느낄 수 있다. 마찬가지로 다른 사람이 나에게 보내는 마음의 에너지 또한 내 마음에 와 닿는 것을 느낄 수 있다. 진실한 마음으로 교류할 때 우리의 에너지 파장은 서로 공명하게 되고 더욱 강해진다.

4차크라에는 두 가지 종류의 에너지가 섞여 있다. 하나는 순수하고 맑은 영혼의 에너지이고, 다른 하나는 욕망에서 기인한 감정의 에너지이다. 두 가지의 에너지 중에서 어떤 에너지를 쓰느냐에 따라서 감정의 사랑이나 영혼의 사랑을 경험할 수 있다. 몸에서 기인한 욕망과 감정의 에너지가 우세하게 작용하면 감정의 사랑이고, 연민과 무조건적인 사랑이 진아를 통해 표현되면 그것을 영혼의 사랑이라고 부른다.

흔히 '사랑'이라고 하면 대부분의 사람들이 두 사람간의 로맨틱한 사랑을 떠올린다. 대중가요에서부터 TV드라마, 영화, 다른 예술 형태에 이르기까지 남녀간의 사랑을 주제로 한다. 그러나 진정한 사랑은 로맨틱한 사랑으로만 표현되는 것은 아니다. 진실한 마음은 어느 인간관계에서나 존재할 수 있다. 부모와 자식 간에, 스승과 제자 간에, 친구들 간에, 직장 동료간에도 있다.

사랑의 크기를 측정하기 힘들지만 사랑은 종종 다양한 수준으로 묘사된다. 친구간의 사랑, 로맨틱한 사랑, 형제간의 사랑, 무조건적인 사랑 등을 말한다. 우리 대부분은 살면서 조건적인 사랑을 경험한다. 그것은 에고의 욕망과 집착을 바탕으로 하기 때문에 보통의 인간관계에서 가장 흔히 경험할 수 있는 사랑의 표현이다. 그 사랑은 다른 사람이 내가 원하는 것을 해 주었을 때, 자신이 생각하는 방식으로 행동해 주었을 때, 또는 서로 주고받는 것을 바탕으로 한 일종의 대가로 제공된다. 이러한 형태의 사랑에서 사랑을 주는 사람은 항상 무엇인가 보상받기를 기대한다. 그래서 조건적인 사랑은 우리가 인간관계에서 경험하는 가장 큰 어려움과 고통의 요인이 된다.

더 크게 포용해 주는 사랑은 무조건적인 사랑이다. 그것은 진아에서 나오는 자유로운 영혼의 사랑이다. 이 사랑은 어떤 대가도 기대하지 않는다. 그것은 앞에서도 언급한 것처럼 연민이라고 할 수도 있고, 가장 높은 차원의 기 에너지라고 할 수도 있다. 이 사랑은 어떤 테두리나 제한이 없다. 어떤 것에도 국한되지 않고, 주위 사람들, 단체, 지구, 심지어 우주 전체까지 모든 것을 보듬어 안는다. 이러한 무한한 사랑을 표현할 수 있을 때 우리의 의식이 높아지고 우리의 마음도 넓어진다.

동양의 문화에서는 사랑의 대상에 따라서 그리고 의식의 성장에 따라 사랑의 진화 단계를 크게 세 가지로 나눌 수 있다. 첫째는 부모에 대한 사랑 '효孝'이고, 둘째는 국가나 단체에 대한 사랑 '충忠'이며, 셋째는 인류와 우주에 대한 사랑 '도道', 타오이다. 개인에서 단체로, 단체에서 우주로, 사랑하는 대상의 크기가 점점 커짐에 따라 의식의 크기도 점점 확장된다. 그래서 이것을 '사랑의 진화'라고 한다. 그럼 이 세 가지 사랑에 대해서 하나씩 알아 보자.

부모에 대한 사랑, 효孝

사랑의 진화 과정 중에 첫 번째 단계는 개인을 사랑하는 단계이다. 그것을 '효'라고 하는데, 사실 효의 정확한 의미는 자식이 어버이를 섬기는 도리를 뜻한다. '효孝'라는 글자는 노인을 뜻하는 '노耂'와 자식을 뜻하는 '자子'가 결합되어, 자식이 자신의 부모를 돕고 섬기는 것을 보여준다. 이것을 현대식으로 표현하면 자식이 부모를 사랑하고 보살피는 것을 말한다. 효는 자식을 낳아주고 키워준 부모의 숭고한 은혜와 헌신에 대한 감사와 보답의 자연스러운 표현으로, 의무감이 아니다.

독일의 격언에 이런 말이 있다. '열 아들이 한 아버지를 보살피는 것보다 한 아버지가 열 아들을 더 기꺼이 보살핀다.' 이것은 자식에 대한 부모의 크나큰 내리사랑과 헌신을 의미한다. 부모의 사랑은 다 보답하기 힘들 만큼 지극히 크다.

그러면 효를 행하는 가장 좋은 방법은 무엇일까? 부모님에게 값비싼 선물과 진수성찬과 같은 물질적인 봉양을 하면 효를 실천하는 것일까? 그렇다면 가난한 사람은 효를 행할 수 없다는 말인가? 가족이라는 의무감에서 나오는 공경이 효일까? 그렇지 않다. 기원 전 약 4세기에 살았던 중국의 유명한 사상가인 장자는 이렇게 말했다. "부모를 봉양하는 효행은 쉬우나, 부모를 사랑하는 효행은 어렵다." 이것은 진정한 효행은 진실하고 자애로운 마음에서 나오는 것이어야 한다는 뜻이다. 효는 물질적으로 부모를 봉양하는 것만을 의미하는 것이 아니라 진정한 무조건적인 사랑에서 나오는 정신적인 일체감과 감사함을 표현하는 것이다.

'효는 백 가지 행실의 근본이자 만 가지 배움의 근본'이라는 말이 있다. 부모에 대한 효를 바탕으로 거기에서 형제간의 우애, 친구간의 우정, 동료애, 정, 친밀감 등이 나온다. 결국 부모에게 하듯이 국가에 효를 행하면 그것이 '충'이 되고, 하늘과 땅, 천지부모에 효를 행하면 '도'가 된다.

공자는 《논어》에서 효에 대해 이렇게 말했다. "진정으로 효를 행하며 형제에 우애로운 것을 정사에 반영시키는 것이 바로 정치이다." 즉, 효를 행하는 마음이 발전해서 리더나 정치가의 신조가 된다는 뜻이다. 또한 공자와 그의 제자 증자가 효에 관해 묻고 답한 것을 엮어 놓은 책 《효경孝經》에는 '입신행도立身行道 하여 이름을 후세에 날려 이로써 부모를 드러나게 함이 효의 끝이다.'라고 했다. 여기서 '입신행도'란 몸을 세워 도를 행한다는 뜻으로, 부모를 잘 공경하는 것이 효의 끝이 아니라 도를 행하여 후세에 이름이 알려져 부모를 드러나게 하는 것이 결국 부모를 명예롭게 하는 것이라고 보았다.

그런데 현대 사회의 효는 어떠한가? 진정한 효가 살아 있다고 생각하는가? 효에 대해 더 논하기 전에 먼저 현대 사회의 가정이 어떠한지 짚고 넘어가야 하지 않을까? 어떤 설문 조사에서 사람들이 가장 큰 가치를 두고 있는 것이 무엇인가 물었을 때 '가정'이라고 대답한 사람들이 가장 많았다. 그만큼 사람들은 가족에 큰 비중을 두고 있고, 그것을 행복과 동일시한다는 뜻이다. 그런데 "당신의 가정은 행복한가?"라고 물었을 때 얼마나 많은 사람들이 흔쾌히 "그렇다."라고 대답할 수 있을까?

현대 사회의 가장 큰 문제점 중에 하나는 가족이 해체되고 붕괴되고 있다는 것이다. 가족은 그 시대의 사회상을 반영한다. 산업화, 도시화, 전문화, 분업화되고 있는 이 시대의 사회상처럼 가정도 마찬가지다. 인구통계국에 따르면 2000년도 이후 세계의 경제적, 사회적인 양상은 폭력, 테러, 극심한 경제적인 불황, 주택 시장 붕괴, 높은 실업률, 가족 자산의 손실, 해외 이주와 이민자 증가, 교육 성취도 감소, 빈부 격차 확대와 같은 현상을 보이고 있다. 이러한 상황은 결혼한 부부의 불화, 이혼율 증가, 자녀 가출, 가정 폭력, 학교 중퇴, 청소년 범죄, 지역사회 범죄율과 자살률 증가 등을 야기한다.

자신과 세상을 보는 관념은 유년 시절에 깊이 뿌리 내린다. 가정의 불행은 곧 자녀의 불행으로 연결되고, 자녀의 불행은 사회 문제로까지 확산된다. 또한 가족간에 대화가 단절되고 정신적 유대감이 약화되면서 부모가 자녀에게 모범이 되지 못하고, 더 밝고 조화로운 사회를 만들기 위해 필요한 핵심 가치들을 자녀에게 교육하지 못하고 있다.

우리 속담에 '부모가 온 효자가 되어야 자식이 반 효자가 된다.'는 말이 있다. 먼저 가정에서 배워야 하는 것이 효와 우애인데 현대 사회의 가정은 자녀에 대한 가정교육의 기능을 상실하고 있다. 가정은 연민, 정직, 성실, 이해심, 감사, 사랑을 처음 배우는 가장 기본적인 인성 개발과 수행의 단위임을 망각하고 있다.

가정은 각자의 영혼의 성장을 위해서 그리고 서로의 성장을 돕기 위해서 모인 하나의 작은 수행터이고 수련장이다. 가정을 이런 관점에서 보면 결혼할 배우자를 고를 때부터 그 기준이 달라지고 더욱 신중해질 것이다. 물질적인 부나 멋진 외모, 사회적인 능력과 같은 기준이 아니라 정직하고 성실하고 책임감 있으며 서로의 성장을 도와줄 수 있는 사람을 배우자로 선택하게 될 것이다. 또한 자녀 교육에서도 남보다 더 성공하고 출세해야 한다는 교육이 아니라 인간의 기본적인 성품과 도리부터 교육할 것이다.

국가나 단체에 대한 사랑, 충忠

효 다음의 사랑의 진화 단계는 조직이나 단체에 대한 사랑, 충이다. 보편적으로 충이라고 하면 국가에 대한 사랑을 제일 먼저 떠올리는데, 충은 회사나 단체, 공동체 등 개인이 자기가 속한 조직을 사랑하는 것을 의미한다. '충忠'이라는 글자는 '중앙'을 의미하는 '중中' 자와 '마음'을 의미하는 '심心'자가 결합되어 있다. '충'은 '마음의 중심'이라고 해석할 수 있다. 충은 정치적 개념이 아니라 대의를 위해 마음속에서 저절로 우러나온 자발적이고 실천적인 헌신을 뜻한다.

사람이 세상을 살면서 충성심과 사명감을 알았다면 그 사람의 의식은 진화되었다고 볼 수 있다. 한국 사회에서 충은 조직 안에서 신뢰와 인정을 받을 수 있는 기본적인 기준이다. 진정한 충은 조직이 자기에게 잘해줄 때만 충성하는 것이 아니라 어떤 상황이 오든지 간에 끝까지 마음을 지키는 것이다. 한국인이 가장 존경하는 역사적인 인물 중에 충에 대한 모범을 보여준 분이 있다. 조선시대 임진왜란(1592~1598년) 때 한국을 침입한 일본 함대에 대항해 승리를 거둔 이순신 장군이다.

그는 명량해전에서 12척의 배로 133척의 적선을 무찔렀다. 이순신 장군을 충의 상징으로 여기는 이유는 너무나 열악한 군사력을 잘 정비하여 철저한 준비와 탁월한 전술로 거의 전승무패를 거두었기 때문만은 아니다. 정말로 충을 지키기 힘든 상황에서 충을 지켰기 때문이다. 그는 그의 업적을 시기하는 이들의 모함으로 세 번의 파직과 옥고를 치르고, 두 번의 백의종군을 한다. 국민들이 그를 임금보다 더 지지했기 때문에 언젠가는 임금의 자리를 노릴 자라고 오해를 받았다. 그러한 상황에서 그는 혼신의 노력을 다해 적의 침략으로부터 나라와 국민을 지켜냈다. 결국 자신의 사명을 완수하고 전쟁터에서 최후를 맞았다.

국가에는 국가의 중심이 있고, 회사에는 회사의 중심이 있고, 종교에는 종교의 중심이 있다. 어떤 조직에나 그 조직의 구심점이 있기 마련이다. 조직의 구성원들이 중심을 향해 마음을 모을 때 그 조직의 기능은 원활하게 작동할 수 있다. 또한 조직의 기능이 원활하게 작동할 때 다시 조직의 구성원들에게 그 혜택이 돌아갈 수 있다. 이것을 '구심력과 원심력의 원리'라고 한다.

당신이 다른쪽 끝에 추를 단 30센티미터 길이의 고무줄을 손으로 돌리고 있다고 상상해 보라. 고무줄을 잡고 있는 손의 힘은 구심력을 형성하고, 추의 원 운동은 원심력을 형성한다. 구심력이 강하면 강할수록 원심력도 강해진다. 그런데 만약 구심력이 없어진다면 어떻게 될까? 당신이 고무줄을 손에서 놓아버리면 추의 원운동도 멈춘다. 이렇듯 원심력은 구심력이 전제되어야만 발휘된다. 반대로, 당신이 추를 돌리고 있는데 너무 세게 돌린 나머지 고무줄이 끊어져 버렸다면 어떻게 될까? 추가 없기 때문에 아무리 끊어진 고무줄을 돌려도 고무줄이 큰 원을 그릴 수 없고 그 힘은 약해진다. 이렇듯 구심력도 원심력이 있어야 발휘될 수 있다.

이 원리를 당신이 속한 회사나 단체, 국가에 적용해 볼 수 있다. 개개인이 자기가 속한 특정 조직이나 회사, 국가의 중심 목적이나 미션에 집중할 때 모두가 그 영향력의 범주 안에서 활동할 수 있다. 다같이 공유된 비전에 헌신할 때 모두가 강해지고 혜택을 받을 수 있다.

그러나 에고와 이기주의에 빠져서 구심점을 잃고 단체의 비전과 필요에 역효과를 낳는 방식으로 개인적인 목적만 추구하고 자신의 영역만 넓히려고 한다면 그 조직은 약해지고 결국 실패하고 만다. 암세포가 제멋대로 증식해서 결국 몸 전체와 함께 죽는 상황과 비슷하다. 그래서 전체의 향상을 위해서 일하는 의식이 부족한 사람은 자기 중심적인 사람이라고 여겨진다.

진화된 의식과 에고의 차이점은 간단하다. 각각의 중심이 다르다. 에고는 자기 중심적이다. 자신의 육체와 마음의 망상에서 기인하는 이기적인 욕구와 집착에 매여 있다. 반면에 진화된 의식은 전체의 일부분으로서 큰 그림에 중심을 둔다.

여기서 한 가지 짚고 넘어가야 할 것이 있다. '전체 중심적'이라고 할 때 흔히 사람들은 자기라는 존재는 무시하고 전체에만 초점을 둔다고 생각한다. 그것은 개체와 전체가 다르다고 보는 이분법적인 관점에서 나온 해석이다. 의식이 진화된 사람은 나와 전체가 따로 존재하는 것이 아니라 내가 곧 전체이고 전체가 곧 나임을 안다. 내 의식의 영역이 마치 떨어지는 물방울이 일으키는 파문처럼 확장되는 것이다. 나라는 작은 원이 더 큰 원으로 확장되면서 전체에 어떻게 영향을 주는지를 이해하게 된다. 나와 전체는 결국 같은 하나인 것이다.

전체 중심적이라고 할 때 전체는 여러 가지가 있을 것이다. 작게는 자기가 속한 회사나 지역사회일 수도 있고, 크게는 국가나 인류, 지구 전체일 수 있다. 자기가 품을 수 있는 대상의 크기만큼 자기 의식의 영역이 커지고 진화한다. 중심을 어디에 두는가에 따라서 의식이 한없이 커지기도 하고 한없이 작아지기도 한다. 그러면 이 세상에서 가장 큰 중심은 무엇일까? 지구에 속한 모든 인류와 생명체를 다 아우를 수 있는 중심 말이다. 그것은 바로 지구이다. 더 나아가면 지구가 속한 우주이다. 개인의 의식이 지구와 우주를 담을 정도로 확장되는 것, 그것이 도 차원의 의식이다. 인간의 의식이 확장되면 누구나 효를 넘고 충을 넘어 도의 차원까지 갈 수 있다.

인류와 우주에 대한 사랑,
도道

도道는 무엇인가? 도, 타오는 어디에 속한 것도 아니고 어디에 속하게 할 수 있는 것도 아니다. 따라서 한마디로 정의하기도 어렵다. 도는 만물이 생하고 멸하고 뭉쳤다 흩어졌다 하는 자연의 법칙이자 우주의 대생명력 그 자체이기 때문이다. 자연의 법칙은 그냥 거기에 존재하고 있다. 우주의 대생명력의 법칙은 누가 소유하고 지배할 수도 없고 거스를 수도 없다. 겨울이 가면 봄이 오고 꽃이 피고 새가 노래하듯이, 해가 지면 달이 뜨고 달이 지면 해가 뜨듯이 끊임없는 에너지의 순환 작용이 바로 타오이다.

도는 믿는 것이 아니다. 도는 '그냥 아는 것'이다. 의식이 밝아지면 저절로 알게 되는 것이다. 모를 때 믿으려고 한다. 모르니까 무조건 믿는 것이다. 그러나 알고 나면 믿지 않아도 된다. 아는 것을 그냥 행하면 되는 것이다. 쌀을 밥으로 만들기 위해서 '쌀이 밥이 될 것을 믿습니다.' 하고 기도해서 되는 것이 아니다. 쌀이 밥이 되는 이치를 알고 있기 때문에 그냥 쌀에 물을 붓고 열을 가하면 된다. 마찬가지로 우주 만물은 에너지의 작용이고, 인간의 깨달음과 의식의 성장도 에너지의 변화임을 알기 때문에 '깨닫게 해 주십시오. 저를 바꿔 주십시오.'라고 기도하는 것이 아니라 본인이 에너지를 느끼고 자신의 에너지를 바꾸면 되는 것이다. 도의 의식은 무엇을 믿는 것이 아니라 스스로 깨닫는 것이다.

사랑의 가장 높은 단계인 도의 사랑은 우주에 대한 사랑이다. 그것은 우리는 모두 하나라는 것, 모든 것이면서 무無이기도 한 우주의 생명 에너지의 다양한 표현이라는 인식이다. 여기서 말하는 '우주에 대한 사랑'은 무수한 행성과 은하계가 수놓인 우주 공간을 사랑하라는 의미가 아니다. 이 세상 만물을 생동하게 하는 우주의 자연법칙을 깨닫고 발견하라는 것이다. 저 아득한 우주 공간까지 나갈 필요도 없다. 주변의 자연을 보면서 또는 자신의 숨을 편안하게 고르면서, 자신의 몸속에서 심장박동을 느끼면서 우리는 우주의 생명 법칙을 발견할 수 있다. 도는 이 세상 만물 속에 깃든 생명 에너지의 움직임이기 때문이다.

효·충·도의
갈등

그런데 인간의 의식이 도의 차원까지 가는 것이 왜 그토록 힘들까? 문제는 효와 충과 도가 서로 갈등하고 충돌하면서 인간의 의식을 옭아매고 있기 때문이다. 도의 길을 가고 싶어도 효가 막고 충이 막고 있다.

먼저 효와 충이 어떻게 서로 갈등하는지를 보자. 어떤 젊은이가 성실하고 능력 있고 똑똑해서 그의 부모는 자기 아들이 좋은 직업을 얻고 경제적으로 성공할 것이라고 기대했다. 그런데 안정되고 편안한 삶을 선택하지 않고, 나라를 위해 군대에 나가서 싸우겠다고 하거나 환경보호 운동을 하겠다고 했을 때, "잘 했다. 내 자식 참 장하다!"라고 말할 수 있는 부모가 몇이나 될까? 만약 당신이 그 부모의 입장이라면 자녀에게 어떻게 말하겠는가?

"포부는 좋은데 그런 일은 다른 사람이 할 일이지 네가 할 일은 아니다."라며 말리고 싶은 게 대부분 부모들의 솔직한 심정일 것이다. 이렇게 말하는 부모도 있을 것이다. "내가 너를 어떻게 키웠는데? 너는 가족이 중요하지 않니? 나는 네가 성공해서 잘 사는 걸 보는 게 소원이다." 그러한 상황에서 그 자녀는 어떤 길을 선택해야 할지 참으로 난감할 것이다. 충을 따르자니 효가 실망하고, 효를 따르자니 충이 실망하는 상황이다.

충과 도 사이에서도 비슷한 갈등이 일어난다. 국회에서 정책을 결정할 때 도라는 기준은 안중에도 없고, 그 정책이 국민에게 이로움을 주는가를 고려하기 전에 자기의 정당에 이로운가를 먼저 따진다.

2009년 덴마크 코펜하겐에서 열린 코펜하겐 유엔기후변화협약회의에서 192개국의 대표들은 교토 의정서를 이행하는 기간이 종료되는 2012년에 시작될 새로운 지구기후협약을 마련하기 위해 모였다. 그 회의에서 자국의 이익만을 앞세우다가 끝내는 인류 전체를 위한 구속력 있는 합의점을 도출해 내지 못했다. 이것은 충과 도의 대립을 여실히 보여주는 사례다.

종교에도 이와 비슷한 대립 양상이 존재한다. 마땅히 큰 도를 실천하고 모범을 보여야 할 종교건만, 자기가 속한 종교에 대한 지나친 충성이 모든 인류의 평화의 길을 가로막고 있다. 종교 지도자들의 회의에서 서로의 관점을 존중하고 세계 평화를 위해 다 같이 협력하자고 결의해 놓고도 자신들의 종교가 인간의 영혼을 구원할 수 있는 유일한 종교라고 믿는 사람들이 많다. 자기 종교만이 최고라는 아집을 버리지 않는 한 종교간의 갈등은 절대 해결되지 않을 것이다. 충이 더 큰 도를 향해 발전하는 것이 전체가 공존하는 길임이 자명한데도 인류의 현실은 그렇지 못하다. 층이 도로 향하는 길을 막고 있을 뿐만 아니라 심지어는 층과 층이 서로 대립하고 있다. 그 충돌은 작게는 자기가 속한 집단의 우월성을 믿고 다른 집단을 무시하거나 얕보는 집단 이기주의이다. 크게는 민족간의 영토 분쟁, 종교적인 광신자들에 의한 살상과 테러, 국가간의 전쟁 등이 그것이다.

그동안 인류의 역사는 셀 수 없이 많은 전쟁의 역사였고, 특히 20세기는 전쟁과 폭력의 세기였다. 정치 지도자들과 종교 지도자들은 항상 전쟁을 정당화하는 그럴듯한 명분을 내세웠다. 그들이 표방하는 명분이란 집단 구성원들의 자유, 민주, 정의, 평화를 위한 전쟁을 한다는 것이었다. 그러나 그 평화는 대부분 인류 전체를 위한 평화라기보다는 자기가 속한 집단만을 위한 작은 평화였다.

인류 역사에서 살상을 가장 합리적으로 정당화한 것이 전쟁이다. 개인이 사람을 죽이면 살인죄가 되지만, 전쟁에서 사람을 죽이면 용감하고 용맹하다고 칭송을 받는다. 더욱이 종교간의 싸움은 '신의 뜻'을 수행하는 '성전'이라는 이름으로 미화된다. 이 세상은 인간이 만들어낸 신이라고 불리는 수많은 믿음과 가치, 정보들의 싸움판이다. 그들 모두 평화와 정의, 사랑을 부르짖지만 결국 신들의 영역 다툼에 여념이 없다. 소리 높여 사랑을 얘기하다가도 자신의 신조에 동의하지 않으면 상대방을 무참히 짓밟는 일이 지금도 자행되고 있다. 인류는 아직 포용과 공존을 배우지 못했다.

지금 층과 층이 대립하고 있다. 그 결과 사람들은 특정 기득권층의 이익을 위해 조장한 집단 이기주의에 층이라는 이름을 붙였다. 진정한 충이라면 도로 연결되어야 한다. 충으로서는 충이 만든 문제들을 해결할 수 없다. 인류가 타협과 공존, 조화를 선택하지 않으면 지구촌의 평화는 공허한 꿈에 불과할 것이다. 충의 대립과 충돌을 해결할 수 있는 방법은 오직 한 가지, 우리의 의식을 도의 의식으로 확장하는 것이다.

도의 의식으로
확장하기

그러면 인류는 어떻게 도의 의식, 도의 사랑을 생활 속에 적용할 수 있을까? 도의 의식을 일상생활 속에 적용하기 위해서는 먼저 구심점이 필요하다. 충과 충의 대립을 해결할 수 있고 인류 전체의 의식을 하나로 모을 수 있는 의식의 중심! 그것은 무엇일까? 앞서도 잠깐 언급했지만 우리가 도의 의식을 실천할 수 있는 가장 큰 물리적인 대상은 바로 지구이다. 우리는 영혼의 성장과 완성이라는 목적을 공유하며 지구라는 행성을 타고 같은 시간대를 여행하고 있는 영혼의 동반자들이다. 개인의 인생이든, 학문이든, 경제든, 과학이든, 종교든, 정치든 인류의 모든 활동은 지구의 지속 가능한 생명력에 얼마나 도움을 주었는지, 우리의 동료 지구인들의 삶에 얼마나 공헌했는지에 따라 개인이나 조직의 의식 수준을 가늠할 수 있다.

자기와 자기가 속한 조직의 생명력에만 관심이 있다면 그 개인이나 조직은 자기 중심적인 에고에 지배당하고 있음이 분명하다. 반대로 우리가 살고 있는 이 행성의 생명력에 최우선의 가치를 두고 행동한다면 우리는 도의 의식을 실천하기 시작한 것이다.

도의 의식이란 다른 말로 표현하면 지구의식이다. 그것은 우리가 지구를 가치의 중심에 둘 때 발휘된다. 개인과 단체의 활동이 인류와 지구의 생명 활동에 유익함을 주는 데에 중심을 두고 있는 의식이다. 지구를 모든 인류 가치의 중심에 두는 것은 밝은 사회를 만들고 지구 평화로 가는 열쇠다. 하나의 종교나 하나의 국가를 중심에 둔다면 서로 싸울 수밖에 없다. 이제 중심을 이동해야 한다. 지구가 태양을 중심으로 공전해야만 지구의 생명이 유지될 수 있듯이, 인류는 지구를 중심에 둘 때 인류의 생명이 유지될 수 있다.

지구를 중심에 놓고 보면, 국가와 민족, 종교간의 갈등이 어디에서부터 시작되었는지 더 명확하게 인지할 수 있고 그러한 충돌을 해결할 수 있는 더 좋은 방법을 찾을 수 있다. 지구를 가치의 중심에 둔다는 것은 지구를 신앙하라는 것이 아니다. 지구를 하나의 생명 유기체로 인식하고 지구라는 생명체 그리고 그 위에 살고 있는 사람들의 안녕을 가장 우선시해야 한다는 것이다. 지구를 우리의 핵심 가치로 인식하고 우리가 동등한 입장에서 서로를 존중할 때 비로소 참다운 조화와 공존의 공동체가 탄생할 것이다.

물질적인 관점에서 보면 이 시대는 그야말로 지구촌 시대로 발전하고 있다. 한 지역이나 국가에만 한정되지 않고, 발달된 정보 및 운송 기술을 통해 우리는 국가의 경계를 넘어 정보를 주고받고 교류할 수 있다. 정말로 새로운 세상이 오고 있다. 그러나 진정한 지구촌 시대가 열렸는가? 나는 그렇지 않다고 생각한다. 기술의 발달로 다양한 혜택을 누리는 반면 개인 이기주의, 집단 이기주의는 여전히 보이지 않는 굳건한 장벽으로 존재한다.

효와 충이 도로 바뀌어야 하는 이유는 이 때문이다. 자신이 사는 마을이 세상의 전부였던 옛날 옛적에는 가족과 이웃과 오순도순 살면 되었고 효만 있으면 충분했다. 도보나 말로 이동했던 시대에는 다음 산등성이 너머에 무엇이 있는지만 알아도 충분할 만큼 그들의 세계관은 한정적이었다. 운송 수단이 발달하고 사람들의 시야가 더 넓어지면서 다른 피부색이나 믿음, 신앙, 심지어 다른 국적을 가진 사람들이 존재한다는 것을 알게 되었다. 사람들의 세계관은 집단 중심적인 의식, 충으로 확장되었다. 그때는 효와 충의 의식을 갖고 있으면 도덕적이고 훌륭한 사람으로 인식되었다. 그런데 지금은 많은 사람들이 이 시대는 더 큰 시각으로 진화하고 있다는 것을 인식하고 있다.

21세기를 살고 있는 우리는 아침에 뉴욕에서 빵과 커피를 먹고, 저녁 때 이탈리아의 식당에서 와인을 마시고, 다음 날 아침에 홍콩에서 일출을 즐길 수 있다. 심지어 집에 편히 앉아서 인터넷으로 세계 일주를 할 수 있다. 가고 싶은 곳이 어디든, 알고 싶은 것이 무엇이든 웹서핑을 하면서 정보를 찾아낼 수 있고, 실시간으로 화상 통화를 할 수 있다. TV 생중계를 통해 올림픽 게임이나 월드컵 챔피언전을 전세계인이 동시에 관람할 수 있다. 뿐만 아니라 미국이라는 나라에는 전세계 모든 인종과 국적을 가진 사람들이 와서 섞여 살고 있다. 요즘은 국적도 바꾸고 인종도 서로 섞이면서 국가와 민족의 개념이 모호해지고 있다.

세상은 효와 충의 차원을 이미 넘어섰다. 한 국가나 종교에 집착하는 시대는 이제 지난 것이다. 우리의 집단 의식의 수준이 진화하지 않으면 진정한 지구촌 시대를 열 수 없다. 그것이 바로 도의 의식이다. 도의 의식을 깨달은 몇몇 도인만 갖고는 안 된다. 모두가 도인이 되어야 희망이 있다.

　진정한 지구촌 시대를 열기 위해서는 효와 충과 도 사이를 가로막고 있는 경계를 터버리고 하나로 통해야 한다. 마음껏 가족을 사랑하는 효를 하고, 대의를 따르는 충을 하며, 그 효와 충이 모두를 위한 사랑, 도와 연결될 때 인류평화는 도래할 것이다. 도의 의식 안에서 효·충·도가 자유롭게 흐르는 열린 사회, 이것이 내가 보는 비전이다. 개인과 개인이 손을 잡고, 국가와 국가가 어깨동무를 하고, 종교와 종교가 마음을 열고 하나가 되어 지구라는 공동의 가치, 공동의 중심을 위해서 하나가 되는 것이다.

　이런 도의 의식으로 가려면 어떻게 해야 할까? 그러기 위해서는 우리의 에고가 사라져야 한다. 에고가 사라진 그 자리에 진정한 진리가 중심을 잡아야 한다. 개인이나 집단의 에고보다 더 귀중한 것이 있다는 것을 알아야 한다. 당신이 금을 가지고 있는데 그 금을 주면 대신 다른 것을 주겠다고 누군가가 제안할 때, 당신은 먼저 금과 바꾸는 것이 무엇인지부터 물어볼 것이다. 그것이 금보다 못한 은이나 동이라면 절대 금을 내놓지 않을 것이고, 다이아몬드라면 냉큼 금을 내놓을 것이다. 마찬가지로 자기가 갖고 있는 에고보다 진리가 더 소중하다는 것을 알 때 에고를 버리고 진리를 택할 수 있다. 효를 충으로 바꾸고, 충을 도로 바꾸고, 결국에는 효도 충도 모두 도에서 나온 것임을 알게 되는 것이다.

　사람들이 오해하는 것 중에 하나가 에고를 버린다는 것이 외부 대상을 위해서 자기를 버리는 것이라고 아는 것이다. 그렇지 않다. 에고를 버린다는 것은 작은 나를 버린다는 것이다. 작은 나를 버린 그 자리에 큰 나가 있음을 알게 된다. 큰 나는 에고나 육체에 한정된 나가 아니라 정보체이자 자신의 실체이다. 그것은 우주의 대생명력 그 자체임을 아는 것이다.

어떻게 하면 에고를 버리고 도의 의식으로 확장될 수 있을까? 그러기 위해서는 깨달아야 한다. 효와 충은 정상적인 세계관을 갖고 일반적인 삶을 살아가는 사람이라면 어느 정도 실현이 가능하다. 그러나 도의 의식은 지속적인 수행과 깨달은 삶을 통해 실현된다.

도의 의식을 깨닫고 실천한다는 것은 관념적인 것이 아니다. 도의 실체인 우주의 생명 에너지를 자신의 몸을 통해 직접 체험하는 것이다. 즉, 자기 안에 있는 에너지 시스템인 단전을 완성시키는 것을 의미한다. 도의 의식을 실천하는 것은 자신이 깨달은 자신의 생명 에너지를 사용해서 전체의 생명 활동에 도움을 주고 전체의 생명 에너지장을 증폭시키는 것이다. 도를 행하기 위해서는 진정한 힘이 있어야 한다. 그 힘은 에너지 센터인 단전에서 나온다. 하단전에서 육체적인 파워가 나오고, 중단전에서 사랑의 파워가 나오고, 상단전에서 정신의 파워가 나온다. 그 파워로 자신의 주변과 세상을 변화시키는 것이다.

단전의 힘이 약한 사람은 자신의 생각을 행동으로 옮길 추진력이 부족하기 때문에 도는 허울 좋은 미사여구이자 현실화되지 못하는 관념으로 그치고 만다. 생각과 말과 행동을 일치시키기 위해서 단전의 파워를 키우는 수행이 필요하다. 그래서 사서삼경 중 하나인 《대학》에서는 인간의 수양 과정을 이렇게 말했다. '수신제가치국평천하修身齊家治國平天下'. 제가는 효, 치국은 충, 평천하는 도를 말한다. 효·충·도를 하기 전에 먼저 몸과 마음을 닦는 수행, 즉 수신을 강조했다. 효충도가 관념에 머무르지 않도록 하려면 수행 공부와 생활 공부를 통해 성품을 닦고 효·충·도의 사랑을 실천하는 것이 중요하다.

당신이 사랑의 3가지 진화 단계인 효·충·도를 안다면 그것은 인생을 알고 인간을 안다는 것이다. 그것이 작은 사랑에 매이고 집착하는 것이 아니라 큰 사랑을 하는 길이다. 누구나 다 큰 사랑을 하고 싶은 마음이 가슴 속에 있다. 가슴 속에 사랑은 충만한데 그 사랑을 제대로 표현하지 못하기 때문에 외롭고 슬픈 것이다.

가슴으로 사랑하라. 순수하고 맑은, 흐르는 물처럼 당신의 사랑이 세상으로 흘러가게 하라. 물이 한곳에 고이면 썩고 악취가 나듯이 선택적이고 닫힌 사랑은 당신의 가슴을 답답하게 할 것이다. 가슴으로 하는 사랑은 모두를 두루 사랑하는 열린 사랑이며 무조건적인 사랑이다. 가슴이 살아나면 모든 생명이 자신과 연결된 것을 느끼고, 그들이 발산하는 생명의 빛과 소리와 파장이 너무나 아름답게 보이기 때문에 큰 사랑을 하지 않을 수 없다.

사랑의 진화로 나아가기

의식의 성장에 따라 사랑의 진화 단계를 크게 세 가지로 나눌 수 있다. 첫째는 부모에 대한 사랑 '효孝'이고, 둘째는 국가나 단체에 대한 사랑 '충忠'이며, 셋째는 인류와 우주에 대한 사랑 '도道'이다. 개인에서 단체로, 단체에서 우주로, 사랑하는 대상의 크기가 점점 커짐에 따라 의식의 크기도 점점 확장된다. 그래서 이것을 '사랑의 진화'라고 한다.

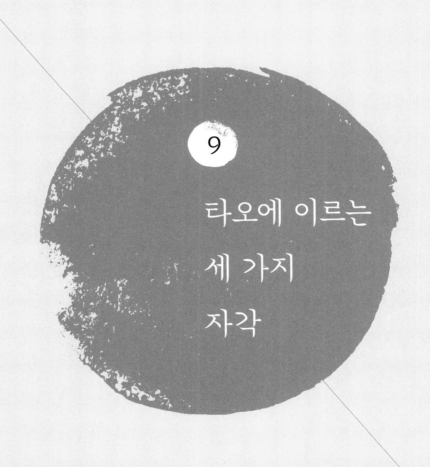

9

타오에 이르는
세 가지
자각

인생은 고통이고 모든 것은 변한다.
그렇다면 우리는 무엇 하러 이 지구에 와 있는 것일까?
참다운 무無를 깨달아 스스로 '나'라고 생각했던 모든 허상이
사라질 때 비로소 삶의 진정한 의미가 생겨난다.

.

.

.

　　　　　지금 이 순간 지구에는 70억이 넘는 인구가 살고 있다. 인류 역사를 통틀어서 지금까지 약 1천억 명의 사람들이 살다가 죽었다고 한다. 1천억 명이라는 숫자가 상상이 되는가? 현재도 하루에 약 35만 명이 태어나고, 15만 명이 죽는다. 그것은 지금 이 순간 지구 어딘가에서 1초마다 4명이 태어나고, 2명이 죽어가고 있다는 것이다.

　무엇이 인간에게 생명을 부여했을까? 수많은 지구 방문자 중에 한 명인 당신이라는 존재가 어떤 의미가 있는지 생각해 본 적이 있는가? '나는 지금 왜 여기에 있고, 이 삶을 통해 내가 진정으로 추구하는 목적은 무엇인가?'라는 질문을 깊이 사색해 본 적이 있는가? 이것이 자신에게 반복해서 물어도 좋을 타오의 궁극적인 질문이다.

　이 질문에 대한 답을 얻어가는 과정에서, 우리의 삶에 내재한 세 가지 중요한 자각이 있다. 당신은 이 세 가지의 자각을 통해서 타오의 질문들에 대한 답을 얻고 타오에 한결 더 가까이 다가갈 수 있을 것이다.

첫 번째 자각,
고품

첫 번째 자각은 인생은 고품라는 것이다. 물론 인생에서 활짝 핀 꽃처럼 아름답고 행복한 시절도 있을 것이다. 그럼에도 우리의 인생은 원치 않는 사건과 고난으로 점철되어 있다.

기본적으로 우리는 살아가는 내내 자신의 육체를 위해 끊임없는 뒷바라지를 해야 한다. 몸뚱이가 요구하는 주문과 불평불만은 끝이 없다. 배가 고프다고 하면 먹여 줘야 하고, 피곤하다고 하면 재워 줘야 하고, 춥다고 하면 입혀 줘야 하고, 땀을 내면 씻어 줘야 한다. 어디 그뿐인가? 눈병, 콧병, 입병, 다릿병, 속병 등 무수한 질병이 길목마다 진을 치고 있어 조금만 관리를 소홀히 하면 몸 여기저기에서 아프다고 아우성친다. 아침에 일어나서 씻고 먹는 것부터 시작해서 몸을 돌보고 끌고 다니느라 하루에 얼마나 많은 시간을 투자해야 하는지 모른다. 육체의 욕구와 먹는 것, 입는 것, 자는 것과 같은 기본적인 요구들을 만족시켜 주기 위해서 우리는 계속 돈을 벌어야 한다. 그런 것들을 제공하느라 바쁘게 살다 보면 인생이 훌쩍 지나가 버린다.

고통을 안겨 주는 것은 육체뿐만이 아니다. 어떻게 보면 정신적인 고통이 더 클 수도 있다. 우리는 소유와 지배를 위한 생존경쟁에서 살아남기 위해 남보다 더 뛰어나야 한다는 비교의식과 강박관념에 사로잡혀 살고 있다. 다른 사람에 대한 의심과 두려움, 자기 자신에 대한 열등감 속에서 우리의 뇌가 혹사당하고 있는 것이다. 우리가 겪는 고통의 많은 부분은 우리가 자신을 에고와 동일시하기 때문에 생긴다. 에고는 끊임없이 소유하려 하고, 인정받으려 하고, 지배하려고 한다. 그리고 이러한 욕구가 충족되지 않으면 고통을 느낀다. 이 에고와 분리해서 자신을 관찰할 수 있는 힘이 있을 때, 우리는 불필요한 고통을 줄여나갈 수 있다.

하지만 그렇다고 해서 우리가 삶의 고통을 완전히 피할 수 있는 것은 아니다. 크게 보면 '인생이 고'라고 하는 것은 육체적, 정신적 고통 이상의 것을 함축하고 있다. 그것은 불완전한 몸을 지닌 채 불완전한 세계에서 살아가는 데서 오는 모든 유한성을 포함한다. 우리가 인생에서 뜻하고 바라는 것이 있지만 언제나 뜻하는 대로 할 수 있는 것은 아니다. 어두운 밤하늘을 밝히는 별들처럼 행복하고 기쁜 순간들이 있지만, 그 순간들 또한 영원하지 않다. 내 모든 것을 다 주어도 아깝지 않은 사랑하는 사람들, 나를 사랑해주는 사람들 또한 언젠가는 사라진다. 언제 자신의 차례가 될지, 다음 날 어떤 일이 일어날지 우리는 모른다. 존재의 불확실성은 인생의 피할 수 없는 또 다른 고통이다.

나는 '인생이 고'라는 말을 듣기 싫어하고 저항감을 느끼는 사람들을 많이 만났다. 특히 성취와 도전, 긍정적인 사고를 강조하는 문화에 익숙한 사람들은 그 말이 너무 부정적이라고 받아들이는 듯하다. 하지만 그 말이 인생의 비극성을 강조하는 비관주의를 뜻하는 것은 아니다. 인생에서 즐거움이나 행복을 추구하지 말아야 된다는 뜻은 더더욱 아니다. 그것은 우리가 유한하고 불완전한 생명체이기에 고통은 피할 수 없는 보편적인 진실이라는 것을 그냥 인정하는 것이다. 그것을 이해하는 것은 고통이 삶의 일부임을 담담하게 받아들이는 것이다.

고통이 불가피하다는 것을 받아들이는 사람과 그 현실을 부인하는 사람 중에 누가 실제로 더 의미 있는 삶을 살까? 인생의 쓴맛을 본 사람이 인생을 더 깊이 있게 이해하듯이, 인생은 어쩔 수 없이 역경을 포함할 수밖에 없다는 것을 자각한 사람은 고통스러운 일을 겪어도 스트레스를 덜 받고 담담하게 인내와 용기로 대처할 것이다. 좋은 일이 생기면 소중하고 감사한 마음으로 받아들일 것이다. 또한 인생의 고통 속에서 힘들어 하는 사람들을 연민과 이해의 눈으로 보게 될 것이다.

반면, 인생은 완벽해야 하고 오직 행복으로 가득 차야 한다고 믿는 사람은 그만큼 인생과 세상을 보는 시각이 좁을 수밖에 없다. 그들은 자신의 행복과 욕구를 방해하는 사소한 어려움에도 스트레스를 받는다. 불행한 일이 닥칠 때 이를 삶의 일부로 받아들이며 배움을 얻기보다 분노하거나 좌절하기 쉽다. 또한 자신에게 불행을 가져다 주었다고 믿는 주위 사람들과 세상을 원망한다. '인생이 고'임을 받아들이지 못하면 다른 이들에게 연민을 느끼고 공감대를 형성하는 부분이 부족할 수 있다. 고통이 삶의 일부임을 받아들일 때 우리는 더욱 겸손해지고 진실해진다.

덧없는 행복의 순간이 점멸하는 고통의 연속, 이것이 바로 인생의 자화상이다. '인생이 고'라는 것을 깊이 이해하고 받아들이는 것은 타오의 길에서 무척이나 중요하다. 삶이 고통이라는 것을 정말로 깊이 깨달은 사람은 그 단계에서만 머무르지 않는다. '인생이 고'라는 것, 인생의 진정한 본질이 정말로 이것뿐인가? 이 고통에서 벗어날 수 있는 방법이 분명 있지 않을까?'라고 생각하며 고통을 달래줄 수 있는 그 무엇을 찾아 계속해서 나아가게 된다. 깨어 있는 의식으로 대하는 삶의 고통은 그 누구보다도 훌륭한 영적인 안내자이자 타오로 가는 지름길이 될 수 있다.

두 번째 자각, 무상無常

타오에 이르는 두 번째 자각은 모든 것은 변한다는 것이다. 이것을 '무상無常'이라고 한다. 그대로 있는 것은 아무것도 없다는 뜻이다. 존재하는 모든 것은 변한다. 우리의 육체도 변하고, 감정도 변하고, 이 사회도 변하고, 지구도 변하고, 우주도 변한다.

당신의 인생을 한번 돌아보라. 당신에게도 아장아장 걷던 코흘리개 시절이 있었고, 세상에 대한 호기심과 꿈으로 가득 찼던 젊은 시절이 있었을 것이다. 세월이 훌쩍 흘러 어느 날 당신의 모습을 보니, 젊은 생기와 팽팽한 피부, 탄력 있는 몸은 어느덧 변해 있을 것이다. 여전히 매력적이고 호기심과 미래에 대한 비전으로 가득 차 있을지 모르지만 예전과는 조금 다른 방식일 수 있다.

앞으로 수십 년 후 당신은 또 어떻게 변해 있을까? 여전히 이 세상에 존재하고 있을까? 우리 모두는 언젠가는 다 이 세상을 떠난다. 당신의 가족을 포함해서 당신이 알고 있는 모든 사람들도 결국 시간이 가면 다 떠나기 마련이다. 사랑하는 아내든, 미워하는 남편이든, 착한 자식이든, 말썽 피우는 자식이든, 언젠가는 모두 다 떠나가게 되어 있다.

당신 주변의 세상은 어떻게 변할까? 개인뿐만 아니라 이 사회도 변하고 자연도 변한다. 어느 한 시대에 너무나 자명하다고 여겨졌던 사회적인 통념, 문화, 관습, 규범 등도 사람들의 의식이 바뀜에 따라 변한다. 오랫동안 관행처럼 받아들여졌던 노예제도의 폐지나 최근의 동성혼 합법화는 그러한 변화의 두드러진 예이다.

자연 환경도 끊임없이 변화한다. 이 지구라는 행성은 살아서 숨쉬고 있고 스스로를 변화시키고 있으며, 역동적인 힘과 강력한 에너지가 계속해서 작용하고 있다. 지구는 잠시도 쉬지 않는다. 수십억 년간 지질학적인 변화, 기후 변화, 종의 진화와 생멸이 지구에서 일어나고 있다. 달도, 태양도, 별들도, 우주 전체가 매 순간 스스로를 변화시키고 있다.

무상은 모든 현상의 가장 보편적인 법칙이다. 더 정확히 말하면 변화는 곧 존재의 방식이다. 마치 자전거가 굴러감으로써 서 있을 수 있는 것처럼 변화가 없이는 현상도 없고 존재도 없다. 무상은 애써서 탐구하고 공부해야 알 수 있는 것이 아니라, 무심한 관찰 앞에 저절로 드러나는 존재계 전체의 모습이다.

인생은 무상하다는 것을 정말로 자각할 때 우리는 더욱 겸허해지지 않을 수 없다. '그래, 내가 아무리 자부심과 자신감이 있어도 인생의 고뇌와 무상 속에서 몸부림치는 하나의 작은 영혼일 뿐이야.'라는 것을 인정하게 된다.

자신이 고통을 나누고 있는 많은 사람들 중에 한 명이라는 것을 알면, 다른 이들을 더 이상 미워하거나 경시할 수 없다. 모두 다 저마다의 어려운 상황 속에서 어떻게 하면 행복하게 살 수 있을까 애쓰고 있는 것을 알기 때문에, 더 깊은 연민과 존중, 포용으로 그들을 대한다.

그런데 인생이 무상하다는 것을 삶의 굽이마다 느끼면서도 많은 사람들은 존재의 무상함을 받아들이려고 하지 않는다. 왜 그럴까? 아마도 무상이라는 현실에 직면했을 때 내면에서 일어나는 공허한 느낌 때문일 것이다. 삶이 무상하다면 우리는 무엇에 기대야 하는가? 어떻게 안정을 느낄 수 있을까? 이 모든 것의 의미는 무엇이란 말인가? 내가 그렇게 의미 있는 존재가 아니라면 어떻게 의미 있는 삶을 살아갈 수 있을까?

자신 안에서 일어나는 공허함 때문에 우리는 무상이라는 진실을 외면하려고 한다. 광대한 우주의 현실을 받아들이기 어려워서 그것을 보려고 하지 않는다. 무상이라는 진실을 애써 외면한 채 존재의 유한성이 주는 허무함을 잊어보려고 하는 것이다. 모든 것들이 변하지 않고 그대로 존재할 것이라는 착각과 환상 속에서 깨어나고 싶지 않은 것이다.

인생은 고통이고 무상이라는 것을 깨달은 사람일지라도 잘 벗어나지 못하는 중요한 착각이 하나 있다. 다른 모든 것은 무상하고 변하지만 자기 자신만은 그 무상에서 예외라고 생각하는 것이다. 다른 것은 다 생겼다가 사라진다는 사실을 받아들여도 자기라는 존재는 영원하다고 착각하는 것이다. 무상은 그저 삶의 진실, 사실일 뿐이다. 거기에는 아무런 이유도, 감정도, 변명도 갖다 붙일 수 없다. 우리 자신도 변하고, 우리가 집착하고 있는 대상들 또한 변한다.

나는 무상에서 예외라고 생각하면 그 순간부터 무상과의 씨름은 더 큰 고통을 야기한다. 나는 영원히 변하지 않는다고 착각하기 때문에 나와 관련된 다른 것들도 영원하기를 바란다. 내가 가진 것들도 영원할 것이라고 착각하며 그것을 움켜 잡으려고 하니 더 큰 집착과 고통 속에 빠지는 것이다. 결국 죽을 때는 다 놓고 갈 수밖에 없다. 그것을 부인하면 자신의 삶을 고통 속에 몰아 넣는 것이다. 잡을 것이 있어야 잡지, 우리가 집착하고 있는 모든 것들은 사실 다 허무한 것들이다. 이렇게 무상이라는 현실을 깨달을 때 집착에서 비롯된 고통으로부터 자유로울 수 있다.

무상이라는 삶의 본질을 이해하는 것은 사실 큰 위안이 된다. 모든 것은 변한다는 것을 알면 집착도 사라진다. 여기에 삶은 고라는 것에 대한 답이 있다. 무상을 알게 되면 함부로 사람이나 장소, 물건, 일을 지배하려고 하지 않게 된다. 좋은 일에도 너무 기뻐하지 않고, 슬픈 일에도 너무 슬퍼하지 않으며, 삶에서 일어나는 크고 작은 일들에 담담하고 의연할 수 있다. "이것 또한 지나갈 것이다"는 것이 삶의 모토가 될 것이다. 무상을 알 때 지금 그리고 여기에서 삶의 모든 것을 수용하고 열린 마음으로 대할 수 있게 된다.

세 번째 자각, 무아無我

타오로 가는 세 번째 깨달음의 열쇠는 '나는 누구인가?'라는 질문이다. 당신은 이 질문을 받으면 무엇이 가장 먼저 떠오르는가? 당신의 이름? 당신의 얼굴? 당신의 사회적인 직함? 어쩌면 '정말 모르겠다'는 것이 우리의 이성적인 생각이 할 수 있는 최선의 답인지도 모른다.

우리는 여러 가지로 자신을 정의할 수 있다. "나는 누구의 남편이자 누구의 아버지이다." "나는 누구의 아내이다." "나는 누구의 딸 또는 아들이고 누구의 친구이다." "나는 어느 회사에서 어떤 지위를 갖고 있는 사람이다." "나는 어느 학교의 학생이다."

모순되게도 당신이 나는 누구인가에 대한 진정한 답을 찾는 데에 가장 큰 방해가 되는 것은 바로 당신의 이름과 그 이름에 붙여진 사회적인 꼬리표들이다. 지금 당신이 알고 있는 당신은 여러 가지 경험을 통해 형성된 정보들이 축적된 집합이다. 당신의 이름, 나이, 직업, 기억, 좋아하는 것, 싫어하는 것, 성공과 실패, 강점과 약점, 꿈과 열망, 이런 정보들이 모여서 당신이라고 알고 있는 이미지를 만들어낸다. 그러한 정보들이 현재 당신에게 영향을 주기는 하지만 사실은 그것들이 당신 자체는 아니다.

당신이라는 이미지를 만들어내는 이러한 정보들은 고정되어 있지 않고 시시때때로 변한다. 어느 순간은 자신이 참 멋지고 괜찮은 것 같다가도, 어느 순간에는 보잘것없고 나약하게 느껴진다. 어느 날은 자신의 삶이 매우 의미가 있는 듯하다가 어느 날은 삶의 목적에 대한 고민에 빠진다. 어느 때는 에너지가 넘치고 행복하지만 몇 시간 후에는 무기력하고 슬퍼진다. 당신이 나라고 생각하는 그 나는 그만큼 찰나적이고 불안정하다. 당신이 집착하고 있고 때로는 당신 자신이라고 생각하는 모든 꼬리표와 느낌들은 당신의 진정한 실체가 아니다.

분명한 사실은 당신의 이름이 사라져도 당신의 실체는 존재한다는 것이다. 모자를 썼다가 벗듯이, 옷을 입었다가 벗듯이 우리의 정체성은 우리의 선택에 따라 바꿀 수 있다.

자신의 진정한 실체를 느끼기 위해서 '지우기 명상'을 해 보자. 당신이 정말로 누구인지 알기 위해서 당신이 과거에 얻은 모든 정보와 이미지들을 상상으로 모두 지워 보는 것이다. 가능하면 방해받지 않고 온전히 집중할 수 있는 조용한 자연 속에서 이 명상을 하면 좋다.

먼저 종이 위에 당신의 이름을 쓰고 그 이름을 불러 보라. 이름을 부르면서 어떤 단어가 생각나고 어떤 느낌이 드는지를 살펴보라. 그 단어와 느낌들도 종이 위에 적는다. 당신이 적은 것들 중에 강한 느낌이 드는 것이 있는가? 당신의 이름과 관련된 단어들이 당신에게 어울린다고 느껴지는가, 아니면 어울리지 않는다고 느껴지는가?

다음으로, 당신의 이름과 관련된 모든 것들을 지우는 데에 사용할 상상의 도구를 골라 보라. 간단한 연필 지우개도 좋고, 컴퓨터 그래픽 프로그램에서 사용하는 지우개 기능도 좋다.

무엇부터 지울까? 먼저 이름부터 시작해 보자. 눈을 감고 당신이 종이 위에 적었던 이름을 상상해 보라. 그 이름을 한 번 불러 보고 그러고 나서 상상의 지우개로 당신의 이름을 지운다. 이제 당신은 이름이 없다.

그 다음에 어떤 것을 바꾸고 싶은가? 눈에 보이는 당신의 몸부터 지워보자. 눈을 감고 당신의 몸을 한 부분씩 지워나간다. 하체부터 시작한다. 발, 발목, 종아리, 무릎, 허벅지를 차례대로 지운다. 지우기 작업이 잘 되고 있는가? 만약 잘 안 된다면 더 집중해서 천천히 한다. 지우는 도중 잡념이 떠오르면 그 잡념도 지워라.

이제는 양팔과 손, 손목, 팔, 어깨를 지우기 시작한다. 이제 몸통과 머리가 남아 있다. 몸통도 모두 지운다. 이제 머리를 지울 차례다. 당신의 머릿속에는 당신의 에고를 형성하고 있는 수많은 정보가 들어 있다. 그 정보는 당신이 얻은 기술과 지식, 당신 안에 형성된 관념과 기억, 당신이 경험한 욕구와 감정들까지도 포함한다. 그것은 당신이 자신이라고 착각하고 있는 것들이다. 당신의 머리를 지우면서 그 정보들도 모두 지워 버린다.

이제 당신에게 남은 것은 무엇인가? 당신에게는 몸도, 기억도, 감정도 없다. 슬픔도, 기쁨도 없다. 생각하는 당신 자체가 없다. 당신에게 아무것도 없다. 당신이라고 생각되는 모든 것이 다 사라지고 없다.

그런데 그 모든 것들을 지웠지만 여전히 남아 있는 것이 있다. 당신의 몸이 사라진 그 자리는 아무것도 없기 때문에 투명해졌지만, 그 투명함은 그 뒷배경을 드러나게 한다. 당신이 있는 곳이 자연 속이라면 자연이 배경에 드러나고, 방 안이라면 그 투명함으로 방의 모습이 배경으로 드러난다. 그 투명함은 허공이다. 그 허공이 당신의 본래 모습이다. 당신은 투명한 허공처럼 모든 것을 담고 있고 비추고 있다. 그 허공을 '무無'라고 한다.

타오에 이르기 위한 세 번째 깨달음은 무아無我를 아는 것이다. '무'는 '없다'는 뜻이고 '아'는 '나'를 뜻한다. 직역하면 '나는 없다'는 뜻이다. 여기에서 '무'는 '무엇이 없다'는 의미의 '부재'를 뜻하는 것이 아니다. '있다,' '없다'라는 개념이 있기 전부터 존재하는 어떤 상태이다. 이것을 '절대적인 무'라고 한다. 절대적인 무는 분리하고 정의하고 개념화하려는 우리의 지식이나 이성으로 알 수 있는 것이 아니다.

많은 사람들이 무無라는 단어에 두려움을 느낀다. 자신의 존재가 없어지는 것 같기 때문이다. 절대적인 무라는 개념을 접해본 기억이 없기 때문에, 무라고 하면 거의 반사적으로 '없다'는 의미를 생각한다.

절대적인 무를 비유로 표현하자면 투명한 스크린을 예로 들 수 있다. 당신 앞에 투명한 스크린이 있다고 가정하자. 그 스크린은 손으로 만질 수 없고 하나의 물체로 인식되지 않는다. 그냥 허공과 같다. 한 마디로 없다고 할 수 있다. 그러나 아무것도 없는 것이 아니다. 그 스크린을 배경으로 하여 사물과 현상이 존재하고 있기 때문이다.

그 투명한 스크린에 화분을 갖다 놓았다고 하자. 그때 우리는 화분이 '있다'라고 말한다. 그 자리에서 화분을 치워 버리면, 사람들은 화분이 '없다'라고 말한다. 이렇게 해서 '있다'와 '없다'라는 개념이 생겨나는 것이다. 투명한 스크린, 허공과도 같은 절대적인 무를 근간으로 해서 '있다' 또는 '없다'라는 상대적인 개념들이 만들어진다.

절대적인 무는 생겨난 적도 없고 그렇기 때문에 사라지지도 않는다. 생겨난다든가 사라진다는 것은 '존재'에만 적용되는 것인데, 절대적인 무는 존재가 아니기 때문이다. 절대적인 무를 배경으로 해서 존재하는 모든 것들이 생겨났다가 사라지는 것이다. 시간과 공간도 절대적인 무를 배경으로 존재하는 상대적인 것들이다. 그래서 무를 시작과 끝이라는 시간 개념으로 한정할 수 없고, 크고 작다는 공간적인 개념으로도 표현할 수 없다. 굳이 시간적인 개념으로 표현하자면 무는 시작이지만 그것은 시작이 없는 시작이고, 끝이지만 끝이 없는 끝이다. 또한 공간적인 개념으로 표현하자면 무는 가장 큰 것보다 크고, 가장 작은 것보다 작다고 해야 할 것이다.

무는 우리가 보고 듣고 아는 모든 것 속에 있다. 우리는 늘 무를 보고 느끼고 호흡하고 있다. 그것이 멀리 있거나 숨겨져 있어서가 아니라 너무 가까이 있고 자명하기 때문에 오히려 잘 인지하지 못할 뿐이다.

절대적인 무는 우주의 만물을 구성하는 생명 에너지의 세계이다. 에너지가 뭉치면 물질이 되고 우리는 그것을 '있다'라고 인식한다. 반대로 어떤 물질의 에너지가 흩어지면 그 물질은 보이지 않게 되고 우리는 그것을 '없다'라고 인식한다. '있다'와 '없다'는 에너지가 빚어낸 현상이며, 그것의 본질은 그 존재의 배경이 되는 생명 에너지이다. 세상의 모든 것은 이 생명 에너지를 배경으로 생겼다가 사라진다.

절대적인 무는 허공과 같다. 텅 빈 듯 보이나 허공은 세상에 존재하는 모든 것을 감싸고 있다. 또한 이 세상의 모든 것 속에도 허공이 가득 들어 있다. 예를 들어 빨갛게 익은 사과가 하나 있다고 하자. 눈으로 보기에 사과는 단맛이 가득 밴 과육과 과즙으로 꽉 차 있는 3차원의 단단한 물질로 보인다. 하지만 그 사과 한 조각을 수천 배로 확대해서 보면 구멍이 숭숭 뚫려 있는 스폰지와 같다. 정밀하게 보면 그 사과도 사실은 진동하는 에너지의 덩어리일 뿐이다.

이것을 원자의 구조로 설명해 보자. 원자는 중성자, 양성자, 전자로 이루어져 있다. 원자 안에 있는 이러한 미립자들 사이에는 텅 빈 공간이 존재한다. 수소 원자의 크기가 축구장만 하다면, 그 중심에 있는 원자핵의 크기는 탁구공만 하고, 원자핵 주위를 도는 전자는 원자핵에서 10킬로미터나 떨어져 있는 것과 같다. 그런데 그 공간에는 아무것도 없는 것이 아니라 측정조차 할 수 없는 엄청난 에너지가 역동적으로 진동하고 있다. 즉, 텅 빈 충만의 상태인 것이다. 에너지는 물질 속의 공간에만 가득 차 있는 것이 아니다. 물질 밖에 존재하는 공간, 즉 우리의 육안으로 보이는 허공에도 에너지로 가득 차 있고, 때로 에너지 감각이 민감한 사람에게는 그 에너지가 보이기도 한다. 예를 들어 오라는 물질의 바깥에 있는 허공에서 순환하는 에너지이다. 에너지를 보는 감각이 개발되어 무심히 허공을 바라보고 있으면, 빠르게 춤추는 소용돌이 같은 순간적인 빛들이 허공을 가득 메우고 있는 것이 보인다.

이렇듯 허공, 즉 에너지는 존재하는 모든 물질 안에도 있고, 밖에도 있으며, 존재하지 않는 곳이 없다. 허공은 텅 비어 있는 듯하나 사실은 우주의 생명 에너지로 충만하다. 홀로 스스로 존재하는 무한한 우주의 대생명력, 그것이 무이고 바로 당신의 실체이다.

지금까지 당신이라고 인식해 온 유한한 자기에서 벗어나 에고가 존재하지 않는 상태에서 당신의 실체인 무한한 생명 에너지와 하나가 될 때, 타오를 향한 세 번째 자각, 무아를 깨닫게 된다.

무아와
창조하는 삶

우리는 왜 무아를 깨닫고자 하고, 또 깨달아야 할까? 인생은 고통이고 무상이라고 했다. 이 세상에 태어난 것도 불행한데 더욱 더 불행한 것은 삶의 의미와 목적을 모르고 사는 인생이다. 또 죽을 때도 어디로 가는지 모르고 죽는 인생이다. 인생은 고통의 연속이며 무상하다는 진실에 직면했을 때 우리는 깊은 허탈감을 느낀다. 그 허탈감은 영혼을 에워싸고 있던 두꺼운 껍질이 깨지기 시작하는 신호다.

인생은 고통이고, 모든 것은 변한다. 그렇다면 우리는 무엇 하러 여기에 와 있는 것일까? 고와 무상에서 벗어날 수는 없는 것일까? 고와 무상에서 벗어날 수 있는 깨달음이 바로 무아이다. 모든 번뇌와 망상이 바로 '자아', 에고에서 나오기 때문이다. 그런 에고의 집착에서 자유로워진 상태가 바로 무아이다.

사람들은 흔히 무아가 되면 자기가 사라지는 것이라고 생각하기 쉽다. 그러나 그렇지 않다. 무아는 작은 나에서 더 큰 나로 확장되는 것이다. 누구나 어떤 한계와 틀에 갇혀 있는 듯한 자기가 답답해서 거기서 벗어나고 싶다고 느껴본 적이 있을 것이다. 그러한 자기의 한계를 벗어나는 방법이 바로 무아가 되는 것, 즉 우주의 무한하고 광활한 생명 에너지와 연결되는 것이다. 텅 빈 듯 보이나 가득 차 있는 허공처럼, '나'라는 자체는 없는데, 없는 것 속에서도 스스로 존재하는 우주의 무한한 생명력이 자신의 실체임을 느끼는 것이다.

무아를 깨달음으로써 우리는 진정으로 창조할 수 있다. 자기가 알고 있는 자기, 자기가 경험한 자기에 갇혀 있을 때 우리의 사고는 제한적이고 경직될 수밖에 없다. 우주의 생명 에너지와 연결되면 마음이 열리고 편안해지고 알 수 없는 기쁨과 생명력이 솟아나는 것을 느낀다. 잠시도 쉬지 않고 진동하며 움직이는 에너지의 흐름처럼 우리의 생각도 기존의 한계와 틀에서 벗어나 유연해지고 자유로워지고 창조적으로 된다.

당신이 어떤 일이나 프로젝트를 기획할 때 아이디어가 떠오르지 않아서 애를 먹은 적이 있을지 모른다. 그럴 때 밖으로 나가 산책을 하다 보면 어느 순간 예상치 못한 좋은 아이디어가 떠오를 때가 있다. 산책하면서 자신의 복잡한 생각을 내려놓고 자연의 신선한 에너지로 상쾌해지면서 새로운 영감도 찾아온 것이다.

자연의 에너지와 연결하는 것은 우주의 생명 에너지와 연결되어 무아가 되는 가장 쉬운 방법이다. 자신의 몸에 있는 경락과 경혈, 차크라를 열고 우주의 생명 에너지를 받아들여 운기하는 명상, 호흡, 기공과 같은 수련들은 심오하면서도 무척 효과적인 방법들이다.

우주의 에너지를 받을 수 있는 중요한 팁은 마음을 열고 자신의 생각과 관념, 감정을 비우는 것이다. 마음이 가는 곳에 에너지가 따라가는 심기혈정의 원리에 따라, 마음을 닫고 자신의 생각과 관념, 감정으로 가득 차 있으면 순수한 우주의 에너지가 들어올 리 만무하다. 받으려면 열고 비워야 한다. 비워진 곳에 새로운 것이 채워지기 시작한다. 그래서 무아가 되려면 자기라고 생각하는 자기, 에고를 비워야 한다고 강조하는 것이다. 에고를 비운 그 자리에 광활하고 무한한 생명 에너지가 들어찬다. 작은 자기가 아닌 큰 자기로 업그레이드되는 것이다.

우주의 에너지를 받는 것은 벼 농사를 지을 때 논에 물을 대는 것에 비유할 수 있다. 벼는 물이 채워진 논에서 자란다. 그래서 가뭄 때 농부들은 도랑의 물을 자신들의 논에 끌어들이기 위해 서로 다투고 그것 때문에 이웃 주민들과 싸움을 벌이기도 한다. 그런데 논 위쪽에 커다란 저수지가 있는 마을의 농부들은 서로 다툴 일이 없다. 언제나 풍부한 물이 있는 저수지에서 사이 좋게 물을 대면 되기 때문이다.

우리가 우주의 생명 에너지와 연결하는 것도 이와 마찬가지다. 사람들은 자신의 에고라는 작은 한계에 갇혀서 자신의 생각과 에너지로 무언가를 만들어 내고 자신의 삶을 꾸려나가려고 애를 쓴다. 그것은 졸졸 흐르는 작은 도랑의 물을 대겠다고 애쓰는 농부와 같다. 그런가 하면 아예 마음의 문을 닫고 불공평한 세상을 원망하며 사는 사람들도 있다. 그렇게 마음을 닫으면 에너지가 들어올 수 있는 수로를 차단하는 것이나 마찬가지이다.

우리에게는 엄청나게 광대하고 절대 마르지 않는 저수지가 있다. 우주의 무한하고도 영원한 생명 에너지가 바로 그것이다. 그냥 몸과 마음을 열고 복잡한 생각과 감정을 비운 상태에서 그 원천에 접속해서 다운받으면 된다.

우주의 에너지와 연결된 사람의 몸과 마음에서는 생명력이 뿜어져 나온다. 눈은 반짝거리고, 얼굴에는 밝고 인자한 미소가 감돌고, 가슴은 사랑과 열정으로 가득 차 있다. 유연하고 자유로운 사고로 창조적인 영감과 아이디어가 솟아난다. 무엇보다도 자신에게 주어진 생명 에너지 그리고 우주의 광활한 에너지를 최대한 활용해서 전체의 생명 에너지장에 도움이 되는 의미 있고 가치 있는 일을 하고자 한다. 나와 다른 사람들, 나와 환경은 분리된 것이 아니라 하나의 커다란 에너지장 속에서 연결되어 있음을 알기 때문이다. 그것이 모두에 대한 사랑, 에고가 비워진 상태에서 나오는 무아의 사랑으로 표현된다.

무아를 알 때 우리는 비로소 삶의 고통과 무상에서 벗어날 수 있는 지혜를 얻는다. 우리 삶의 본래 풍경은 고와 무상으로 채색되어 있지만 우리가 무아를 깨닫고 우주의 생명 에너지와 하나가 되면 그것은 축복의 풍경으로 바뀐다. 무한한 생명 에너지를 끌어와 우리의 삶을 진정으로 창조할 수 있기 때문이다.

깨달음이나 영적인 자각은 눈에 보이는 것이 아니다. 그것은 삶 속에서 순간 순간의 선택으로 표현되고 증명된다. 무아의 의식으로 매 순간 선택을 통해 우리는 삶의 진정한 창조자가 되는 법을 점차 터득해갈 수 있다. 그것이 바로 타오의 삶이다.

타오에 이르는 세 가지 자각

'인생이 고통(苦)'이라는 것을 아는 것이 첫 번째 깨달음이며, '모든 것이 변한다(無常)'는 것을 아는 것이 두 번째 깨달음이며, '내가 없음(無我)'을 아는 것이 세 번째 깨달음이다. 삶에 아무런 의미가 없다는 것을 자각하고, 스스로 자신의 삶에 의미와 가치를 부여하며, 그 가치를 실현하기 위해 최선을 다해 살아가는 것이 깨달은 이의 인생이다.

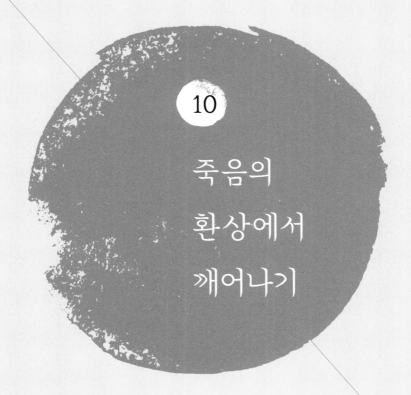

10

죽음의
환상에서
깨어나기

유한한 육체의 세계에서 죽음은
생명의 소멸이며 모든 것의 끝이다.
그러나 무한한 에너지의 세계에서 죽음이란 환상이며
오직 생명의 순환만 있을 뿐이다.

○

○

○

삶의 본질에 대해서 사람들이 물어보는 가장 중요한 질문 중의 하나가 '내가 죽은 후에 어떻게 되는가?'이다. 탄생은 우리가 이미 경험해서 알지만 죽음에 대해서 제대로 아는 사람은 아무도 없다. 죽음이 언제 어떻게 올지는 아무도 모른다. 하지만 확실한 것은 우리는 모두 언젠가 이 운명을 맞이할 수밖에 없다는 것이다. 죽음은 그저 인간의 선택 권한 밖에 있는 사실일 뿐이다. 젊었을 때는 우리의 삶이 영원할 것이라고 생각하지만 육체의 삶은 유한한 경험임을 결국 받아들여야 한다.

세계 기네스북 기록에 따르면 태어나고 죽은 날짜를 확인할 수 있는 사람들 중에 가장 오래 살았던 사람은 122세이다. 세계보건기구(WHO)는 2015년 세계인의 평균 기대수명은 71.4세로 최근 5년 사이에 급격히 상승했다는 보고서를 내놓았다. 좀더 구체적으로 살펴보면

2015년에 태어난 여아의 기대수명은 73.8세, 남아의 기대수명은 69.1세이다. 같은 해 한국에서 태어난 아기의 평균 기대수명은 82.3세로 여아는 85.5세, 남아는 78.8세로 나타났다. 또 장수하는 나라로 손꼽히는 일본의 평균 기대수명은 우리나라보다 1.4년 긴 83.7세로 남녀 모두 80세 이상이었다. 만약 당신이 평균 수명만큼 산다고 가정하면 앞으로 몇 년 정도 남아 있는가? 평균 기대수명을 기준으로 40년이 남았다고 해도 실제로 죽음과 만날 시간이 언제 올지는 확실히 알 수 없다.

죽음은 대부분의 사람들에게 그리 유쾌하지 않은 주제이다. 하지만 누구나 언젠가는 죽음을 맞이할 수밖에 없기 때문에 때때로 죽음에 대한 생각을 정리해 두는 것이 필요하다. 죽음에 대해 너무 깊이 곱씹어 생각하는 것을 지지하는 것은 아니지만, 죽음을 코앞에 둔 상태에서 과연 자신의 인생을 돌아보고 자신이 살아온 방식에 자긍심을 느낄 여유가 있을지 고려해 보는 것이 좋다. 삶과 죽음의 불가피한 사이클을 받아들이면 남은 인생을 더 잘 사는 데에 도움이 된다.

나는 약 15년 전에 지인과 함께 네팔에 간 적이 있다. 그곳의 어느 기념품 가게에서 아주 흥미로운 물건을 하나 보았다. 은과 갖가지 색깔의 구슬로 장식해서 만든 그릇처럼 보이는 물건이었다. 점원에게 그것이 무엇이냐고 물었더니 음식을 담는 그릇이라고 했다. 그래서 무엇으로 만든 거냐고 물었더니, 그 점원은 사람의 두개골로 만들었다고 했다.

삶의 상징인 음식을 사람의 두개골로 만든 그릇에 담아 먹는다는 것이 상상이 되는가? 그 그릇을 통해 죽음을 항상 인생의 일부로 받아들이는 네팔인들의 지혜를 엿볼 수 있다. 그 그릇을 사용할 때 살아 있는 순간을 소중히 여겨야 한다는 것을 상기하게 될 것이다. 그러한 마음가짐으로 자신의 삶에서 의미 있는 무엇인가를 이루기 위해 노력하게 되지 않을까?

생사는 착각이다

많은 사람들은 탄생하는 순간에 삶이 시작되고, 죽는 그 순간 생명이 끝난다고 생각한다. 우리의 생명이 정확하게 길이를 잴 수 있는 나무토막처럼 명백한 시작점과 끝점이 있다고 생각하는 것이다. 우리는 육체의 관점에서 이 세상을 인지하고 경험하기 때문에 이것은 논리적으로 보인다. 우리가 인식하는 물질적인 세계가 전부이고, 죽음과 함께 모든 것이 끝난다고 생각하는 것이다.

당신의 육체적인 생명은 언제부터 시작되었다고 생각하는가? 많은 사람들은 탄생의 순간부터 우리의 생명이 시작되었다고 생각한다. 그러면 그 이전에는 당신의 생명이 존재하지 않았는가? 당신 어머니의 자궁 속에서 태아로 열 달을 지내지 않았는가? 그렇다면 당신 부모님의 정자와 난자가 만나는 순간부터 당신의 생명이 시작되었다고 보면 되는가? 그런데 그 정자와 난자는 그 전까지는 존재하지 않다가 갑자기 나타났는가? 물론 아니다. 당신에게 생명을 부여한 그 정자는 당신 아버지의 생명의 일부였다. 마찬가지로 계속해서 세포분열을 해서 당신의 몸을 형성하게 한 그 난자도 당신 어머니의 생명의 일부였다. 그렇게 모든 생명은 끝없는 생명의 사이클로 이어져 있고, 계속 세대를 거슬러 올라가다 보면 생명의 근원까지 가게 된다.

그러면 영적인 생명은 언제부터 시작되었다고 생각하는가? 인간의 영혼이 언제 육체와 결합되는지에 대한 논란이 많다. 정자와 난자가 결합되는 순간이라고 믿는 사람들도 있고, 자궁에서 태아가 어느 정도 인간의 형체를 갖춘 후라고 믿는 사람들이 있다. 또한 이 세상에 막 태어나는 순간 첫 호흡을 할 때라고 주장하기도 한다. 무엇이 맞는지 누구도 확실하게 확인해줄 수는 없지만 우리가 영혼이라고 부르는 그 어떤 것이 인간에게 내재되어 있다는 것에는 대부분 동의한다.

죽음이라는 개념에도 위와 비슷한 질문들을 던져 보자. 우리의 생명이 끝나는 순간은 언제일까? 심장 박동이 멈출 때일까? 뇌의 신경세포의 움직임이 멈출 때일까? 아니면 폐에서 마지막 숨을 내쉴 때일까? 흔히 우리는 육체적인 생명이 끝나는 것을 '죽음'이라고 부른다. 그리고 죽으면 자신이 이 세상을 더 이상 인식할 수 없다고 생각한다. 어떤 사람들은 죽으면 목가적인 풍경의 더 없이 행복한 곳으로 간다고 믿고 또 어떤 사람들은 영혼이 다른 몸을 빌어 다시 이 세상에 온다고 믿는다. 그러나 그 누구도 확실히 아는 것이 아니다. 육체는 죽지만 의식은 그대로 남아서 보이는 세상뿐만 아니라 보이지 않는 세상까지 더 폭넓게 인식하게 될지 누가 아는가?

많은 사람들이 죽음에 대한 잘못된 환상과 두려움을 갖고 있다. 그들은 죽음을 차갑고 슬프고 어둡고 무거운 것과 연관시켜서 생각한다. 이러한 느낌은 현상이 불러일으키는 환상에서 나온 것이다. 죽으면 어두운 관 속에 들어가 차디찬 땅속에 파묻힌다고 상상하는 것이다. 이러한 인식은 육체에 중심을 둔 사고방식이 지배적인 문화에서 자란 사람들에게는 자연스럽다. 그러나 육체는 단지 영혼이 거하는 껍질과 같다고 보는 문화에서 죽음이란 그렇게 두려운 것이 아니다.

죽음에 대한 이미지 중에는 종교적 교리에서 기인한 것들이 많다. 사후에 어떤 일이 일어나는지에 대해 종교에서 묘사하는 것은 대개 이 두 가지 중에 하나이다. 하나는 영혼이 죄에 대한 벌로 지옥이라는 뜨거운 유황불길에 떨어져 영원히 몸부림치게 된다는 것이고, 다른 하나는 영혼이 새하얀 계단을 올라가 천국이라는 초월적인 세계에 들어가 어떤 전지적인 존재를 만나고 영원히 고통 없이 살게 된다는 것이다. 그러나 사람들이 죽음을 두려워하는 진짜 이유는 영원한 형벌에 대한 두려움 때문만이 아니다. 사후에 어떤 일이 일어나는지 모른다는 미지의 상황이 죽음과 관련된 여러 가지 다양한 문화적인 관습과 종교적인 교리, 두려움에 가득 찬 편견을 불러 일으켰다.

그러나 죽은 후에 어떤 일이 벌어지는지에 대해서 정확하게 얘기해 줄 수 있는 사람은 아무도 없다. 죽기 바로 직전까지 가 봤다는 사람, 임사체험臨死體驗을 통해 사후의 세계를 잠깐 경험했다는 사람도 있다. 그러나 그러한 사람들도 궁극적으로는 우리가 죽음이라고 부르는 유한한 상태를 경험한 것은 아니다. 설 죽은 것이지 죽음의 진정한 의미라고 할 수 있는 사후 세계로 영구히 들어간 것은 아니다.

에너지의 관점에서 보면 생명을 불어 넣어주는 에너지는 죽음과 함께 사라지는 것이 아니다. 단지 다른 형태로 변화하고 순환할 뿐이다. 예를 들어 당신이 죽은 후 가족들이 당신의 몸을 장미 나무 아래에 묻었다고 하자. 시간이 지나면 당신의 몸은 부식되어 장미 나무가 뿌리를 내리고 있는 흙의 일부가 된다. 비가 오면 그 장미 나무는 흙에 있는 영양분을 빨아 올린다. 즉, 당신은 그 나무의 일부가 되는 것이다. 만약 그 흙이 시냇물로 흘러간다면 당신은 다른 식물과 동물들에게 영양을 공급하는 생태계의 일부가 된다. 당신의 몸속에 있었던 물은 수증기가 되어 구름이 되고 당신의 몸의 일부는 또한 비가 된다.

인간의 육체를 구성하고 있는 요소들은 사후에도 자연계의 에너지원이 되어 계속해서 이동하고 순환한다.

당신이 살아 있는 동안에 자연의 수많은 에너지원, 예를 들어 공기, 물, 식물, 동물이 당신의 생명을 지원하고 유지시켜 주었다. 당신이 먹은 과일과 야채, 곡물, 고기들이 당신의 몸의 일부가 되었다. 당신이 호흡한 공기와 당신이 마신 물 또한 당신의 일부가 되었다. 마찬가지로 당신도 언젠가는 다른 생명체들을 위한 에너지원이 될 것이다. 우리는 끝없는 생명의 순환의 일부이다.

인간의 영혼도 마찬가지로 변화하고 이동한다. 한국말에 '혼비백산'이라는 말이 있다. 혼은 뜨고 몸은 흩어진다는 뜻이다. 죽는 순간 인간의 영혼은 육체에서 분리되고, 육체는 자연의 에너지원이 되어 흩어진다. 그러면 육체에서 분리된 영혼은 어떻게 될까? 영혼은 자연의 에너지 법칙을 따른다. 흙탕물이 든 유리컵을 가만히 놓아두면 탁하고 무거운 것은 아래로 가라앉고, 맑고 가벼운 것은 위로 뜨는 것처럼, 우리의 영혼도 각각의 에너지 상태에 맞는 환경으로 가게 된다.

흔히 사람들은 죽어서 천국에 가면 영원한 생명을 얻는다고 생각한다. 타오의 관점에서 보면 오직 에너지의 청탁만 있을 뿐이다. 생명 에너지는 맑은 에너지든, 탁한 에너지든 영원히 존재한다. 단지 차이점이 있다면 어떤 차원에서 존재하는가이다. 밝고 맑은 에너지로 존재할 것인가, 아니면 어둡고 탁한 에너지로 존재할 것인가이다.

인간의 생명 에너지는 일회성이 아니다. 그것은 우주를 구성하고 있는 우주의 대생명력과 분리될 수 없는 것이다. 이것은 식물이든 동물이든 인간이든 미생물이든 모든 생명체에 해당한다. 생명 에너지는 전구를 밝히는 전기와 같다. 생명 에너지가 육체에 들어오면 그것이 생명의 시작이고, 생명 에너지가 육체와 분리되면 그것이 죽음이다.

생사란 켜졌다 꺼졌다 하는 전구와 같다. 불이 꺼졌다고 해서 전기 자체가 사라진 것은 아니다. 불이 꺼져도 전기 에너지는 여전히 존재한다. 그러므로 우주의 생명 에너지와 분리된 생사가 있다고 믿는 것은 착각이다. 생사에 대한 우리의 인식은 그저 환상일 뿐이다.

생명 에너지는 무한하게 흘러가는데, 그 에너지가 뭉쳤다가 흩어지는 경계가 흔히 사람들이 말하는 '생사'라는 현상이다. 에너지가 뭉치는 것은 생이요, 에너지가 흩어지는 것은 사다. 정신의 에너지가 육체의 에너지와 만나서 뭉치면 보이는 생이 되고, 정신의 에너지가 육체의 에너지와 분리되어 흩어지면 보이지 않는 사가 된다. 그렇지만 그 에너지는 생에서도 사에서도 사라지지 않고 계속 존재한다.

사실 죽는 것이 아니라 변할 뿐이다. 무한한 에너지가 흘러가면서 그 모습을 비추었다 감추었다 하는 것이다. 생명의 불꽃은 켜졌다 꺼졌다 하며 반복된다. 잠깐 불이 꺼졌다고 해서 그것을 어찌 소멸이라 할 수 있겠는가? 우주의 무한한 생명 에너지와 분리된 생사란 없다. 생명 에너지는 무한한 에너지의 법칙에 따라 변화하며 순환하는 현상일 뿐이다.

전생과
윤회에 대하여

당신은 전생과 윤회를 믿는가? 죽음이라는 개념과 마찬가지로 이러한 주제에 대해 많은 사람들이 은근한 호기심을 갖고 있다. 사후에 대한 다른 모든 논리처럼 전생과 윤회도 실제로 존재하는지의 여부를 과학적으로 증명할 방법은 없다. 하지만 여전히 많은 사람들이 그러한 것들을 믿고, 어떤 사람들은 자신의 또는 다른 사람의 전생이나 내생을 보았다고 하기도 한다.

개인적으로 나는 전생과 환생을 믿는다. 그러나 그것을 당신이 믿도록 설득하거나 강요하고자 하는 것은 아니다. 중요한 것은 전생이나 윤회에 대한 당신의 관점이 당신의 영적인 성장에 도움이 되는가, 아닌가이다.

내 지인 중에 폐암을 앓았던 사람이 있었다. 그는 뉴멕시코를 여행하던 중 호기심에 인디언 힐러에게서 전생 리딩을 받았다. 그가 자신의 병에 대한 얘기를 꺼내지도 않았는데, 그 인디언 힐러는 이런 말을 했다고 한다.

"당신은 삼백 년 전에 가슴에 큰 병이 생겨 죽었군요. 당신의 영혼이 전생의 기억을 다시 떠올리면 현생에서도 가슴 부위에 똑같이 큰 병이 올 수 있습니다. 주위 사람들을 친절하고 너그럽게 대하고 기도와 명상을 많이 하세요. 그러면 전생의 기억이나 집착도 점차 정화가 될 겁니다."

그는 그 인디언 힐러의 말에 몇십 년 묵은 체증이 내려가는 듯한 해

방감을 느꼈다고 했다. 그리고 몇 달 후에 그의 폐암이 거짓말처럼 사라져 버렸다. 그 힐러의 말이 사실인지 아닌지 확인할 길은 없지만, 전생이라는 정보가 그의 삶의 태도를 바꾸었고 결국 병을 낫게 한 것이다.

이 경우와는 반대로 자신의 전생의 스토리가 현재의 삶에 집중하는 데에 방해가 된다면 그것을 믿지 않으면 된다. 전생에 대한 지나친 호기심과 환상을 갖는 것은 현재에 집중하는 데에 걸림돌이 될 수 있다. 전생을 믿는 것이 자신의 삶과 영적인 성장에 도움이 된다면 믿고, 도움이 되지 않는다면 믿지 말라. 중요한 것은 현재의 삶을 충실하게 꾸려 나가는 데에 유익한 선택을 하는 것이다.

이것은 전생에 대한 일반적인 정의는 아니지만 우리의 부모, 조부모 그리고 조상이 우리 전생의 일부라고 할 수 있다. 마찬가지로 당신의 자녀나 당신이 이 세상에 남기고 갈 삶의 경험과 흔적이 당신의 환생이라고 할 수 있다. 앞서 살았던 사람들이 우리에게 오늘의 세상을 물려주고 갔듯이, 우리 또한 후세에 내일의 세상을 물려줄 것이다. 이렇게 생각하면 지금 이 순간 우리의 삶은 수천 년의 과거, 수천 년의 미래와 연결되어 있다. 그래서 전생이나 윤회에 대한 생각에 빠져 있는 것보다 지금을 정직하고 성실하고 책임감 있게 삶으로써 더 나은 미래를 열어가는 데에 집중하는 것이 바람직하다.

미국에서 활동하는 한 유명한 한국인 태권도 마스터가 한국에 있던 나를 찾아온 적이 있다. 우리는 많은 대화를 나누며 친해졌다. 그는 내가 21일 동안 수행을 했던 전주의 모악산을 꼭 가보고 싶어 했고, 우리는 함께 모악산으로 향했다. 가는 길에 나는 그에게 말했다.

"모악산에 가면 보름달이 뜰 때 토마토가 사람이 되는 것을 볼 수 있을 것이오."

그는 반신반의하면서도 잔뜩 기대와 호기심에 부푼 표정이었다. 그날 산에 오르는 길에 토마토를 먹는 아이들을 만났다. 그는 갈증을 달래기 위해 자신이 갖고 있던 사탕과 그 토마토를 교환했다. 그날 밤 모악산에 보름달이 떴다. 바위 위에 앉아 보름달을 바라보며 명상을 하면서, 그는 혹여 무슨 신기한 일이 일어나지 않을까 내심 기다리는 눈치였다. 자정이 다 되어 가는데도 내가 아무 말도 하지 않자, 그는 더이상 못 참겠다는 듯이 물었다.

"토마토가 사람이 되는 것을 언제 볼 수 있다는 겁니까?"

나는 터져 나오는 웃음을 참으며 말했다.

"나는 지금 보고 있는데요. 아까 당신이 토마토를 먹었고, 그 토마토는 지금 당신이 되어 있지 않습니까?"

그는 그제서야 무슨 말인지 알아듣고 호탕하게 웃었다.

우리의 생명 에너지는 사라지지 않는다. 에너지의 법칙에 따라 계속 그 모습을 바꾸며 이동하고 순환할 뿐이다. 그런 의미에서 우리는 눈에 보이는 에너지로든 눈에 보이지 않는 에너지로든 끝없이 환생한다.

업에 대하여

카르마karma, 업業은 무엇이며 왜 생기는가? 불교나 힌두교에서 말하는 업은 인과응보의 우주 법칙과 관련이 있다. 즉 모든 행동에는 그에 부합하는 또는 반대되는 반응이 있다는 뜻이다. 업은 우리의 말과 행동과 경험의 결과로 나타난다. 연민과 이타심으로 좋은 행동을 하는 것은 선업을 쌓는 일이다. 그러나 에고에 의해서 다른 사람들을 이용하거나 해를 끼치고 주위 세상에 혼란을 야기하는 것은 악업을 쌓는 것이다.

종교적인 용어로 업이란 전생에 한 행동에 따라 이번 생에 보상을 받거나 벌을 받는 인과응보의 법칙이다. 업은 또한 어떤 사람이나 어떤 원인에 의해 야기된 것처럼 느껴지는, 좋거나 나쁜 결과를 의미한다. 불교 철학에 따르면 어떤 영혼들은 다시 이 세상으로 환생하고, 깨달은 영혼들은 환생하지 않은 채 높은 영적인 세계에 머무른다고 한다. 이번 생애에 업을 씻어내고 다음 생에 다시 올 때 최대한 좋은 삶으로 오거나, 더 이상 씻어낼 업이 없어서 영혼이 더 높은 영적인 차원으로 올라가는 것이 업을 통해서 배울 수 있는 교훈이다.

나는 쉽게 말해서 업이란 '기질'이라고 본다. 당신이 전생이나 업을 믿지 않더라도 조상의 유전인자를 통해서 또는 가족의 행동 패턴을 통해서 조상의 기질이 당신에게 전해졌다는 것은 쉽게 수긍할 수 있을 것이다. 기질은 '에너지의 성질'을 의미한다. 기질을 성격이라고 이해해도 무방하다.

어렸을 때 당신의 어머니에게서 이런 말을 들어본 적이 있는가? "넌 어쩌면 네 아버지를 그렇게 쏙 빼닮았니? 네 아버지와 너처럼 고집 센 사람은 본 적이 없다." 또는 당신의 친척이 이렇게 말했을 수도 있다. "너는 네 엄마를 닮아서 예술적인 재능이 많구나." 우리는 부모와 조부모로부터 그들의 유전자와, 그들이 우리에게 심어준 신념체계를 통해서 기질을 물려받는다. 유년 시절에 이미 우리는 습관적인 사고 패턴과 신념의 대부분을 얻고 그것은 어른이 되어서도 내내 영향을 준다. 만약 우리가 그것을 바꾸기 위해 의식적으로 노력하지 않는다면.

당신의 기질을 바꾸기 위해서는 당신의 에너지의 질을 정화해서 더 맑고 가볍게 만들어야 한다. 우리가 그렇게 하기 힘든 이유는 자신의 신념체계, 집착, 에고의 욕망에 묶여 있기 때문이다. 예를 들어, 어떤 사람이 어렸을 때 집이 너무 궁핍해서 온갖 고생을 하며 자란 사람이 있다고 하자. 그런 사람은 돈에 대해서 엄청나게 집착하는 경우가 많다. 이러한 집착은 돈에 관련된 그의 모든 행동에 영향을 주고, 그의 선택에 따라 선업이 되거나 악업이 될 수 있다. 그 집착에서 벗어나지 않는 한 이러한 기질은 유전적으로 또는 후생적으로 후손에게까지 전해진다.

업은 수많은 겹이 있다. 집착을 버리고 에고를 놓으면 한 겹의 업이 벗겨지지만 또 다른 한 겹이 나타난다. 우리는 또한 매일 우리의 행동을 통해 새로운 업을 만들고 있다. 한 겹의 업을 벗는 것이 옷을 벗는 것처럼 쉽지는 않다. 업이 자신의 관념, 감정, 습관 등의 형태로 강하게 들러붙어 있기 때문에 대부분의 사람들은 그 업을 자신의 정체성과 동일시한다. 그래서 누군가 이 업을 건드리면 이기심, 자존심, 부정적인 감정이 일어나며 저항하게 된다.

업에서 벗어나기 위해서는 업을 짓게 만드는 자신의 생각과 감정, 습관이 자신의 실체가 아니라는 사실을 먼저 깨달아야 한다. 그리고 이러한 깨우침이 머릿속에만 머물러서는 안 된다. 그 앎이 가슴으로 내려와 기질과 에너지가 바뀌고, 하단전까지 내려와 습관과 행동이 바뀌어야 한다. 이를 위해 우리가 하는 것이 세 가지의 공부이다. 머리로 깨우치는 원리 공부, 에너지를 바꾸는 수행 공부, 습관과 행동을 바꾸는 생활 공부이다.

업을 벗는다는 것은 추상적인 개념이 아니다. 안 좋은 습관을 하나씩 바꾸는 것이다. 나쁜 습관은 우리 영혼의 성장을 가로막는 장애물이다. 우리가 살면서 그 습관을 교정하지 못한다면 계속해서 업의 겁을 두껍게 만드는 것이 된다. 세상에 온 이후에 당신이 만든 습관들을 이번 생애 당신 영혼의 성적표라고 할 수 있다. 그것을 하나씩 바꾸어 나가기 위한 행동을 취한다면 당신의 몸을 이루는 모든 세포들 또한 바뀔 것이다. 이렇게 습관을 이기는 과정에서 영혼의 파워를 키우고, 삶을 구체적으로 바꾸는 실질적인 공부가 생활 공부이다.

과거의 업을 벗는 좋은 생활 공부는 나누는 삶이다. 무조건적인 사랑의 마음에서 나오는 연민을 나눔으로써 당신은 선업을 쌓을 수 있다. 우리가 다른 사람들과 나눌 수 있는 것이 크게 세 가지가 있다. 첫째는 다른 사람에게 깨달음의 법을 알려 주는 것이다. 둘째는 아픈 사람의 몸이나 마음을 힐링해서 고통을 덜어주는 것이다. 셋째는 정말로 필요한 사람에게 음식이나 돈을 기부하는 방식으로 물질적인 도움을 주는 것이다.

우리는 이 세 가지 중에 적어도 하나는 할 수 있다. 당신이 지금까지 공부하고 깨우친 원리가 있다면 그것을 나누어라. 사랑을 담아 몸과 마음을 힐링할 수 있다면 그 사랑의 에너지를 나눠라. 남과 나눌 수 있을 정도로 충분한 물질적인 여유가 있다면 그렇게 해라. 다리를 꼬고 앉아서 아무리 명상을 한다고 해도 그러한 실질적인 행동이 없이는 업에서 벗어날 수 없다. 그래서 나는 '나누는 것이 곧 수행'이라고 말한다.

어떤 대가를 바라는 마음에서 선한 일을 하는 것은 오히려 악업이 된다. 자기가 한 좋은 일을 다른 사람에게 자랑해서 인정받으려고 하거나, "나는 너한테 이런 일을 해 줬는데, 너는 왜 나한테 보답해 주지 않느냐?"라며 상대방을 원망하거나, '내가 이런 착한 일을 하면 천국에 갈 수 있을 거야.'라고 생각한다면, 즉 어떤 형태로든 보상을 바라는 욕심이 있다면 그것은 악업을 짓는 것이 된다.

남에게 해를 끼치는 악업을 지으면 본인이 잘못한 것을 알기 때문에 참회라도 할 수 있다. 그런데 대가나 칭송을 바라는 마음에서 좋은 일을 하면 본인이 잘한 줄 알고 자랑하려고 한다. 그것이 악업이 되는 것이다. 그래서 '오른손이 하는 일을 왼손이 모르게 하라.'는 예수님의 가르침이 나온 것이다. 보상을 바라고 하는 것이 아니라, 무조건적인 진실한 마음에서 저절로 우러나와서 하는 것이 진정한 나눔이다.

진실한 마음으로 나눔을 실천하기 위해서는 무아의 의식으로 해야 한다. 무아의 의식은 세상적인 욕망에서 자유로워진 상태이다. 거대한 생명 에너지 속에서 너와 나도 없으며, 선악도 없고, 시비도 없는, 이원성을 넘어선 무심의 상태이다. 너와 내가 둘이 아닌 하나의 생명 에너지이기 때문에, 의무감에서 선한 일을 할 필요가 없이, 자기가 자신을 돕는 것처럼 연민과 사랑이 저절로 나오는 것이다. 이렇게 무아의 의식으로 사랑하고 인간관계를 맺을 때 자기도 모르게 좋은 습관이 형성되고 기질이 정화되며, 이 과정에서 업이 조금씩 소멸된다.

종말과
영생에 대하여

굳이 예언가나 종교의 종말론을 거론할 필요도 없이 환경과학자들 그리고 유엔이나 환경 관련 비영리법인과 같은 국제 단체에서는 이대로 가다가는 지구에 큰 재앙이 닥칠 것이라고 경고한다. 사람도 힘들고 지치면 병이 들기 마련이듯 지구환경이 악화되다 보면 그 결과가 어떠한 형태로든 표출될 수밖에 없다.

종말이 닥치지 않게 해 달라고 신에게 기도한다고 될 일이 아니다. 그러한 상황은 신이 인류를 벌하기 위해서 의도적으로 만드는 것이 아니기 때문이다. 인간이 생각하는, 인간처럼 의도와 감정을 가진 그런 신은 없다. 만약 종말이 일어난다면 그것은 환경오염, 핵전쟁, 전염병처럼 인간의 과오로 인한 결과이거나, 인류가 자연의 균형에 맞추지 못함으로써 발생하는 자동적인 결과로 지구나 우주의 에너지에 일어나는 변화일 것이다.

만약 지구에 큰 재앙이 닥친다면 당신은 어떻게 하겠는가? 영화 '2012'에서는 지구에 종말이 닥쳐오자, 유일한 생존수단인 현대판 노아의 방주에 오르기 위해 세계의 내로라하는 부자들이 엄청난 액수의 돈을 지불한다. 그런데 문제는 그렇게 위기의 순간에 목숨을 구했다고 해도 그 삶이 영원하지 않다는 것이다. 그들 또한 결국에는 죽음의 운명에서 벗어날 수 없는 인간이라는 존재이다.

많은 사람들이 육체의 죽음을 걱정할 뿐 영혼의 실체를 깨닫지 못하고 죽는 것에 대해서는 그다지 걱정하지 않는다. 사실은 그것이 가장 큰 고민이어야 하지 않을까? 영혼의 실체를 깨닫지 못하면 살아도 산 것이 아니요, 죽어도 죽은 것이 아니다.

반대로 영혼의 실체를 깨달은 사람은 육체적인 죽음을 맞이했다고 해도 정말로 죽은 것이 아니다. 그는 이미 육체 차원의 생사를 초월한 무아의 의식을 가지고 있기 때문에 육체의 죽음은 별 의미가 없다. 자신의 영혼을 알고 자신의 생명 에너지를 아는 사람은 우주의 영원한 생명 에너지와 하나가 된다. 영혼이 영원한 생명의 에너지로서 불멸한다는 것을 모르기 때문에 많은 사람들이 죽음을 걱정하고 인류의 종말에 대해 불안해 하는 것이다.

이 지구에 종말이 온다고 해도 우주의 에너지는 여전히 존재할 것이다. 3차원의 시간과 공간은 유한해 보이지만 절대적인 무아의 의식은 무한하다. 영혼의 실체는 시작도 없고 끝도 없는 무아이다. 그 무아의 세계를 안다면 죽음에 대해서 걱정하지 않을 것이다.

영생이 어떤 특정한 신앙을 믿는가에 달려 있다고 생각하는 사람들이 있다. 그래서 그런 신앙을 받아들이지 못하는 사람은 모두 죽을 수밖에 없다고 말한다. 그것은 자연의 이치를 모르고 하는 말이다. 사실은 무엇을 믿을 필요가 없다. 시작도 끝도 없이 존재하는 자신의 실체를 깨달으면 된다. 생사가 없다는 것을 알고, 우주의 영원한 에너지가 자신의 실체임을 알았는데, 왜 생사에 매이겠는가?

모든 영혼은 영생한다. 그것은 우주의 자연스러운 에너지 법칙이다. 영혼의 에너지는 그것이 좋은 에너지이든 나쁜 에너지이든 소멸되지 않는다. 그러나 변화는 한다. 어떤 형태를 취할 것인가는 자신의 선택에 달려 있다. 밝고 맑은 차원에서 영생할 것인가, 어둡고 탁한 차원에서 영생할 것인가? 살아 있을 때의 의식의 밝기와 에너지의 성질이 사후의 차원을 결정한다. 에너지의 법칙에 따라 밝고 가벼운 영혼은 사후에 그런 성질의 에너지 영역으로 가고, 어둡고 무거운 영혼은 그에 맞는 성질의 에너지 영역으로 가는 것이다. 그것은 맑은 물은 위로 뜨고 탁한 흙탕물은 아래로 가라앉는 이치, 가벼운 수증기는 위로 떠오르고 무거운 빗물은 아래로 떨어지는 이치와 같다. 에너지의 법칙은 정확한 거래라서 에누리가 없다.

살아 있을 때의 의식의 밝기가 사후의 차원을 결정한다. 이것이 연민과 선을 추구하는 삶을 사는 것, 영혼의 성장과 완성을 위해 사는 것이 중요한 이유이다. 앞에서 얘기한 것처럼, 이를 위해서 우리가 원리 공부, 수행 공부, 생활 공부를 하는 것이다.

사람은 자기 가슴의 느낌에 따라 살아갈 때, 자기 영혼의 안내를 따르고, 사회에 의미 있는 기여를 할 때 가장 큰 기쁨을 느낀다. 그래서 자신의 삶을 위한 꿈이나 비전을 갖는 것이 영혼의 성장을 위해서는 필수적이다. 꿈과 희망이 없는 사람에게는 똑같은 삶을 계속 반복하는 것이 보통 고역이 아닐 것이다. 우리가 언제 죽을지는 아무도 모른다. 그렇기 때문에 매 순간을 진실되게 살아가고 매일 매일을 충실하게 사는 것이 중요하다.

부모는 자녀들에게 죽음에 대한 지혜를 가르쳐 주어야 한다. 만약 부모가 죽음 앞에서 두려워하는 모습을 보인다면, 자녀들에게도 죽음은 괴로움으로 느껴질 것이다. 죽음을 맞이하는 순간에 자녀들에게 이렇게 얘기할 수 있어야 한다. "나는 보람 있는 삶을 살았기 때문에 죽음은 두렵지 않다. 내가 죽으면 절대 울지 말아라. 나는 기쁘게 몸을 벗는데 왜 우느냐? 슬퍼하지 말고 아름다운 음악을 틀어라." 이렇게 말하면서 조용히 숨을 고르고 몸을 떠날 수 있다면, 그것도 멋지고 평화로운 죽음이 아니겠는가?

가장 높은 차원의 죽음, 천화의 꿈

당신은 어떤 죽음을 맞이하고 싶은가? 이것은 "당신은 어떤 삶을 살고 싶은가?"라고 묻는 것과 같다. 어떤 삶을 살았는가가 그 사람의 죽음의 질을 결정한다. 다양한 수준의 삶이 있는 것처럼 죽음도 다양한 수준이 있다. 한국에는 죽음의 수준을 나타내는 여러 가지의 표현들이 있다. 죽음의 수준은 죽음 자체를 평가하는 것이 아니라 그 사람의 삶에 대한 평가를 바탕으로 한다.

첫 번째는 '뒈지다'라는 표현으로, 영어의 '크록croak'이라는 속어와 비슷한 의미이다. 이것은 '되어졌다' 또는 '가야 할 곳으로 갔다'는 의미인데 부정적인 느낌으로 사용된다. 큰 죄를 짓거나 다른 사람에게 큰 피해를 끼치는 등 바람직한 삶을 살지 못한 사람의 죽음을 묘사할 때 사용된다. 그 사람의 죽음을 오히려 환영하고 안도하는 의미이다. 이것은 인간으로서 가치가 없는, 낮은 차원의 삶을 산 사람들의 죽음을 일컫는 표현이다.

두 번째는 '죽다'라는 표현으로, 영어의 '다이die'에 해당한다. 주위 사람들에게 크게 도움을 준 것도 아니고 해를 끼친 것도 아닌, 그냥 평범한 삶을 살다가 죽은 경우이다.

세 번째는 '돌아가시다'라는 표현으로, 영어의 '패스 어웨이pass away' 에 해당한다. 이것은 부모나 어른의 죽음을 애도하는 의미에서 사용한 다. 인격적으로 어느 정도 완성을 이루어 괜찮은 삶을 살다가 죽은 사 람에게 쓰는 말이다. '죽다', '돌아가시다'라는 말은 의식이 효 차원에 머무른 사람의 죽음을 묘사한다.

네 번째는 '서거逝去'라는 표현이 있는데, 이것은 사회나 국가를 위해 공헌한 사람의 죽음을 일컫는 경우로, 충 차원의 의식으로 살다가 죽 음을 맞이한 경우를 말한다.

다섯 번째로 가장 높은 차원의 죽음을 '천화天化'라고 한다. '천'은 '하늘'을, '화'는 '되다'라는 의미로 '사람이 하늘이 되었다'라는 뜻이다. 여기서 하늘은 타오, 신성, 근원, 완전한 의식 등으로 표현할 수 있다. 천화는 우주의 원리와 삶의 목적을 크게 깨우치고 영혼의 완성을 이 루어 생명의 근원인 도의 의식까지 도달한 사람의 죽음을 의미한다.

당신은 어떤 죽음을 원하는가? 당신이 이 세상에 태어난 것이 다른 차원에 있었던 당신 자신의 선택이었는지 아니면 자연의 이치였는지 는 알 길이 없다. 그러나 한 가지 확실한 것은 어떤 죽음을 맞이할지는 오로지 당신 자신이 선택할 수 있다는 것이다. 그것은 어느 누가 심판 할 수 있는 것도 아니고, 어느 누가 도와줄 수 있는 것도 아니다. 오직 당신 자신의 삶의 방식과 의식의 수준으로 결정되는 것이다.

천화란 자신의 신성을 깨닫고, 원래 왔던 우주의 근원으로 돌아가 는 것이다. 이를 위해서는 당신의 생명의 근원인 우주의 생명 에너지 를 깨닫고 그 생명 에너지와 하나가 되어야 한다. 천화를 하는 사람은 생사가 일종의 착각임을 안다. 그래서 그의 죽음은 끝이 아니라 우주의 근원, 생명의 근원으로 되돌아가는 것이다.

우리 민족에게는 천화의 의미와 과정을 알려 주는 고대 경전인 '천부경天符經'이 전해온다. 천부경은 81자로, 핵심 내용이 숫자로 되어 있어 문자적인 해석만으로는 이해할 수 없으며 기氣를 통해 생명의 실체를 몸으로 터득할 때만 그 진면목을 드러낸다.

천부경은 '일시무시일一始無始一'로 시작해서 '일종무종일一終無終一'로 끝난다. 이 의미는 '모든 것은 하나에서 시작하되 그 하나는 시작이 없는 하나이며, 모든 것은 하나로 끝나되 그 하나는 끝이 없는 하나이다.'라는 뜻이다. 천부경의 핵심은 '하나이지만 모든 것을 포함하는 하나'라는 뜻의 '일一'이라는 단어에 담겨 있다. 그 일은 만물이 시작된 곳이고 모든 만물이 끝나는 곳이지만, 시작도 끝도 없이 홀로 스스로 영원히 존재하는 우주의 대생명 에너지이다.

천부경에서는 어떻게 만물이 일에서 나와서 다시 일로 돌아가는지의 과정을 묘사하고 있다. 천부경 후반부에 보면 '묘연만왕만래妙衍萬往萬來 용변부동본用變不動本'이라는 표현이 있다. '만물이 우주의 질서 속에서 오묘히 오고 가며 그 모양과 쓰임새가 변하지만 그 근본은 변함이 없다.'라는 뜻이다. 사람이 토마토를 먹으면 토마토가 사람이 되고, 사람이 죽으면 나무, 꽃, 새가 되기도 하듯이 만물은 우주의 에너지 법칙 속에서 모양과 쓰임새가 변하면서 계속 이동하고 순환한다. 그러나 그 근본은 변함이 없다.

그러면 변함없는 그 근본은 무엇일까? 천부경의 다음 구절을 보자. '본심본태양本心本太陽' 즉 '본래 마음은 태양처럼 밝다.'라는 뜻이다. 본래 마음은 태양처럼 밝기 때문에 사람 안에 본래 마음이 있음을 깨달으면 인간의 의식 또한 태양처럼 밝아진다는 뜻이다. 태양처럼 밝은 의식을 가지면 어떻게 될까?

'인중천지일人中天地一' 즉 '사람 안에 하늘과 땅이 있어 셋이 하나가 된다.'라는 뜻이다. 태양처럼 밝은 의식을 가진 사람은 사람 안에 하늘과 땅이 들어와 있음을 알게 된다.

천부경의 마지막 구절은 '일종무종일一終無終一'이다. '모든 것은 하나로 끝나되 그 하나는 끝이 없는 하나다.'라는 뜻이다. 만물은 우주의 근원인 하나에서 시작하여 생성과 진화의 과정을 거쳐 다시 하나로 돌아가지만, 그 하나는 끝나는 것이 아니라 영원히 존재하는 것이다. 우리가 본래 왔던 곳, 그 완전한 하나로 돌아가는 것이 바로 '천화'이다.

인간은 에고의 이기적인 욕망과 감정에 지배당하는 존재이다. 인간의 육체는 끝없는 고통 속에서 괴로워하고 언젠가는 죽게 되는데도 우리의 에고는 우리가 몸을 위해서 살도록 부추긴다. 에고의 욕망에 따라 살아갈 때 우리는 모든 것이 변하는 세상 속에서 혼자이다. 그러나 인간에게는 위대한 꿈이 있다. 그것은 바로 '천화의 꿈'이다. 존재의 유한성에서 벗어나 영혼을 완성시키고 원래 왔던 곳으로 되돌아가겠다는 꿈이다. 천화는 인간의 삶의 목표이자 또한 죽음의 목표가 되어야 한다.

우리는 애벌레가 나비가 되는 탈바꿈에서 인간의 천화의 과정을 엿볼 수 있다. 애벌레는 처음에 하나의 알이었다. 알에서 깨어난 애벌레는 살기 위해서 열심히 잎을 먹는다. 그런데 신기하게도 성장을 마치고 몸집이 통통하게 된 다음에 애벌레는 자기 몸에서 실을 뽑아서 고치를 만들기 시작한다. 그리고 나서 고치 안에서 먹지도 않고 긴 인고의 시간을 보낸다. 어느 날 고치의 좁은 구멍을 비집고 나와 아름다운 나비가 되어 나타난다. 그러고는 눈부신 날개를 활짝 펼치며 하늘로 날아오른다.

놀랍게도, 땅을 엉금엉금 기어다니기만 하던 보잘것없는 애벌레가 마음껏 자유롭게 날아다니는 아름다운 나비로 변신한다! 애벌레 속에 나비가 될 수 있는 인자가 숨어 있다니 정말로 생명의 신비에 놀라지 않을 수 없다.

애벌레가 아름다운 나비로 새롭게 태어나듯, 인간 또한 존재의 유한성에서 벗어나 우주의 무한한 생명 에너지와 하나가 되는 천화를 경험할 수 있다. 중요한 것은 애벌레가 갑자기 하루 아침에 나비가 된 것이 아니라는 것이다. 애벌레가 자기 자신의 몸에서 실을 뽑아 자기의 몸을 칭칭 감으며 고치를 만들고 그 안에서 인고의 시간을 보내며 더 아름다운 존재로 다시 태어날 준비를 하는 것처럼 우리도 영혼의 성장을 위해 우리의 시간과 노력을 기울여야 한다.

당신이 영혼의 성장을 위해서 하는 세 가지의 공부가 바로 그러한 과정이다. 당신의 몸에서 생명 에너지의 실을 뽑아 하단전의 정精 에너지를 충만하게 하고, 중단전의 기氣 에너지를 성숙하게 하고, 상단전의 신神 에너지를 밝게 하라. 우주의 실체와 하나가 되고 우주의 근원으로 돌아가고자 하는 인간 본연의 꿈이 당신 안에 있다. 그것이 천화의 꿈이다.

죽음은
축복이다

　　유한한 세계 속에서 죽음은 강력하고 무서운 개념이다. 그러나 무한한 에너지의 세계 속에서 우리의 인생은 하나의 여행일 뿐이다. 확실한 것은 이 여행의 기간이 정해져 있다는 것이다. 그게 언제일지는 정확히 모르지만 어느 날 우리의 영혼은 아무런 미련 없이 우리의 몸을 떠나야 한다. 떠날 때는 아무것도 가지고 갈 수 없다. 이 세상에서 얻은 돈, 명예, 권력도 다 놓고 가야 한다. 항상 먹여 주고 입혀 주고 재워 주면서 보살펴 왔던 우리의 몸에서 머리카락 한 올조차 가져갈 수 없다.

　　인간의 끝없는 욕망도 죽음 앞에서는 한없이 초라해진다. 욕망은 생명을 유지하기 위한 덧없는 환상일 뿐이다. 환상 속에서 살다가 죽음 앞에서 후회해도 그때는 이미 늦다. 그 누구도 죽음을 이길 수 없다는 것을 진정으로 인정한다면 우리는 자만하지 않으며 인생을 더 진지하고 열정적으로 살 것이다. 매 순간을 소중하게 음미할 것이다.

　　죽음은 우리가 삶에 대한 관점을 형성하도록 도와준다. 만약 인간에게 육체의 유한성을 상징하는 죽음이 없다면 우리는 그 유한성을 극복할 수 있는 무엇인가를 알고자 하는 데에 그렇게 목말라 하지 않을 것이다. 깨달음을 경험하고 타오의 의미를 정말로 알기 위해서 그렇게 진지하게 고민하지 않을 수도 있다.

　　인간은 이 육체적이고 물질적인 차원 너머에 무엇이 있는지 모르기 때문에 타오를 향한 갈망을 키우고, 짧은 인생 동안에 존재의 영원함을 찾는 것이다. 그래서 죽음은 삶을 위한 축복이다. 사후의 미지의 세계가 있기 때문에 우리는 더 나은 사람이 되고자 하고 겸손과 연민의 삶을 살고자 하는 것이다. 죽음은 깨달음과 영혼의 성장을 위한 갈망의 가장 밑바탕이 되는 요인이다. 죽음은 깨달음을 위한 축복이자 영혼의 완성을 위한 축복이다.

생명의 강은 끝없이 흐르고 있다. 그 강물이 언제부터 흐르기 시작했는지, 언제 멈추게 될지 아무도 모른다. 강물이 바다를 향해 흘러가듯이 우리의 인생도 결국에는 바다를 만나게 될 것이다. 천화의 도를 아는 사람에게 그 바다는 '생명의 바다'이다. 무한한 생명 에너지로 가득 차 있는 아름다운 생명의 바다, 삶은 그 생명의 바다를 만나기 위한 항해이다. 생명의 이치를 깨달을 때 삶 뒤에 오는 죽음도 또 다른 생명의 연장임을 알게 된다. 죽음은 끝이 아니라 새로운 시작이며 탄생이다. 죽음과 함께 완성된 영혼은 본래 왔던 영혼의 고향으로 돌아간다.

우리 모두는 언젠가는 아름다운 생명의 바다를 만날 것이다. 우리에게는 인생이라는 선물과 그것을 자기가 원하는 대로 디자인할 수 있는 자유 의지도 함께 주어져 있다. 자신의 삶을 어떻게 창조하는가에 따라 우리는 어떤 차원의 죽음을 맞을지도 선택할 수 있다. 그렇기 때문에 우리는 의미 없는 존재가 아니다. 우리는 우리의 세상과 우주의 공동 창조자이다. 그러나 우리가 삶의 의미와 목적을 찾지 못한다면, 우리에게 부여된 창조적인 잠재성을 경험하지 못하고 이를 완전히 활용하지 못한 채 살게 될 것이다.

당신이 인생의 마지막 길목에서 "당신은 인생을 잘 살았는가?"라는 질문을 받았다고 상상해 보라. 당신은 어떻게 대답하겠는가? 어떤 가치 기준으로 대답하겠는가? 기준이 없다면 그 질문에 답하기가 어려울 것이다. 당신의 삶을 돌아보고 어떤 기준으로 당신의 삶의 의미를 측정하고자 하는지 자신의 답을 찾아보라. 육체적이고 물질적인 성과를 기준으로 할 것인가, 영혼의 성장을 기준으로 할 것인가? 그 답을 찾는 것이 인생을 정처 없이 떠도는 방황이 아닌, 즐거운 여행으로 만드는 가장 빠른 길이다.

배가 가는 뱃길이 있고, 비행기가 가는 항로가 있듯, 사람에게는 사람으로서 가야 할 길이 있다. 사람이 가야 할 길은 무엇일까? 그 길은 삶의 목적, 즉 존재 가치와 연결되어 있다. 사람으로서 추구해야 할 궁극의 존재 가치는 무엇일까? '나'라는 한 인간이 이 세상에서 무엇을 할 때 가장 큰 존재 가치를 실현할 수 있을까?

자신이라는 존재에 긍지를 느끼기 위해서는 언제나 더 나은 가치를 실현하기 위해 노력해야 한다. 최고의 존재 가치는 자기 생명의 실체에 대한 자각에서 나온다. 나의 생명과 전체의 생명이 하나임을 깨달은 사람은 나를 포함하고 있는 전체의 생명 에너지를 살리는 조화와 상생의 삶을 선택한다.

찰나 속의 영원

죽음의 문제를 대할 때 생사라는 개념은 단지 착각이라고 이해하면 도움이 된다. 우리는 지금 잠시 동안 육체의 형태를 띠고 있는 영원한 우주의 에너지일 뿐이다. 그래서 생生에도 집착하지 않고 사死도 걱정하지 않으며 바로 지금 이 순간을 온전히 사는 것이 충만한 삶을 사는 비결이다. 현재를 살지 못하는 사람은 자신이 조절할 수 없는 것들에 대해 분노와 고뇌, 슬픔을 느낀다. 우리는 과거를 바꿀 수도 없을뿐더러 어떤 확실성과 영속성을 갖고 미래를 조절할 수도 없다. 그러므로 우리가 현재에 할 수 있는 경험을 최대한 잘 활용해야 한다.

사실 현재라는 말도 애매모호하다. 언제부터 언제까지가 현재의 경계선인지 불분명하다. 우리가 현재라고 부르는 것 속에는 과거의 끝자락과 미래의 시작점이 섞여 있다. 현재를 경험하는 유일한 길은 마음을 차분히 하고 숨과 숨 사이의 진공을 경험하는 것이다. 그것은 생각과 무념 사이에 자리하고 있다. 그것은 무無이다.

과거와 미래는 단지 환상일 뿐이다. 과거가 아무리 아름답거나 고통스러웠다 할지라도 그것은 이미 지나간 일이다. 아무리 멋진 또는 끔찍한 미래가 예상되더라도 그것은 아직 오지 않았다. 과거도 미래도 현재 이 순간에 존재하지 않는다.

많은 사람들이 지금 여기에 존재하는 감각을 잃어버렸다. 과거와 미래에 관한 정보가 지금이라는 순간을 빼앗아가 버린 것이다. 자신의 마음을 객관적으로 인식하는 능력을 잃어버렸다. 그래서 자신의 마음을 '나'와 동일시한다. 이러한 관점을 바꾸기 위해서는 자신의 생각을 바라보는 힘을 키우고 현재의 순간으로 돌아와야 된다. 마음속에 망상이 걷잡을 수 없이 일어날 때 그것을 멈추고 깊이 호흡하며 '내 마음은 내가 아니라 내 것이다.'라고 하며 바라보라. 그리고 자신에게 물어보라. '나는 무엇을 생각하고 있는가? 나는 지금 무엇을 하고 있는가?

나는 현재 이 순간에 존재하는가?'

당신의 오늘 하루는 어떠했는가? 당신은 지금을 살고 있는가? 지금이라는 것 하나만 존재할 뿐 지금에 그 어떤 것도 들어올 수 없다. 그것은 생각이 끊어진 자리이다. 그 자리에는 생명 에너지에 대한 자각, 자신의 존재감만이 있을 뿐이다. 지금은 우주의 생명의 근원과의 연결이다. 그것은 종종 평화와 축복의 느낌, 몸에 따뜻함이나 전율의 느낌을 일으키는 것으로 묘사된다. 당신이 방금 전에 웃었든 울었든 지금 여기에 그러한 감정들은 더 이상 존재하지 않는다. 기쁨도 슬픔도 없고 걱정도 기대도 없다. 그 어떤 것도 우리가 지금이라고 부르는 시간에 비집고 들어올 수 없다. 그것은 초로도 잴 수 없기 때문이다. 지금은 단지 존재할 뿐이다.

이 순간, 지금 여기를 자각하면 존재 의식, 타오와의 합일감에서 큰 평화가 나오는 것을 알 수 있을 것이다. 지금을 명확하게 이해하고 경험할 때 자신의 신성, 진아와 연결됨으로써 자신의 참 행복을 창조할 수 있다.

지금은 영원으로 들어가는 문이다. 지금을 아는 사람은 영원을 아는 사람이다. 과거나 미래에 대한 망상과 번뇌에 빠지면 영원을 느낄 수 없다. 과거나 미래와 단절된 지금, 시간의 개념으로 잴 수 없는 찰나 속에서 영원과 만날 수 있다. 어떤 자각이건 항상 찰나에 온다. 한참을 골똘하게 생각한 후에 얻은 결론이라도 그 결론을 선택하는 것은 언제나 순간이다. 지금 이 순간 속에 타오가 있다.

많은 사람들이 지금을 잃어버리고 과거와 미래에 빠져서 두려워한다. 우리 영혼이 안정을 찾기 위해서는 지금 속에서 영원을 만나야 한다. 우리가 추구하는 영원은 죽은 후에만이 아니라 순간 순간 영원을 느끼며 사는 것이다. 매일매일 지금 여기에서 자신의 존재를 자각하고, 자신의 존재 가치를 실현하는 것, 그것이 바로 순간 속에서 영원을 느끼는 삶이다. 지금에 존재함으로써 내면 깊은 곳의 소리를 들을 수 있다. 그 소리는 우리의 영혼의 안내이다. 그 신성한 지성에 접근함으로써 우리는 명확한 선택을 할 수 있고 미래의 꿈을 실현할 수 있다. 지금을 깨달을 때 우리의 감정과 뇌의 주인이 될 수 있다.

우리는 지금 속에서만 선택할 수 있다. 지금의 선택이 미래를 만든다. 그래서 지금을 잃어 버리면 미래도 없는 것이다. 우리 뇌는 지금 이 순간 그 기능을 하고 있다. 지금을 자각한다는 것은 뇌를 자각한다는 것이다. 뇌의 주인이 될 수 있는 유일한 시간은 지금밖에 없다. 지금의 선택과 행동으로 과거의 정보를 새롭게 바꾸고 미래를 준비할 수 있다.

매 순간 우리는 새로운 기회를 맞는다. 방금 전까지 내가 마주쳤던 모든 것은 지금 이 순간의 나와는 아무 관계가 없다. 과거의 그 어떤 것도 지금 이 순간의 새로움과 신성함을 훼손할 수 없다. 우리는 지금 이 순간 새롭게 시작할 수 있다.

변화를 원하는가? 여태까지 살아온 것과는 다른 삶을 살고 싶은가? 그렇다면 지금 시작하라. 당신이 방금 전까지 어떤 사람이었든, 어떤 상황에 처해 있었든, 그것은 중요하지 않다. 시작도 끝도 없이 홀로 스스로 존재하는 생명의 자리로 돌아가서 새로운 힘을 얻으라. 그리고 바로 지금 당신이 원하는 삶을 시작하라.

죽음의 환상에서 깨어나기

생사란 켜졌다 꺼졌다 하는 전구와 같다. 불이 꺼졌다고 해서 전기 자체가 사라진 것은 아니다. 불이 꺼져도 전기 에너지는 여전히 존재하고 있다. 우리는 지금 잠시 동안 육체의 형태를 띠고 있는 영원한 우주의 에너지일 뿐이다. 그래서 생生에도 집착하지 않고 사死도 걱정하지 않으며 바로 지금 이 순간을 온전히 사는 것이 충만한 삶을 사는 비결이다.

11

타오의

세상을

꿈꾸며

숨을 계속 들이마시기만 할 것인가, 내쉴 것인가?
이것은 우리의 선택이다.
인류 문명의 사이클이 들이마시는 숨에서 내쉬는 숨으로,
경쟁과 지배의 패러다임에서 조화와 화합의 패러다임으로 바뀔 때
이 땅에 새로운 정신문명시대가 열릴 것이다.

○

○

○

　　　그동안 나와 함께한 타오 여행이 어떠했는가? 여러분의 인생과 세상을 '타오의 눈'으로 보기 시작했다면 어떤 깨우침을 얻었을 것이라고 확신한다. 이 책의 마지막 장에서 다루게 될 주제는 '어떻게 하면 우리가 나를 넘어 하나의 통합 의식을 가지고 더 좋은 세상을 만들 수 있을까?' 하는 것이다. 즉, 타오의 원리를 우리가 공존하고 있는 이 세상에 어떻게 적용할 것인가에 대해 이야기하고자 한다. 이를 위해서 우리가 가장 먼저 해야 할 것은 과거에서 오늘에 이르기까지 인류의 발자취를 돌아보는 것이다. 인류는 그동안 인간의 지성과 이성, 창조성과 영감을 바탕으로 다양한 정신문화와 물질문명을 발전시켜 왔다.

　　인류의 역사를 해석하는 여러 가지의 관점이 있지만 나는 여기서 신과 인간의 관계가 어떻게 변화했는지를 중요한 주제로 다루고자 한다. 왜냐하면 인류의 의식 변화는 인류 역사의 발달을 견인하는 핵심 역할을 해왔으며, 인류의 의식을 이야기할 때 신은 결코 빼놓을 수 없는 주제이기 때문이다. 인간과 신의 관계를 바탕으로 인류의 역사를 돌아보면 그 발달 과정의 핵심이 된 두 가지 시대가 있음을 알 수 있다.

인류의
두 가지 시대

원시 시대에 인간은 나약한 존재였다. 사납고 난폭한 다른 동물들에 비해서 비교적 온순한 성질을 가진 인간은 자연에 내던져졌고 어떻게 해서든 생존해야 했다. 인간은 지성을 활용해서 도구를 만들고 농사를 지으며 자연 속에서 생존하는 법을 터득해갔다. 그런데 홍수나 가뭄, 지진, 화산 폭발과 같은 자연 현상들은 인간의 힘으로는 제어할 수 없는, 생존을 위협하는 두려운 것들이었다. 그러한 자연 현상들이 일어나는 이치를 이해하지 못했던 고대 사람들은 신의 노여움 때문에 그러한 일들이 일어난다고 생각했다. 그 후로 인간은 신에게 복종하고 경배함으로써 신의 가호와 축복을 갈구해왔다.

인류의 고민은 거기서 끝나지 않았다. 인간의 강력한 정신력은 다른 동물이 할 수 없는 방법으로 자신의 존재에 대해서 고민하게 만들었다. 나는 누구인가? 인간은 왜 태어나고 늙고 병들고 죽는가? 사후의 세계는 어떠할까? 자연과 인간은 어떻게 창조되었으며 어떤 힘이 이 세상을 다스리고 있는가? 인류는 인간의 정체성과 세상의 본질에 대한 이러한 수수께끼를 풀기 위해서 계속 노력해왔다. 그리고 그 질문과 답을 종교라는 형태로 정리, 발전시키기 시작했다. 인간의 이성으로는 해석이 안 되는, 인간의 힘이 미치지 못하는 영역에 인간과는 다른 차원의 존재가 있을 것이라고 생각했고, 그 존재에 '신'이라는 이름을 붙였다. 그리고 만물을 주관한다고 여기는 신에게 복종하고 의지하고 기도함으로써 위안과 평안을 얻으려 했다.

이것이 신본주의 시대의 사고관이다. 신이 세계의 중심이자 주체이고 인간은 신에 종속된 피조물로 생각하던 시대였다. 이 시대에는 신이 중심이기 때문에 자연히 신을 섬기는 종교가 사회의 중심이 되었고, 지구상에 수많은 지역과 민족에서 다양한 종교들이 탄생하고 번성하게 되었다.

여기서 우리가 꼭 알아야 할 것은 종교는 자연의 진리 그 자체가 아니라 인간이 고안해 낸 것이라는 점이다. 인간이 조직화하고 정치화한 종교는 수많은 문제들을 양산해냈다. 여러 종교와 많은 종교 지도자들은 신이 적의 편이 아니라 자기 편인 것처럼 행동했다. 그들은 신의 이름으로 셀 수 없이 많은 부정부패를 일삼아왔고, 종교 전쟁을 통해 폭력과 살상까지도 정당화해왔다. 종교 집단의 이기주의에서 비롯한 종교간의 갈등과 대립은 수많은 살상과 인명 피해를 불러왔고, 지나친 종교적인 열성은 오늘날까지도 인류평화를 위협하고 있다.

이러한 신과 인간의 관계에 변화가 생기기 시작한 것은 르네상스와 계몽주의 시대를 거치면서였다. 종교의 해악이 극에 달하던 14세기부터 편협한 중세 사상과 전통의 경직성에 대한 반발과 함께 인간의 합리적인 이성이 서서히 고개를 들기 시작했고, 인간과 경험을 더 중시

하는 새로운 가치관인 인문주의가 나타났다. 이것이 르네상스, 즉 문예부흥운동이다. 이를 통해 신을 가치관의 중심으로 삼던 신본주의에서 인간을 중심으로 한 인본주의로 방향이 전환되기 시작했다.

르네상스는 코페르니쿠스의 지동설, 구텐베르그의 인쇄기계 발명, 콜롬부스의 미대륙 발견 등에 힘입어 과학과 인간의 가치 체계 발달에 급격한 변화를 가져왔다. 또한 이 기간 동안 미켈란젤로, 레오나르도 다빈치 같은 예술가들의 혁신적인 활동이 폭발했다. 르네상스의 정신이 교회로 확산되면서 중세 시대 교회의 물질주의, 세속주의에 대한 거센 비판이 일어나기 시작했다.

그 후로 대부분 사람들의 관심사가 인간의 총체적인 안녕으로 옮겨왔다. 피타고라스의 '인간은 만물의 척도이다.'라는 말처럼 인간은 지성과 이성이라는 재능을 바탕으로 인간의 삶을 더 편리하고 풍족하게 만드는 데에 노력을 기울여왔다. 그 결과 인류는 눈부신 기술의 발전과 물질적 풍요를 일궈냈고, 지금은 미지의 세계로 여겨졌던 우주 탐사에까지 박차를 가하고 있다.

그런데 인류의 미래에는 벌써부터 먹구름이 드리워져 있다. 미래 문명이 가져올 눈부신 테크놀로지를 희망적으로 상상해 보지만 우리는 지금 그러한 경이로움과 함께 오는 불균형에 직면했다. 인류의 환경 문제는 인류의 숨통을 죄어오고 있다. 더 빨리 가고 싶은 인간의 욕망을 충족시키기 위해 만들어진 자동차와, 더 쉽게 더 많이 생산하기 위해 만들어진 공장에서 내뿜는 온실가스는 위협적인 지구온난화를 초래하고 있다. 그 결과 북극, 그린란드 등의 빙하와 만년설이 빠르게 녹고 있고, 지난 100년간 해수면이 15~20센티미터나 상승했으며, 엘니뇨,

폭염, 혹한, 홍수 등 갖가지 기상 이변이 속출하고 있다.

지구온난화와 함께 무분별한 열대림의 남벌로 지구 생물의 절반이 살고 있는 거대한 생물저장고인 열대림이 절반으로 축소되었다. 지구의 3분의 1이 이미 사막이 되었거나 사막화가 진행되고 있고, 2100년에는 지구의 절반이 사막화할 것으로 예상하고 있다. 현재 세계 인구의 10억 명 이상이 식수 부족에 시달리고 있으며, UN은 2025년에는 세계 인구의 40퍼센트인 30억 명이 담수 부족에 직면할 것으로 전망했다. 뿐만 아니라 세계야생동물기금은 '2012년 살아 있는 지구 보고'에서 1970년대 이후 전 세계의 생물다양성이 28퍼센트가량 줄어들었고, 열대 지역에서는 60퍼센트나 급감했다고 했다. 이렇게 가다가는 2050년에는 전체 생물종의 4분의 1이 사라질 것으로 예측했다. 또한 2008년을 기준으로 인류가 사용하는 자원 소비 규모는 지구의 1.5배가 있어야 지속될 수 있는 양이고, 자원 소비를 줄이지 않을 경우 2030년에는 지구 2개, 2050년에는 지구 3개가 필요한 상황이라고 했다.

인류의 생존을 위협하는 요소 중에서 간과할 수 없는 또 다른 문제들이 있다. 일상적인 감기나 독감에서부터 소아마비, 에이즈, 에볼라까지 세균의 대반격이라고 말하는 감염 질환이다. 최악의 경우 공기를 통해 전염되는 신종 감염질환이 나타나 인류를 공포의 도가니로 몰아넣는 것을 쉽게 상상해 볼 수 있다. 또한 인간의 편리를 위해 개발한 핵은 이제 인류와 지구 전체를 집어삼킬 정도의 파괴력을 지닌 채 자칫 잘못하면 인류를 자폭, 자멸의 길로 몰고 갈 수도 있다.

그러나 위에서 열거한 인류의 위기 상황 못지않게 심각한 또 다른 문제점이 도사리고 있다. 그것은 바로 인간성 상실이다. 우울증, 약물 중독, 자살률의 증가는 그의 단면을 보여준다. 전 세계에 만연한 물질만능주의는 가치관의 혼돈, 도덕성의 상실을 가져왔으며 가족관계를 비롯한 인간 사이의 유대관계를 소원하게 만들어 인간소외를 양산해 내고 있다.

이렇듯 인간의 합리적 사고와 이성을 중심에 두고 지난 몇백 년간 인류문명을 창조해왔던 인본주의 역시 그 한계를 여실히 드러내고 있다. 신본주의에서 인본주의로 중심이 옮겨지면서 신에게서 떠나 마음껏 자유와 쾌락을 구가하던 인간이지만 그 내면 깊은 곳에서는 혼란과 공허함으로 괴로워하고 있는 것이다. 인본주의는 물질은 풍요롭게 했지만 인간의 정신을 황폐하게 만들었고, 인간 생명의 근원인 공기와 물과 자연을 병들게 했다. 이제 우리는 인류의 역사 속에서 밝혀진 신본주의와 인본주의의 한계점을 명확하게 직시할 때이다. 그럴 때 거기에서부터 해결점을 찾을 수 있을 것이다.

인류의 발자취를 되짚어 보면 인류의 역사는 궁극적으로 삶과 세상 그리고 우주의 본질, 즉 타오를 알기 위한 갈구와 열망의 역사였다고 볼 수 있다. 그 하나는 신본주의를 통해 신과 미지의 세계에 대해 정신적으로 접근했고, 다른 하나는 인본주의를 통해 인간의 이성과 지성을 활용해서 미지의 수수께끼를 풀어내려고 했다.

이 두 가지 관점 모두 한 가지의 문제가 있다. 그것은 인간과 신, 인간과 자연, 주체와 객체를 분리해서 인식한 것이다. 신본주의에서는 신이 주인이고 인간은 종이라는, 신과 인간을 분리된 시각으로 보았기 때문에 인간은 늘 신에게 복종하고 기원해야 하는 존재로 전락했다. 인본주의에서는 인간이 주체이고 자연은 인간과 별개의 객체라는 시각으로 보았기 때문에 자연을 늘 인간이 정복해야 할 대상으로 여겼다.

문제는 나와 신, 나와 다른 사람들, 나와 자연 환경 등 모든 것을 구분하고 분리하는 사고에서 비롯한다. 그렇다면 그 문제를 풀 수 있는 열쇠는 아주 명확하다. 인류에게는 모든 것을 하나로 보는 통합적인 사고관이 필요하다. 즉, 인간 안에서 신을 발견함으로써 인간과 신을 하나로 인식하는 사고관, 인간과 자연은 서로 분리된 것이 아니라 인간이 곧 자연의 일부임을 자각하는 사고관이 그것이다.

주체와 객체, 나와 너, 인간과 자연, 정신과 물질, 이렇듯 아무리 보아도 따로 떨어져 존재하고 있는 것처럼 보이는 것들을 통합할 수 있는 비결은 무엇인가? 그 비결은 바로 이 책에서 누누이 강조하는 에너지에 있다. 보이지 않는 의식의 세계뿐만 아니라 보이는 물질의 세계, 이 세상의 모든 만물 속에 흐르면서 그것들을 하나로 연결시켜 주는 매개체가 바로 에너지이다. 우주와 자연의 생명 에너지와 그 에너지가 작동하는 원리와 법칙, 즉 타오의 이치 속에 우리가 찾는 해답이 존재한다.

진정한
신

우리가 신이라고 부르는 것에는 두 종류가 있다. 그 하나는 우리가 종교라고 부르는 신념 체계에서 나온 신이다. 특정 지역의 신, 특정 민족의 신들이 지금까지 인류의 의식을 지배해

왔다. 사실 이런 신들은 인간이 만들었고 인간의 믿음으로 그 생명을 유지하는 정보의 형태에 지나지 않는다.

다른 하나의 신은 어떤 특정한 종교의 테두리로 속박하거나 제한할 수 없고, 지식이나 관념으로 규정할 수 없는 신이다. 그 신은 인간이 만든 것이 아닌 자연 그 자체이다. 인류의 의식 속에 신이라는 개념이 떠오르기 훨씬 전부터 이미 존재해 왔던, 우주와 자연을 작동시키는 보이지 않는 생명 에너지이자 그 에너지의 법칙, 타오의 세계이다.

사람들은 이성적인 뇌로 이해할 수 없는 자연 현상, 인간의 언어로 설명할 수 없는 생명의 신비를 주관하는 특정한 존재를 고안해 그것을 '신'이라고 이름 붙였다. 사실 그 신은 특정한 존재가 아니라 우주의 무한한 생명 에너지의 법칙이다. 그 법칙에는 어떠한 인위적인 의도나 감정, 왜곡이 없다. 물이 위에서 아래로 흐르듯 그냥 에너지 법칙에 따라 무심하게 작용할 뿐이다. 어떤 이는 그 에너지와 법칙을 누가 만들었냐고 물을 수도 있다. 그것은 어떤 특정한 존재가 만든 것이 아니다. 그냥 스스로 존재하는 것이다. 그럼, 그것이 언제부터 존재하기 시작했냐고 물을 수도 있다. 타오의 세계는 인간이 인식하고 있는 일차원적인 시간 개념 그 너머에 있다. 그러니 시작도 없고 끝도 없다. 시작도 끝도 없이 홀로 스스로 영원히 존재하는 우주의 대생명력, 이것이 바로 타오의 세계이다.

참다운 신은 모습이 없다. 모습이 있다면 그것은 신이 아니다. 왜냐하면 신은 우주와 자연의 생명 에너지이자 법칙 그 자체이기 때문이다. 신은 인간이 만들어 놓은 어떠한 이미지나 관념이 아니다. 인간의 뇌 속에 입력된 신에 대한 잘못된 이미지와 관념이 바로 우리가 경계해야 할 가장 강력한 우상이다. 참다운 신은 이미지나 관념으로 존재하지 않는다. 그래도 여전히 신의 모습이 궁금하면, 시작도 끝도 없이 우주의 생명 에너지가 작용하고 있는 자연의 모습 그 자체라고 할 수 있다.

참다운 신은 감정이 없다. 그동안 많은 종교에서 신은 자신을 믿는 사람에게는 사랑과 축복을 내려주고, 믿지 않는 사람에게는 분노와 저주를 주는 존재로 그려져 왔다. 이것은 신의 진정한 속성이 아니다. 그러한 감정은 인간의 속성일 뿐이다. 종교 집단의 이익을 위해 신의 속성을 시기, 분노, 질투, 심지어 저주라는 인간의 유치한 감정 수준으로까지 낮아지도록 잘못 조작한 것이다. 진정한 신은 신을 믿는 사람은 축복해 주고, 믿지 않는 사람은 벌을 주는 그런 인격화된 신이 아니다. 신은 인격으로 존재하지 않고 공정한 법칙으로 존재하기 때문이다. 펄펄 끓는 물에 손을 집어 넣으면 손에 화상을 입는 것이 법칙이다. 끓는 물에는 손을 넣지 않는 것이 법칙을 존중하는 것이지, 뜨거운 물에 손을 넣으면서 화상을 입지 않게 해 달라고 신에게 기도하는 것은 어리석은 짓이다.

참다운 신은 누구를 지배하려고 하지 않고 누구의 섬김을 받으려고 하지도 않는다. 신이 섬김과 영광을 받으려고 한다면 그것은 완전하지 못하고 무엇인가 부족하다는 증거다. 참다운 신은 인간이 영광을 돌리지 않아도 지금 이 순간 지구를 돌게 하고, 우리의 심장을 뛰게 해 주는 생명 에너지의 법칙 그 자체이다. 신은 이미 우주의 모든 것 속에 존재하기 때문에 더 이상 원하는 것이 없다. 만약 신이 무엇인가 요구한다면 그것은 우리가 이웃과 세상을 향해 사랑을 베푸는 것이 아닐까? 태양은 신을 믿는 사람이든 안 믿는 사람이든 누구에게나 아무 대가도 요구하지 않고 공평하게 빛을 준다. 지구 또한 물과 공기를 우리에게 공급해 주지만 그 대가로 아무것도 요구하지 않는다. 우리는 단지 태양과 지구의 사랑을 느끼고 그 충만한 사랑으로 서로 사랑하면 되는 것이다.

참다운 진리는 영혼을 자유롭게 해 준다. 그러나 종교 자체가 영혼을 자유롭게 하는 것은 아니다. 오히려 편협한 종교적인 관습과 교리 때문에 사람들의 영혼이 속박당하고 신성이 어두워질 수도 있다. 종교가 진정한 신, 우주의 대생명의 빛을 가리는 장막이 되어서는 안 된다. 영혼이 자유로워지려면 그 어떤 집착에서도 자유로워져야 하는데 종교가 또 다른 집착이 되어서는 안 된다.

'대도무문大道無門(큰 도에는 문이 없다)'이라는 말이 있다. 종교나 철학, 예술이라는 형태로 작은 도에 이르는 문은 수없이 많을 수 있지만 큰 도에 이르는 데에는 특정화된 틀과 간판이 필요 없다는 뜻이다. 다시 말해서 큰 도에 이르는 데에는 '이 종교를 통해서만 구원될 수 있다. 이 사람을 믿어야만 천국에 갈 수 있다.'라는 한계 지어진 틀과 규정이 없다는 뜻이다. 종교를 믿든 안 믿든 상관없이 우주의 생명 에너지와 하나됨으로써 스스로 다다를 수 있는 것이 큰 도, 타오의 세계이다.

깨달음의 시대

타오의 생명 에너지를 만나게 되면 영혼이

눈을 뜨고 신성이 밝아지며 한없는 사랑과 평화, 축복을 느끼게 된다. 어떤 것에도 집착하거나 속박받지 않는 무아의 상태에서 느껴지는 무한한 평화와 축복의 에너지가 당신의 온몸을 감싸며 당신의 세포를 진동시키고 생명력을 불어넣어 준다. 그 축복은 한시도 쉬지 않고 뛰는 우리의 심장 박동 속에서 가장 쉽게 느낄 수 있다. 우리는 잠시도 생명 에너지의 사랑과 축복에서 벗어난 적이 없다. 다만 우리가 그것을 자각하지 못하고 살 뿐이다. 그것을 자각하지 못하면 마음이 외롭고 슬프고 몸이 병들기 쉽다.

이제는 누구나 다 우주의 생명 에너지와 하나가 되고 자신의 영혼과 신성을 탐구해야 할 때다. 모든 사람에게 영혼과 신성이 있는데 그것을 자각하지 못하거나 어떻게 그것을 잘 활용할 수 있는지 몰라서는 안 된다. 그런데 이 세상에는 영혼과 신성의 실체를 가르쳐 주는 학교가 거의 없다. 그동안 종교적인 방법으로 이러한 것들을 가르쳐 왔지만 사람들은 자신의 신성을 깨우치기보다는 신을 숭배하고 신에게 잘못을 회개하고 원하는 것을 간청하기에 바빴다. 이제 우리는 인간이 만들어 놓은 관념의 신이 아닌 생명의 신을 찾아야 한다. 외부를 향해 있던 시선을 거두어 자기 안의 본성에서 신을 찾아야 한다. 그러면 자신의 뇌 속에 이미 내려와 있다는 것을 알게 된다. 인간과 분리된 대상으로서의 신이 아닌 자신의 생명 안에 살아 숨쉬는 신성에 대한 자각이 필요하다.

인류 의식의 한계를 극복할 새로운 차원의 시대는 이러한 인류의 영적인 자각과 더불어 시작될 것이다. 그것은 여전히 지구의 생명에 영향을 미치고 있는 신본주의와 인본주의 시대의 한계를 극복하고 인류가 세 번째로 맞이하는 시대가 될 것이다. 그 시대가 바로 인간 안의 신성을 자각한 사람들이 펼쳐나가는 신인합일의 시대이다. 즉, 인간 안에 신성이 깨어난 시대, 신과 인간이 하나가 된 시대이다.

신성을 자각한 사람들은 인간과 신, 인간과 자연, 물질과 정신을 통합적인 의식으로 바라볼 수 있게 되고, 신과 인간, 개체성과 전체성이 통합된 새로운 자기 정체성을 갖게 될 것이다. 신인합일 시대의 인간은 이원화되고 분리된 양극을 이어주고 모든 대립과 갈등을 극복할 수 있는 조화의 주체가 될 것이다. 또한 우리의 근원이 하나임을 앎으로써 민족과 사상과 종교가 만들어낸 모든 인위적인 구분과 차이를 뛰어넘는, 밝고 높은 의식을 갖게 될 것이다. 조화와 평화의 창조자, 그것이 새로운 시대의 인간의 참모습이다.

신인합일의 시대는 뇌가 깨어나는 시대이다. 무명 속에 있던 인간의 뇌가 깨어나서 우주 자연의 이치, 타오의 이치를 저절로 알게 되는 시대이다. 이것을 뇌에 있는 신 에너지, 신성이 밝아지는 '신명 시대', '깨달음의 시대'라고 한다. 인간의 참다운 정체성을 깨달으면 무작정 무엇을 믿을 필요가 없이 저절로 신성이 밝아져 타오의 진리를 알게 된다. 이 시대에는 인간의 뇌 속에 신성이 있고, 인간의 진정한 정체성이 바로 신성임을 아는 것이 상식이 될 것이다. 그리고 사람들은 진정한 창조자로서 그 신성을 써서 세상을 밝힐 것이다. 신인합일의 시대는 '신을 섬기는 시대'가 아니라 '신성을 활용하는 시대'이다.

신명 시대는 타오의 신비가 드러나는 세상이다. 이 세상은 신비로 가득 차 있는데 지금껏 우리는 그 신비함을 구경만 했지 그 속으로 들어가지 못했다. 즉 신비한 세계의 주인공이 되지 못했다. 편협한 정보와 관념에 빠져 그 신비를 쳐다보기만 하고 놀라워만 했다. 그러나 신성이 밝아지면 모든 사람이 타오의 눈, 진리의 눈을 뜨고 진리를 통해 세상을 보고 판단하게 될 것이다. 그러면 그동안 뒤죽박죽 혼란스러웠던 것들도 제자리를 찾게 된다. 우리는 그 신비한 세계, 우주의 정보와 에너지를 바로 연결해 그 에너지를 활용함으로써 육체적이고 영적인 문제들의 해결점을 쉽게 찾을 수 있을 것이다.

반면에 이원론적 세계관에 갇혀 대립과 갈등을 조장하는 편협한 사람은 시대에 뒤떨어진 사람으로 인식될 것이다. 거짓은 사람들이 그것이 거짓인 줄 모를 때 통하는 것이다. 신명시대, 신인합일의 시대는 사람들의 의식이 밝아져서 더 이상 거짓과 억지가 통하지 않는 세상이다.

신인합일의 시대는 진정한 정신문명 시대가 열리는 것을 의미한다. 물질문명 시대에는 물질이 중심 가치가 되어 사람들의 정신이 물질에 끌려다녔다. 정신문명 시대에는 정신적인 가치가 중심이 된다. 그렇다고 물질을 배제하거나 부정하는 것이 아니다. 깨어난 사람들이 정신적인 가치를 실현하기 위해서 물질을 '활용'하는 시대가 될 것이다. 물질은 그 자체가 목적이 아니라 의식의 성장, 타오의 세상을 여는 도구가 되는 것이다.

정신문명은 물질문명이 낳은 유용하고 지속 가능한 성과들을 포함하면서 그것의 한계를 넘어선, 성숙한 문명이다. 강제에 의해서가 아니라 자연의 법칙과 조화의 원리를 깨달은 사람들이 자발적으로 자연스럽게 만들어가는 문명이다. 물질문명이 외적인 힘을 키우는 것이었다면 정신문명은 내적인 힘을 키우는 것이다. 그 힘이란 조화, 화해, 용서, 사랑 그리고 평화이다.

지금까지 인류 문명은 더 많이 소유하고 더 많이 축적하려는 들숨만을 계속해 왔다. 들이마시면 언젠가는 내쉬어야 하는 것이 자연의 생명 법칙이고 타오의 법칙이다. 들숨과 날숨, 확산과 수렴이라는 반복적인 율동을 통해 순환이 이루어지는 호흡은 우리가 배우지 않아도 저절로 하게 되는 자연스러운 생명의 리듬이다. 하지만 현재 인류의 삶의 방식은 이처럼 자명한 자연의 이치를 거스르고 있고, 그 결과가 지금 인간과 지구가 처해 있는 상황이다. 이것은 우리가 원하든 원치 않든 현재 인류가 타고 있는 배의 방향키를 돌려야 한다는 것을 뜻한다. 이제는 자연의 법칙, 타오의 이치에 순응하여 인류가 들숨에서 날숨으로 바꾸어야 할 때이다.

숨을 내쉰다는 것은 자기가 붙들고 있던 집착이 사실은 고통의 근원이고 무상한 것임을 깨닫는 것이다. 그리고 서로 용서하고 화해하고 진정한 평화를 향해 나아가는 것이다. 평화는 순환의 문제이다. 지금도 지구의 한쪽에서는 식량이 남아서 버려지는 반면, 다른 한쪽에서는 먹을 게 없어서 굶어 죽고 있다. 식량의 순환, 에너지의 순환, 사랑의 순환이 잘 안 되고 있는 것이다. 욕망에 대한 집착, 분리와 차별의 의식을 버리고 자연의 생명 그 자체인 순수한 의식으로 돌아가면 우리는 서로 통할 수 있고 진정한 화합, 하나됨이 가능해질 것이다.

이러한 시대는 결국 정보 순환을 통해서 가능해진다. 구시대적인 관념들을 깨는 깨달음의 정보들이 빠르게 순환되어야 한다. 그러기 위해서는 깨달은 의식을 가진 사람들과 단체들이 활발하게 활동하면서 정보들을 제공해야 한다. 그런 의미에서 나는 물질문명에서 한편으로는 희망을 본다. TV, 인터넷, 모바일 통신의 발달로 정보 전달 속도가 과거와 비교할 수 없을 만큼 빨라졌기 때문이다. 인류가 추구할 공동의 가치가 인류의 의식 속에 정확하게 인식되기 시작하면 그 전파 속도는 기하급수적으로 빨라질 것이라고 믿는다.

숨을 계속 들이마시기만 할 것인가, 내쉴 것인가? 이것은 우리의 선택이다. 당신은 멈추지 않고 계속 들이마시겠는가, 아니면 편안하게 내쉬겠는가? 인류의 미래는 우리 인간에게 달려 있다. 인류 문명의 사이클이 들이마시는 숨에서 내쉬는 숨으로, 경쟁과 지배의 패러다임에서 조화와 화합의 패러다임으로 바뀔 때 정신문명시대는 이 땅에 열릴 것이다.

인류 공동의
중심 가치

그러면 평화로운 지구촌 시대를 이끌어갈 인류의 중심 가치는 어떤 것이어야 할까? 문명의 위기를 맞이하고 있는 인류가 더 이상의 대립을 멈추고 무한경쟁에서 물러서기 위해서는 그 구심점이 필요하다. 전 인류가 공감하고 공동으로 추구할 수 있는 새로운 가치가 없이는 인류는 갈등과 분쟁, 공멸의 길로 계속해서 곤두박질칠 수밖에 없을 것이다. 그 새로운 가치란 분명 어느 특정 개인이나 집단이 아닌 이 지구상에 존재하는 모든 인류를 이롭게 하는 가치여야 한다. 모든 인류가 공감할 수 있는 지구상의 가장 큰 가치, 가장 중심적인 가치, 그것은 바로 '지구'이다.

인류가 그동안 중심 가치로서 지구의 의미를 제대로 이해할 수 없었던 것은 우리가 인식하고 체험할 수 있는 범위에 비해 지구가 너무 컸기 때문이었다. 마치 물고기가 물의 존재를 알아채지 못하는 것처럼, 지구가 너무 크고 가까이 있기 때문에 그것을 인식하지 못했다. 다른 물고기와 경쟁하며 먹이를 다투는 물고기는 오로지 눈앞의 먹이만이 자기 삶의 원천이라고 생각한다. 몸담고 있는 대양이 자기 존재의 근원임에도 너무나 거대하고 가까이 있기 때문에 그 존재를 느끼지 못한다. 인간도 마찬가지다. 자신을 유지시켜 준다고 믿는 가치들을 절대시하고 그것을 위해 서로 경쟁하고 다투면서 정작 우리의 삶의 기반이 되는 가장 중요한 가치는 망각한 채 살고 있다.

지구에서 제일 큰 전체는 민족도 아니고 국가도 아닌 지구 그 자체이다. 지구를 모든 가치의 중심으로 보는 인식의 전환이 평화로운 지구촌 시대를 여는 가장 중요한 열쇠이다. 지구의 존재와 의미를 제대로 이해하게 되면, 그동안 우리가 절대적인 가치라고 믿어왔던 것들은 상대적 가치에 지나지 않는다는 것이 명확해지기 때문이다.

그동안 인류 역사를 얼룩지게 했던 수많은 분쟁은 절대적 가치의 지위에 오르고자 하는 상대적 가치들의 경쟁 결과라고 할 수 있다. 그것들이 표방하는 가치가 '평화'라고 해도 결과는 마찬가지다. 무엇을 중심으로 한 평화인가를 보아야 한다. 하나의 종교나 하나의 국가를 중심으로 평화를 이루려는 노력은 서로 부딪힐 수밖에 없다. 서로의 중심이 다르기 때문에 각자가 원하는 평화가 서로 갈등하고 싸우게 된다. 세계 평화를 위한 진정한 발판은 우리가 지구를 중심 가치로 인식하고, 모든 국가, 종교, 사상이 상대적 가치의 입장에서 서로를 존중할 때 비로소 형성될 것이다.

지구와 함께할 또 하나의 중요한 중심 가치가 있다. 그것은 바로 '인간'이다. 더 정확히 말하면 인간의 의식, 인간의 뇌이다. 뇌를 통해서 인류는 하나의 의식으로 연결될 수 있기 때문이다. 정신문명 시대는 뇌에 대한 자각에서 출발한다. 자신도 모르게 뇌 속에 들어와 자리잡은 시대착오적인 정보로부터 우리의 뇌를 되찾아와야 한다. 자신의 정체성을 그러한 관념적 정보들에 의존하고 있는 한, 우리는 그저 인도인이나 미국인이나 한국인일 뿐이고, 기독교인이나 불교인이나 힌두교인일 뿐이다.

푸른 지구 위에 살고 있는 인류 공통의 정체성은 바로 '지구시민'이라는 것이다. 수많은 사람들이 지구에 와서 자신이 지구시민이라는 사실조차 알지 못하고, 어렵사리 찾아온 이 행성에서 별 소득 없이 떠났다. 우리는 철 지난 관념적인 정보에서 벗어나 자신의 진정한 정체성을 찾아야 한다. 자신의 뇌를 외부에서 유입된 관념이 지배하도록 내맡겨 두는 것은 자기 컴퓨터를 켜둔 채 오랫동안 자리를 비워, 다른 사람이 그 컴퓨터를 마음대로 사용하게끔 하는 것과 마찬가지이다.

당신의 뇌의 주인은 누구인가? 그리고 당신의 뇌가 궁극적으로 원하는 것은 무엇인가? 뇌는 본질적으로 평화를 추구한다. 생명의 리듬을 타고 내면 속으로 깊이 들어가면 의심과 두려움, 생각, 분별, 감정, 기억을 넘어 무아의 세계, 평화의 세계를 만날 수 있다. 모두가 하나임을 깨닫는 그 순간에 만물과 인류를 향한 무한한 사랑과 책임감이 자기 안에서 일어난다. 특정한 개인이나 집단을 위한 평화가 아닌 지구와 인류 전체의 생명력을 상생시키는 모두를 위한 평화를 추구하게 된다.

인간과 지구는 모든 것을 포용하고 분리된 것들을 통합하는 평화의 중심 가치이다. 우리가 진정으로 사랑해야 할 대상은, 우리의 생명을 걸고서라도 지켜야 할 대상은 인간과 지구이다. 인간 사랑, 지구 사랑! 이것이 21세기 평화로운 지구촌 시대를 열 수 있는 열쇠이다.

잃어버린
본성을 찾아

우리가 타오의 눈을 뜨고 보는 세상은 우주의 생명 에너지로 연결되어 있는 하나의 세계이다. 이러한 타오의 진리를 가장 쉽게 느낄 수 있는 방법은 자연을 느끼는 것이다.

나는 온통 붉은 대지와 바위 그리고 녹색의 선인장과 향나무로 둘러싸인 애리조나의 세도나에 살고 있다. 내가 세도나를 알게 된 것은 20년 전이다. 그때 나는 세도나의 숨겨진 곳곳을 방문하고 탐색하며 세도나의 강렬하고도 신비한 매력에 흠뻑 취해 있었다. "세도나가 정말 아름답구나!" 하고 연신 감탄했다. 그리고 내가 세도나를 보고 있다고 생각했다.

그런데 어느 순간 세도나가 나를 보고 있다는 것을 자각하게 되었다. 내가 세도나를 보기에 앞서 세도나의 붉은 바위와 선인장, 향나무가 나를 보고 있었다. 그들은 나보다 훨씬 오래 전부터 그곳에 존재하고 있었고, 수많은 사람들이 오고 가는 것을 지켜보고 있었다. 또한 그들은 우리네 인간이 이 땅에서 사라지고 난 후에도 묵묵히 이 땅을 지킬 것이다. 그러니 이 땅의 진정한 주인은 바로 그들, 자연인 것이다.

내가 세도나를 보고 있다는 인식에서 세도나가 나를 보고 있다는 인식으로 바뀐 다음에 든 또 하나의 자각이 있다. 그것은 나 또한 그 무한한 생명 에너지의 흐름 속에 존재하는 '자연 자체'라는 것이다. 여러 가지 인위적인 지식과 관념들로 나는 인간이고 자연과 분리되어 있다고 느끼기 쉽다. 그 고정관념들을 내려 놓고 자연 속에 있는 나 자신을 느낄 때 나도 그 자연의 일부라는 것을 느낄 수 있다. 내 안에 심장이 고동치고 있고 자연의 생명 에너지가 숨쉬고 있는 나는 인공적으로 만들어진 것이 아닌 자연 그 자체인 것이다. 그리고 자연의 일부인 나는 전체의 생명 에너지장 속에서 모든 것과 하나로 연결되어 있다. 나와 자연, 주체와 객체, 정신과 물질이 분리된 것이 아니라 거대한 생명 에너지장 속에서 하나로 파동치고 있다.

이러한 깨달음을 천부경은 이렇게 말한다. '인중천지일人中天地一', 사람 안에 하늘과 땅이 하나로 들어와 있다는 뜻이다. 여기서 하늘은 보이지 않는 에너지와 의식, 땅은 보이는 물질을 의미하기도 하지만 하늘과 땅은 궁극적으로 자연을 의미한다. 사람 안에 자연이 있고, 사람이 곧 자연임을 알 때 우리는 천부경의 핵심 메시지인, 시작도 끝도 없이 존재하는 '일一'을 깨닫게 된다.

자신이 자연과 하나임을 자각한 사람들은 거대한 생명 에너지 속에서 우리 모두가 하나로 연결되어 있음을 저절로 '느끼게' 된다. 그것을 자각할 때 우리를 서로 분리된 존재로 인식하게 하는 두꺼운 관념과 에고의 벽이 허물어지기 시작한다.

내가 곧 자연임을 아는 것, 그 속에서 일一을 느끼는 것, 이것이 타오의 궁극적인 깨달음이다. 각자가 자연과 하나가 되는 타오의 깨달음을 체험하여 진정한 조화와 평화의 세계를 이루는 것, 이것이 내가 꿈꾸는 타오의 세상이다. 그리고 그것은 지금 이 책을 읽고 있는 당신 그리고 의식이 깨어 있는 수많은 사람들이 꿈꾸는 세상일 것이다.

이러한 세상을 염원하는 우리에게 하나의 본보기가 됨직한 이야기가 있다. 신라 눌지왕 때의 충신인 박제상이 쓴 《부도지符都誌》에 있는 내용이다.

아주 오랜 옛날에, 지상에서 가장 높고 성스러운 곳에 지구 어머니 마고가 '마고성'이라는 공동체를 세웠다. 마고성의 사람들은 자연과 조화를 이루며 살았다. 높은 권위나 인위적인 규칙이 아니라 모든 사람 안에 있는 조화의 감각을 바탕으로 자재율自在律에 의해 돌아가는 공동체였다. 그들은 다른 생명체들과 깊은 연결감과 일체감을 가지고 있었다. 모두가 각자 자유롭게 행동해도 다른 사람에게 해를 끼치지 않았고 질서와 평화가 있었다.

그들은 땅의 정기인 지유地乳를 마시며 살았다. 그러던 어느 날 한 사람이 포도를 먹고 오감五感과 에고가 발달하게 되었다. 점점 더 많은 이들이 다른 생명체를 먹으면서 마고성의 사람들은 다른 존재들과의 절대적인 합일, 본래의 순수함과 자연과의 연결을 잃어버렸다. 자원을 둘러싼 싸움과 분쟁이 시작되었고, 자재율이 사라져 마고성의 질서와 조화가 깨지기에 이르렀다.

부족의 리더들은 그 상태로는 마고성에 더 이상 머물 수 없다는 것을 알고, 소중한 마고성을 지키기 위해 사람들을 모두 이끌고 스스로 성을 나가기로 선택했다. 그리고 잃어버린 본성을 되찾아 언젠가는 마고성으로 다시 돌아오리라고 맹세했다. 이것이 복본復本(본성의 회복)의 맹세이다.

나는 이 이야기에 깊은 감동과 영감을 받았다. 마고성 이야기는 자기 발견과 정직한 성찰, 인간 정신의 용감한 여정을 보여주는 아름답고 상징적인 이야기이다. 이는 인간이 가장 깊은 곳에서 과연 무엇이 되고자 하며 어디로 돌아가고자 하는지를 보여준다.

나는 진정한 깨달음이란 "자신이 인간임을 그리고 자연 자체임을 자각하는 것"이라고 말하곤 한다. 우리를 참으로 인간이게 하는 것은 많은 돈이나 해박한 지식, 첨단기술이 아니다. 우리를 참으로 인간이게 하는 것은 우리가 자연 자체라는 자각에서 나오는, 우리 안에 있는 조화와 평화의 감각이다. 또한 이 감각이 깨어나 다른 사람이나 생명을 이해와 존중, 사랑으로 대하는 마음이다. 이것이 마고성 이야기에 나오는 자재율이며 인간 정신의 정수이자 우리의 본성이다.

우리가 지금 전 지구적으로 직면하고 있는 문제들은 우리의 의식이 우리 내면의 자연 그리고 외부의 자연과 얼마나 단절되어 있는지를 보여준다. 변화의 열쇠는 시스템이나 지식, 기술이 아니다. 답은 우리 안에 있다. 널리 모두를 이롭게 하고자 하는, 조화롭고 친절한 우리의 본성을 회복하는 것이 답이다. 지금 이 시대에 우리가 본성을 회복하는 것이 곧 지구의 조화와 평화를 복구하는 길이다.

우리 모두의 내면에는 자연과 하나가 된 순수하고 자유롭고 평화로운 의식으로 살아가던 그 옛날 마고성을 향한 짙은 그리움이 깃들어 있다. 마음을 고요히 하고 숨을 고르며 자기 심장의 맥박을 느껴보라. 잃어버린 본성을 되찾아 다시 마고성으로 돌아가리라던 복본의 맹세가 당신 안에서 메아리치고 있는 것을 기억해내게 될 것이다. 모두가 하나가 되는 세상을 염원하는 위대한 꿈이 살아난다. 만인과 만물의 행복과 안녕을 기원하는 마음이 살아난다. 그리고 지구시민의 마음이 살아난다.

인생을 예술처럼
살고 싶다면

내가 즐겨 듣는 노래가 있다. '세상 가장 밝은 곳에서 가장 빛나는 목소리로'라는 노래로, 인생의 의미를 되새길 수 있게 해준다. 당신을 위해서 그 노래의 의미를 해석해 주고자 한다.

> 푸르른 잎새 자취를 감추고
> 찬바람 불어 또 한 해가 가네.
> 교정을 들어서는 길가엔
> 말없이 내 꿈들이 늘어서 있다.
> 지표 없는 방황도 때로는 했었고
> 끝없는 삶의 벽에 부딪쳐도 봤지
> 커다란 내 바램이 꿈으로 남아도
> 이룰 수 있는 건 그 꿈 속에도 있어.

푸르던 잎이 지고 찬바람이 부는 것은 세월이 흘러가는 것을 의미한다. 대개 아직 세상에 때묻지 않는 순수함이 남아 있는 학창시절에 우리는 꿈을 품는다. 그러나 나이가 들어가면서 그 꿈이 점점 퇴색한다. 꿈을 실현하고자 하지만 방황도 하고 좌절의 벽에 부딪히기도 한다.

우리의 인생살이가 아무리 힘들어도 우리가 희망의 끈을 놓지 않을 수 있는 비결은 바로 그 꿈 속에 있다. 그 꿈까지 놓아버리면 우리는 살아도 사는 게 아니다. 꿈이 없는 사람은 젊어도 젊은 게 아니다. 반면에 나이가 든 사람이라도 꿈이 있다면 그 사람은 청춘의 활기찬 에너지가 넘쳐난다. 그래서 꿈이 우리를 젊고 건강하게 한다.

다시는 올 수 없는, 지금의 우리 모습들이여.
다들 그런 것처럼 헤어짐은 우릴 기다리네.

오늘 하루가 가면 지금 우리의 이 모습은 다시 오지 않는다. 그리고 누구에게나 찾아오는 헤어짐은 피할 수 없다. 우리의 최종적인 헤어짐은 죽음이다. 죽음 앞에서는 돈, 권력, 명성이 아무 의미가 없다. 죽음이 있기 때문에 인생은 고苦이고 무상無常이라고 한다. 하지만 그것이 우리 영혼의 완성을 이룰 수 있는 거대한 설계라는 것을 아는 사람에게 죽음은 축복이다. 죽음이 우리를 기다리고 있기 때문에 우리는 '내가 지금 어떻게 잘 살아야 할까?'를 생각하게 된다. 감정으로, 욕망으로 대충 살다 갈 수 없다는 것을 알기 때문이다. 우리는 죽음 앞에서 어떻게 살아야 하는 것일까? 이 노래는 그 답을 이렇게 제시한다.

진리를 믿으며 순수를 지키려는
우리 소중한 꿈들을 이루게 하소서.
세상 가장 빛나는 목소리로
우리 헤어짐을 노래하게 하소서.

세상 가장 밝은 곳에서

우리 다시 만남을 노래하게 하소서.

진리를 믿으며 순수를 지키고자 하는 마음, 우리의 꿈을 이루고자 하는 마음을 잃지 않는 것이 핵심이다. 이것은 타오와 하나됨을 추구하는 삶이다. 세상 가장 밝은 곳, 가장 빛나는 목소리는 우리의 밝은 의식을 의미한다. 천부경天符經에서 말하는 본심본태양本心本太陽(우리의 본래의 마음은 태양처럼 밝다)과 같은 마음이 우리에게 있다는 것을 깨닫는 것이 중요하다. 우리의 육체는 죽음이 가져가지만 그 밝은 의식은 죽음도 빼앗아갈 수 없다. 죽음 앞에서 두려움에 떤다면 죽음이 그 두려운 감정을 삼켜 버린다. 그러나 "죽음이 저만치 오고 있구나. 환영한다. 그래, 내가 너를 기다렸다."라고 할 수 있다면 그 사람의 영혼은 진정한 자유로움을 느끼게 될 것이다.

나는 당신이 수행을 통해서 내면에 있는 밝은 에너지를 느끼고 그 느낌을 계속 키워나가길 바란다. 또한 그 밝은 에너지로 당신의 인생을 계속 설계해 나가기 바란다. 당신 안의 생명력이 당신을 통해서 표현하고자 하는 것들이 있을 것이다. 그것을 발견하고 표현하라. 자신 안의 생명의 실체를 깨닫고 타오의 밝은 빛으로 현실을 창조하라. 창조는 어려운 것이 아니다. 당신 안에 있는 생명 에너지를 느끼고 그 흐름을 타고 표현하면 된다. 히포크라테스가 말한 것처럼 인생은 짧고 예술은 길다. 타오의 빛, 생명의 큰 빛을 발견하고 창조하는 인생은 인생 자체가 예술이 된다.

타오의 예술가는 중심 없이 마음대로 휘둘러대는 예술가가 아니다.

정확한 중심을 가지고 있기 때문에 무한한 창조가 가능하다. 그 중심이란 바로 '원리'이다. 자신의 생명의 심처에서 나오는 원리이다. 중심이서 있는 사람은 흔들리지 않는다. 중심이 서 있을 때 우리의 마음은 사방을 향해 활짝 열린 진정한 사랑과 조화로움을 추구할 수 있다.

당신의 생명 에너지, 영혼의 에너지가 얼굴로 표현된 것이 미소이고, 입으로 표현된 것이 긍정적인 말과 칭찬이고, 눈으로 표현된 것이 사랑과 확신의 눈빛이며, 손으로 표현된 것이 힐링 액션이다. 영혼의 에너지를 쓰는 모든 액션이 당신과 주위 사람들, 세상을 힐링하는 희망의 빛과 색채이다. 그 빛과 색채를 활용해서 아름답고 조화로운 풍경을 함께 그려 나가라.

그리고 나중에 당신이 나이가 들어서 죽음을 앞두었을 때, 당신의 인생을 돌아보면서 한 편의 시를 쓸 수 있기를 바란다. 죽음 앞에서 시를 쓰고 노래할 수 있는 사람이 진정한 예술가이다. 크고 환한 의식 속에서 죽음을 자신 있고 당당하게 맞이할 수 있는 삶을 당신이 계속 창조해 나가기를 바란다.

당신에게는 순수한 사랑을 나누어 줄 수 있는 영혼이 있고, 무한한 창조를 할 수 있는 뇌가 있고, 무조건적인 사랑과 축복의 징표인 눈부신 생명 에너지가 있는데 무엇이 걱정인가? 모든 것에 감사하고 사랑하라. 매 순간 희망을 얘기하며 세상을 향해 노래하는 멋진 타오의 예술가가 돼라.

우리는 하나이다.
생명 에너지 속에서 우리는 완전한 하나이다.

우리의 사랑은 계속될 것이다.

우리의 창조도 계속될 것이다.

영원한 생명 에너지와 함께 우리의 생명도 영원할 것이다.

당신이 찾던 희망은 바로 당신의 생명 속에 숨쉬고 있다.

그 생명 에너지로 당신의 삶과 세상을 아름답게 색칠하라.

그것이 타오의 삶이다.

타오의 세상을 꿈꾸며

타오의 눈을 뜨고 보는 세상은 나와 너, 인간과 자연, 정신과 물질이 분리된 세상이 아니다. 모든 것이 우주의 생명 에너지로 연결되어 있는 하나의 세계이다. 자신과 모든 생명체, 나아가 존재하는 모든 것이 생명이라는 한 그루 나무에 핀 각각의 꽃임을 온전히 느낄 수 있다면 인간 사랑, 지구 사랑의 마음은 저절로 우러나올 것이다. 모든 생명에 대한 무한한 사랑으로 진정한 조화와 평화의 세계를 이루는 것, 이것이 우리가 염원하는 타오의 세상이다.

실천편

뇌와
깨달음

당신은 이 책에서 영혼의 완성을 위한 타오 여행을 나와 함께 해왔다. 인간의 탄생과 죽음부터 그 너머 영원한 에너지의 세계에 이르기까지 삶의 근본적인 질문과 이슈들을 성찰해 보았다. 나는 우리네 인생 자체가 타오에 닿기 위한 영혼의 여행이라고 생각한다. 우리는 이 세상에 빈손으로 왔다가 빈손으로 돌아가지만 이 여행에서 영혼의 성장과 완성을 경험했다면 우리의 에너지는 영적인 충만함으로 가득할 것이다.

이 여행길에 우리가 언제나 함께하고 있는 소중한 동반자가 있다. 바로 우리의 몸이다. 우리의 몸속에는 차크라 또는 단전이라는 에너지 시스템이 있다. 그 에너지 시스템을 알고 나면 이것이 영혼의 완성을 위한 우주의 섭리를 드러내는 놀라운 지도임을 자각하게 될 것이다. 거기에는 타오의 신비가 숨겨져 있다.

나는 사람들이 자신이 정한 최고의 가치에 따라 뇌를 사용하도록 돕기 위해 뇌교육을 창안했다. 뇌교육의 원리와 수련법은 고대 선도의 전통에 깊이 뿌리를 두고 있다. 사람의 몸에 있는 에너지 시스템을 이해하고, 그것을 영혼의 완성을 위해 사용하는 것이 뇌의 무한한 잠재력을 발휘할 수 있는 핵심이다.

뇌와 깨달음을 논하기 전에 먼저 7개 차크라에 담긴 영혼 완성의 시스템에 대해 자세히 알아보기로 하자. 차크라 시스템을 이해한다는 것은 영혼 완성의 시스템을 이해한다는 것이다. 이러한 전체적인 그림이 머릿속에 들어왔을 때 뇌와 깨달음의 중요성을 온전히 자각할 수 있을 것이다.

영혼 완성의 지도

나는 선도에서 전해 내려오는 영혼의 완성과 천화의 원리를 바탕으로 차크라 에너지 시스템을 다음과 같이 정리했다. 인간은 세 번의 탄생을 통해 세 가지의 시대를 경험할 수 있다. 그리고 차크라에는 세 개의 문과 세 개의 궁이 있다.

첫 번째 탄생은 우리가 익히 알고 있는 '육체의 탄생'이다. 어머니의 자궁 속에서 성장한 태아가 회음에 해당하는 1차크라를 지나 이 지구에 탄생한다. 인간이 땅으로 나오는 문이라는 의미에서 1차크라를 '지문地門'이라고 이름 붙였다. 또한 이곳을 '옥문玉門'이라고도 한다. 자궁 위치에 있는 2차크라는 하단전에 해당한다. 정자와 난자가 만나서 착

영혼 완성의 지도, 차크라

상을 하여 태아가 성장하는 곳인 '자궁子宮'은 '지궁地宮'이라고도 하는데 아기가 땅으로 나오기 위한 준비를 하는 곳이라는 뜻이다. 인간의 최초의 물질적 형태는 현미경으로 봐야 볼 수 있는 아주 작은 정자와 난자였다. 그 두 개의 단세포가 합쳐진 후에 계속해서 세포분열을 하면서 자궁 속에서 성장해 나간다. 이 시기가 '정자와 난자의 시대'이다.

열 달이 지나 인간의 모습을 갖춘 아기가 태어나면 그때부터 '인간의 시대'로 넘어간다. 1·2차크라는 생식과 성에 관한 에너지를 관장하고 3차크라와 함께 육체적인 생명과 활력의 중추 역할을 한다. 3차크라는 위장 근처 태양신경총에 위치해 있고, 식욕과 삶의 의욕, 자신감을 관장하는 곳이다. 우리는 1·2·3차크라를 통해 건강, 성, 돈, 명예와 관련된 기본적인 욕구들과 거기서 기인한 감정들을 적절하게 조절하는 법을 배운다. 우리가 에너지 수련을 통해 2차크라, 하단전의 정精 에너지가 충만해지면 그 에너지는 3차크라를 지나서 4차크라, 중단전으로 올라가 기氣 에너지로 전환된다.

4차크라는 가슴에 있는 영혼의 에너지가 머무르며 성장하는 곳이라는 의미에서 '심궁心宮'이라고 한다. 또한 인간적인 자질과 정서를 관장한다고 해서 '인궁人宮'이라고도 부른다. 우리는 이곳에서 영혼의 성장을 위한 기본적인 성품들(정직, 성실, 책임감, 예의, 신의)을 키우고 사랑의 진화단계(효, 충, 도)를 경험한다. 심궁에서 중단전의 영혼의 에너지가 더 맑아지고 어른스러워지면 자연스럽게 위로 올라간다.

이때 목에 있는 5차크라는 순수하게 정화된 영혼의 에너지가 통과할 수 있도록 걸러주는 필터 역할을 한다. 5차크라는 영혼의 에너지가 통과한다는 의미로 '혼문魂門'이라고 부른다. 영혼의 에너지가 이 문을 통과하려면 맑고 가벼워야 하는데, 그것은 감정과 에고의 집착에서 자유로워졌을 때만 가능하다. 우리는 5차크라를 통과하는 과정에서 인생의 고와 무상을 자각함으로써 집착을 하나씩 놓는 법을 배운다. 그리고 고와 무상의 한계를 넘어서기 위해서는 무아가 되어야 한다는 것을 느낀다. 무아를 통해서 집착에서 자유로워진 영혼의 에너지가 5차크라, 혼문을 통과하는 것이 두 번째의 탄생인 '영혼의 탄생'이다.

혼문을 통과한 영혼의 에너지가 향하는 곳은 뇌간에 해당하는 6차크라다. 영혼과 신성의 에너지는 6차크라에서 하나가 된다. 이것은 마치 2차크라에서 정자와 난자가 만나는 것과 같다. 정자가 헤엄쳐 올라가 난자와 합일이 되듯이 가슴 속 영혼의 에너지는 뇌로 올라가 신성의 에너지와 합일을 이룬다. 정자와 난자가 2차크라, 지궁 또는 자궁에 머물면서 아기로 성장하듯, 영혼과 신성의 에너지는 6차크라에서 성장한다. 그래서 6차크라를 '천궁天宮'이라고 부른다.

영혼의 에너지가 신성의 에너지를 만날 때 에고의 분별과 관념이 사라지고 우주의 생명 에너지로 가득한 순수 의식의 상태, 무아를 체험하는데 그 상태를 선도에서는 '신인합일神人合一'이라고 한다. '신'이란 상단전의 '신 에너지', '신성' 또는 '신'을 의미하고, '인'이란 중단전에 있는 '기 에너지', '영혼' 또는 '사람'을 의미한다. '합'이란 '합쳐진다'는 뜻이고, '일'이란 '하나'라는 뜻이다. 신인합일을 풀이하면 '영혼의 에너지와 신성의 에너지가 합쳐져서 하나가 된다' 또는 '신과 인간이 하나가 된다'라는 뜻이다. 영혼이 신성의 에너지를 만나 하나가 될 때, 우리의 본성 자체가 신성의 일부이고 우주의 근원과 하나임을 깨닫게 된다. 이것이 바로 세 번째의 시대, '신인합일의 시대'이다.

천부경과 더불어 우리의 3대 고대경전 중의 하나인 《삼일신고三一神誥》의 신훈神訓(신에 대한 가르침)에서는 이렇게 언급하고 있다. '자성구자 강재이뇌自性求子 降在爾腦.' 이는 '자신의 본성에서 신을 찾아라. 너의 뇌 속에 이미 내려와 계시니라.'라는 뜻이다. 몇천 년 전의 고서에서 신이 뇌 속에 이미 내려와 있고, 그것이 곧 자신의 본성이라고 밝힌 것은 놀라운 일이 아닐 수 없다.

인간의 모든 자각이 그러한 것처럼 깨달음 또한 뇌에서 일어난다. 뇌를 통해서 각성되고 인지되는 것이다. 즉, 깨달음은 뇌에서 일어나는 하나의 현상이다. 당신이 호흡이나 명상 수련을 통해 제 3의 눈으로 불리는 6차크라가 각성되는 것을 체험해 보았다면 이에 대해 기본적으로 이해한 것이다. 나는 제 3의 눈, 6차크라를 각성시켜 의식의 변화를 가능하게 하는 '생명전자 명상'이라는 방법을 고안해냈다. 여기서 '생명전자'는 관찰자의 의식에 따라 입자가 되기도 하고 파동이 되기도 하는 양자물리학적인 개념으로 기 에너지의 또 다른 이름이다.

생명전자 명상을 통해 체험할 수 있는 현상은 이러하다. 우리의 하위 차크라들이 하나씩 차례대로 각성되면, 순수하게 정화된 에너지가 머리로 올라가 뇌를 활성화한다. 뇌의 에너지가 각성되고 제 3의 눈이 열리면서 이마 앞에서 깊고 푸른 빛 에너지가 뇌를 향해 소용돌이치며 들어오는 것을 체험한다. 신비스러운 그 푸른 빛 에너지가 뇌로, 가슴으로, 몸 전체로 밀려올 때, 자기라는 생각과 분별이 없어진다. 그 상태에서 우주의 무조건적인 큰 사랑과 생명의 에너지에 온몸의 세포가 전율하는 것을 느낀다. 그 신비한 에너지를 가리켜 '신', '우주의 근원', '생명의 빛'과 같은 다양한 이름으로 표현할 수 있지만 그것은 상단전,

6차크라의 신 에너지가 각성될 때 일어나는 동일한 에너지 현상이다. 그것은 우리 영혼의 에너지가 뇌에서 신성의 에너지를 만나 합일을 이루는 순간이다. 자기 안에서 신성을 발견하는 신인합일의 순간이자 타오의 깨달음이 오는 순간이다.

선도에서는 이 순간이 무엇보다 중요하다. 6차크라의 신 에너지가 활성화되면 자동적으로 정수리에 위치한 7차크라의 에너지를 각성시킨다. 그때의 느낌은 정수리가 마치 연꽃 봉우리처럼 활짝 열리고, 허공에서부터 정수리로 에너지 통로가 연결되어 머리 위에서 황금빛 에너지가 쏟아져 내려오는 것처럼 느껴진다. 정수리로 들어온 에너지는 차크라 시스템을 따라 아래로 퍼져나가고 온몸을 우주의 신령스러운 에너지로 감싸 완전한 통합과 합일을 느끼게 해 준다.

선도에서 정수리 차크라는 하늘과 통하는 문이라는 의미에서 '대천문'이라고 불렀다. 아기의 정수리를 만져 본 적이 있는가? 아기의 정수리는 말랑말랑한데 그 이유는 이 부분의 두개골이 서로 연결되어 있지 않기 때문이다. 선도에서는 태아의 영혼이 이곳으로 들어온다고 말한다. 또한 우리가 사는 동안 계속해서 우리의 생명을 유지시키고 하늘과 연결되게 하는 우주의 에너지가 들어오는 주요 통로가 바로 이곳이다. 그래서 예로부터 선도 문화에서는 다른 사람의 정수리를 함부로 만지지 못하게 했고, 누워 있는 사람의 머리 위쪽으로는 다른 사람들이 지나다니지 못하도록 했다. 우리 몸의 가장 높은 곳에 위치해서 하늘과 맞닿아 있는 이 정수리를 하늘 기운을 받는 신성한 곳으로 여긴 것이다. 이는 정수리로 하늘의 기운줄이 내려오는 것을 방해하지 않기 위한 배려가 담긴 선도의 지혜였다.

정수리를 중요하게 여긴 또 다른 이유는 이곳이 완성된 영혼이 나가는 곳이기 때문이다. 완성된 영혼의 에너지가 죽음의 순간에 이 대천문을 통해 빠져 나가 우주의 근원으로 돌아가는 것이 선도에서 말하는 '천화'이며, 이것이 바로 세 번째의 탄생이다.

선도 수련을 했던 많은 선인들은 죽음의 순간에 이르러 눕지 않았다. 가부좌를 하고 앉아서 호흡을 고르며 우주의 에너지와 하나가 된 선정 상태에서 그대로 천화했다. 완성된 영혼이 대천문을 통해 빠져 나갈 수 있도록 몸속의 에너지를 운기하여 대천문을 활짝 열어 준 것이다. 자궁에서 잉태된 아기가 1차크라를 지나 태어나듯이 천궁에서 잉태된 영적인 아기가 7차크라를 통해서 탄생하는 것, 이것이 바로 영혼의 완성, 천화의 비밀이다.

영혼 완성의 시스템을 활성화하는 법

인간을 반신반수半神半獸라고 한다. 인간에게 동물적인 성질이 있는가 하면 신적인 성질도 있다는 뜻이다. 인체의 차크라 시스템은 이 말의 의미를 그대로 보여준다. 7개 차크라 중에 성욕, 식욕, 육체적인 생명 에너지를 관장하는 1·2·3차크라는 다른 동물들도 갖고 있는 성질에 해당한다. 이 세 가지 차크라의 기능은 어쩌면 사람보다 동물이 더 왕성할지도 모른다. 그러므로 이 3개의 차크라만으로는 인간의 고유한 특성을 묘사하기에 불충분하다.

가슴에 있는 4차크라는 특히 인간에게 발달되어 있다. 그러나 개와

말과 같은 인간 친화적인 동물들에게서도 영혼의 에너지를 통해 느낄 수 있다. 집착을 버리고 감정을 조절하는 5차크라의 작용 또한 인간의 특성 중에 하나이다. 반면에 대개 동물들은 기쁨과 분노와 같은 감정을 조절하지 않고 그대로 표현한다. 신성의 에너지와 합일을 체험하는 6차크라, 완성된 영혼의 새로운 탄생이 이루어지는 7차크라는 인간이 갖고 있는 신적인 성질에 해당한다. 이렇듯 각 차크라가 각성되면서 인간의 의식은 수성에서 인성으로, 인성에서 신성으로 발전하고 성장한다.

차크라 시스템은 위쪽 부분과 아래쪽 부분으로 나뉘어진다. 4차크라를 기점으로 해서 1·2·3차크라와 5·6·7차크라가 정확하게 대칭이 된다. 1차크라 지문과 7차크라 대천문이 대칭되고, 2차크라 지궁과 6차크라 천궁이 대칭된다. 그리고 정 에너지가 기 에너지로 바뀌는 길에 있는 3차크라와 기 에너지가 신 에너지로 바뀌는 길에 있는 5차크라가 대칭이 된다. 1·2차크라가 땅에 육체의 생명체를 탄생시키는 시스템이라고 한다면 6·7차크라는 하늘, 우주의 에너지 세계에 영혼을 탄생시키는 시스템이다.

이러한 영혼 완성의 시스템을 이해하면 이것이 인간의 몸에 내장되어 있다는 사실에 놀라움을 느낄 수밖에 없다. 더욱 놀라운 것은 이 완벽한 시스템이 특정한 사람만이 아닌 모든 사람들의 몸속에 내재되어 있다는 것이다. 어느 특정인에게만 이 시스템이 있다면 불공평할 텐데 공평한 우주의 법칙은 모든 이들에게 이 시스템을 심어놓았다. 이 영혼 완성의 시스템을 가동해서 천화하는 것, 이것이 바로 인간이 세상에 태어난 목적이다. 문제는 이 시스템에 대해서 아는 사람이 드물

영혼의 성장 단계에 따른 차크라의 특징

	위치	영혼의 성장 단계	특징	색
7차크라 대천문	백회 (정수리)	천화, 인간완성 신인합일 세 번째 탄생	완전한 조화와 통합 지혜와 영감 시공을 초월한 의식	보라
6차크라 천궁	인당 상단전	신성이 자리하는 곳 두 번째 탄생	직감, 통찰력, 창작 집중, 마음의 평화	남색 (짙은 파랑)
5차크라 혼문	갑상선 목	영혼의 관문 내적인 힘과 외적인 힘을 선택하는 관문	언변력, 진실한 대화 신뢰, 친절, 부드러움 평화, 균형과 조화	파랑과 녹색 중간
4차크라 심궁·인궁	단중 중단전	양심, 인간적인 성품의 발현	연민, 용서, 이해 무조건적인 사랑, 정열 정직, 성실, 책임감	노랑
3차크라	중완	육체적 건강의 완성	의지와 힘의 자기조절 권위, 욕망의 표출, 따뜻함 행복, 희망, 기쁨의 빛 인정·지배의 욕구	주홍
2차크라 자궁·지궁	하단전	육체를 잉태하고 키우는 자리	건강, 욕망, 즐거움 정열, 감정, 성적 사랑 인정의 욕구	연한 빨강
1차크라 지문·옥문	회음	육체의 탄생 첫 번째 탄생	성공, 인내, 용감성 인정·안정의 욕구	짙은 빨강

고, 설령 그 시스템이 존재한다는 것을 알고 있어도 그것을 작동할 줄 아는 사람이 많지 않다는 것이다.

그러면 어떻게 해야 영혼 완성의 시스템을 활성화할 수 있을까? 인체에 열량을 공급하기 위해서는 음식을 먹어야 하고, 산소를 공급하기 위해서는 숨을 들이마셔야 한다. 마찬가지로 차크라 시스템을 활성화하기 위해서는 작동 원리를 알아야 한다. 육체 시스템을 위한 에너지원인 음식과 산소처럼 차크라 시스템을 활성화할 수 있는 에너지원이 바로 기 에너지이다. 다시 말해서 차크라를 활성화하기 위해서는 에너지 수련을 해야 한다. 그런데 무턱대고 에너지 수련을 한다고 해서 영혼의 에너지가 성장하는 것은 아니다. 에너지가 발생하는 근본 원리를 알아야 한다. 그것이 바로 마음이 가는 곳에 에너지가 따라가는 '심기혈정心氣血精'의 원리이다.

차크라 시스템의 에너지의 기반이 되는 메커니즘은 '마음'과 '의식'이다. 순수하고 성숙한 의식을 가질 때 영혼의 에너지도 성숙해지고, 밝은 의식을 가질 때 신성의 에너지가 밝아진다. 성숙하고 밝은 의식은 사심이 아닌 공심에서 나온다. 감정과 욕망에 대한 에고의 집착은 탁하고 무겁고 어두운 에너지를 만들어 낸다. 가끔 제 3의 눈이 열려, 보이지 않는 세계가 보인다며 '나는 영적인 사람'이라고 말하는 이들이 있는데, 제 3의 눈이 열려도 4차크라 영혼의 에너지가 이기적인 욕망과 에고에 집착하고 있다면 그 영혼은 아직 성숙하지 않은 것이다.

에너지라고 해서 다 같은 에너지가 아니다. 거기에는 강약, 청탁, 명암의 정도가 있다. 절대적인 무아를 깨달은 순수의식을 나는 '천지마음'이라고 이름 붙였고, 천지마음에서 나온 순수한 생명 에너지를 '천지기운'이라고 이름 붙였다. 그 이름 자체가 중요한 것이 아니라 내가 강조하고자 하는 것은 정말로 그러한 의식과 에너지를 느끼느냐이다.

순수한 천지마음을 품고 천지기운과 연결할 때 우리의 영혼이 성장하고 영혼 완성의 시스템이 강력하게 작동한다. 천지기운과 천지마음으로 세상을 유익하게 하는 것을 '홍익'이라고 한다. 밝고 순수한 마음과 에너지를 전달하는 홍익 활동을 통해 우리의 영혼이 성장함과 더불어 더욱 조화롭고 평화로운 세상이 창조될 것이다.

뇌교육 5단계

타오에서 깨달음의 핵심은 무아가 된 순수한 의식(천지마음)의 상태에서 순수한 에너지(천지기운)를 느끼고 활용함으로써 영혼의 성장과 완성을 이루는 것이다. 이를 위한 차크라와 단전 시스템 같은 전통적인 에너지 수련법에 현대의 뇌과학을 접목시켜 내가 새롭게 창안한 방법이 뇌교육이다.

나는 의식의 성장과 깨달음이 산속에서 특별한 수행을 해야만 얻을 수 있는 것이 아니라 뇌가 있는 사람이라면 누구나 체험할 수 있어야 한다고 생각했다. 그래서 과학적이면서도 대중적인 접근을 할 수 있는 방법을 오랫동안 연구했다. 그 결과 뇌교육이 학문화되어 국제뇌교육종합대학원대학교를 통해 석박사가 탄생하고 있다. 뿐만 아니라 과학기술부 산하에 한국뇌과학연구원을 설립하여 뇌교육에 대한 연구를 지속적으로 진행하고 있으며, 현재 UN 경제사회이사회의 특별자문

타오로 가는 최적의 뇌 활용법, 뇌교육 5단계

5단계 • 뇌 주인되기	뇌 전체
4단계 • 뇌 통합하기	뇌간 (생명뇌)
3단계 • 뇌 정화하기	대뇌변연계 (구피질, 감정뇌)
2단계 • 뇌 유연화하기	대뇌피질 (신피질, 생각뇌)
1단계 • 뇌 감각 깨우기	몸과 뇌 전체
뇌교육 5단계	몸과 뇌의 3층 구조

뇌의 3층 구조

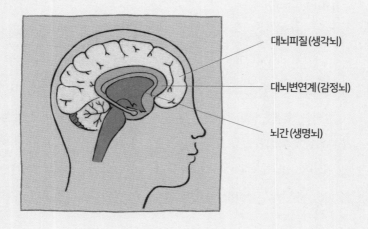

대뇌피질 (생각뇌)

대뇌변연계 (감정뇌)

뇌간 (생명뇌)

지위를 갖고 있는 국제뇌교육협회를 창설하여 전세계에 뇌교육을 보급하는 활동에 박차를 가하고 있다.

뇌의 잠재력을 발견하고 자기의 최상의 가치를 실현하는 과정을 뇌교육에서는 다섯 단계로 나눈다. 1단계 뇌 감각 깨우기, 2단계 뇌 유연화하기, 3단계 뇌 정화하기, 4단계 뇌 통합하기, 5단계 뇌 주인되기이다.

이 다섯 단계는 뇌교육의 목적인 생산적이고 창조적이고 평화적인 '파워 브레인'을 만드는 과정이며, 각 단계는 뇌의 구조와 기능, 뇌의 생리학적 특성에 맞게 구성되어 있다. 이 단계들은 몸에서 시작해서 뇌의 3층 구조를 한 단계씩 활성화하는 것인데, 결국은 뇌의 3층 구조를 하나로 통합시키는 것이 목표이다.

우리 뇌는 그 기능에 따라 대뇌피질, 대뇌변연계, 뇌간 이렇게 3층으로 나눌 수 있다. 대뇌피질은 대뇌의 가장 바깥 부분에 있고, 뇌 중에서도 가장 나중에 생겼다고 해서 '신피질'이라고 하며, 사람에게 특히 발달했기 때문에 '인간 뇌'라고도 한다. 이곳에서는 언어를 토대로 기억하고, 분석하고, 종합하고, 판단하고, 창조하는 인간 고유의 두뇌 활동이 이루어진다. 그래서 신피질을 '생각뇌'라고 할 수 있다.

신피질 아랫부분에 대뇌변연계가 있다. 신피질이 생긴 지는 4백만 년 정도지만 대뇌변연계는 2억 년 전부터 있었다. 그래서 대뇌변연계를 '구피질'이라고 부른다. 구피질은 개나 소, 말과 같은 포유동물의 진화단계에서 생겼으며 공포, 분노, 쾌락 등 다양한 감정 반응과 운동신경을 관장한다. 희노애락과 같은 감정을 관장하는 구피질은 '감정뇌'라고 할 수 있다.

뇌의 세 층 가운데 가장 아래쪽에 있는 것이 뇌간이다. 뇌간은 약

5억 년 전쯤에 파충류의 진화단계에서 나타났다고 추측한다. 뇌간은 간뇌, 중뇌, 연수, 뇌교로 구성되어 있고, 주로 호흡, 순환, 소화, 생식 등 생존에 필수적인 자율신경계의 기능을 수행한다. 이러한 것은 의식적으로 생각하지 않아도 저절로 계속 작동하는 기능들이다. 가령, 심장박동이나 들숨과 날숨을 우리가 일일이 신경 써서 관리해야 한다면 어떻겠는가? 뇌간은 생명을 직접 관리하기 때문에 신피질의 명령 없이도 자율적으로 움직인다. 그래서 뇌간을 '생명뇌'라고 부를 수 있다.

1단계 뇌 감각 깨우기는 몸과 뇌 전체에 대해 인지하고, 2단계 뇌 유연화하기는 주로 신피질의 기능을 활성화하며, 3단계 뇌 정화하기는 신피질의 고정관념과 구피질의 감정적 기억들을 해소하는 데에 주안점을 둔다. 4단계 뇌통합하기는 뇌간의 힘을 느끼고 자신의 핵심 가치를 새롭게 정립하는 단계이다. 5단계 뇌 주인되기는 뇌의 진정한 주인으로서 뇌의 기능을 최대로 활용하는 과정이다.

이 다섯 단계를 거치면서 당신은 뇌가 가진 무한한 가능성을 일깨우고 뇌의 모든 부분의 기능을 통합적으로 사용할 수 있게 된다.

뇌교육 5단계에 대해서 추가로 설명하자면 다음과 같다.

1단계 · 뇌 감각 깨우기

뇌교육의 첫 단계는 몸의 감각을 깨우는 것부터 시작한다. 우리 몸의 다른 부분과는 달리 뇌는 딱딱한 두개골로 싸여 있어 직접 만지거나 운동시킬 수 없다. 하지만 뇌는 우리 몸의 각 부위를 관할하는 여러 영역으로 이루어져 있고, 몸의 각 부위와 뇌의 해당 영역은 서로 긴밀하게 상호작용하고 있다. 따라서 몸을 움직이고 몸의 감각을 자극함으로써 뇌의 해당 영역을 활성화할 수 있다. 몸의 감각이 충분히 깨어나고 집중력이 높아지면 몸 내부의 에너지의 흐름을 느끼고 조절할 수 있게 된다. 이 에너지 감각을 활용하면 뇌의 감각을 훨씬 효율적으로 일깨울 수 있다.

2단계 · 뇌 유연화하기

물리적으로 보면 뇌는 우리 몸에서 가장 유연한 기관 중의 하나이다. 뇌에는 뼈나 근육이 전혀 없다. 그래서 뇌는 일견 부드러운 것 같지만, 고정된 사고 습관과 신념 때문에 가장 저항력이 강한 기관이다. 습관과 신념은 뇌 속에 신경회로의 형태로 존재하고, 이 회로들은 반복해서 사용할수록 견고해진다. 그러나 뇌의 가소성 덕분에 우리는 언제나 새로운 것을 배우고, 사고와 행동의 낡은 패턴을 변화시킬 수 있다. 뇌 유연화하기는 뇌회로를 자극해 유연하게 만들고 자신의 안전지대를 벗어나 새로운 사고와 행동을 시도하는 과정이다. 이 과정을 통해 좀더 유연한 자세를 갖게 되고, 좀더 창의적으로 도전할 수 있다.

3단계 · 뇌 정화하기

우리 모두는 뇌 속에 엄청난 양의 정보를 쌓아두고 있다. 이러한 정보 중에는 우리의 성장과 발전에 도움이 되는 정보가 있는가 하면 그렇지 않은 정보도 있다. 중요한 것은 정보는 정보일 뿐 실체가 아니라는 점이다. 자신이 정보를 검색하고 수정하고 폐기하고 창조하는 정보의 주인이라는 것을 자각할 때 뇌 정화하기가 시작된다. 뇌 정화하기에서는 자신에게 도움이 되지 않는 낡고 부정적인 정보들을 의식적으로 놓아버리는 연습을 한다. 특히 자신을 제약하는 감정적인 기억을 정화함으로써 뇌를 밝고 가볍게 만든다. 이 과정을 통해 몸과 뇌는 자연스러운 균형을 회복하고 그 결과로 자연치유가 일어난다.

4단계 · 뇌 통합하기

뇌 통합하기는 뇌교육 5단계 중에 가장 핵심적인 과정으로서 타오에서 깨달음의 과정에 비유하자면 무아가 되는 단계이다. 신피질의 생각과 구피질의 감정이 잠잠해지고 뇌간의 생명 에너지가 살아날 때 무아를 체험하고 뇌가 하나로 통합되는 것을 느낀다. 뇌가 하나로 통합되었을 때 순수하고 명료한 의식과 집중력으로 자신이 원하는 것을 이룰 수 있는 힘이 생긴다. 뇌 통합하기는 자신의 신념 체계를 돌아보고 핵심 가치를 재정립함으로써 삶의 여러 영역들을 이 핵심 가치를 중심으로 재구성하는 과정이다. 우리의 생각과 말과 행동이 일치할 때, 우리가 진정으로 원하는 것과 우리의 삶이 일치할 때, 우리는 신피질의 창조력, 구피질의 감정, 뇌간의 생명력 등 뇌의 모든 기능을 통합적인 방식으로 사용할 수 있다. 뇌의 각각의 기능들이 서로 다른 방향으로 가지 않고 하나의 목표를 향해 협력할 수 있기 때문이다.

뇌교육의 마지막 단계는 수련이라기보다는 생활을 통해서 이루어진다. 타오의 생활 공부에 해당하는 셈이다. 뇌의 주인이 된다는 것은 통합된 뇌의 창조력을 최대한 활용할 수 있다는 것이다. 이 단계에서는 이전 네 가지 단계에서 배운 뇌활용의 원리와 방법들을 생활 속에서 끊임없이 적용함으로써 생산적이고 창조적이고 평화로운 파워브레인의 삶을 살아갈 수 있게 된다. 또한 뇌 통합하기를 통해 발견한 자아 개념과 핵심 가치를 삶 속에서 실현함으로써 자신의 의식 성장과 더불어 전체의 이익을 위한 삶, 홍익을 도모할 수 있다.

뇌운영시스템의 다섯 가지 법칙

나는 뇌교육 5단계를 생활 속에서 쉽게 적용할 수 있는 단순한 행동 지침들이 필요하다고 느꼈다. 그리고 컴퓨터에 운영시스템이 있듯이, 우리가 뇌의 주인으로서 뇌를 잘 운영하기 위한 시스템이 필요하다고 생각했다. 그래서 만들어낸 것이 뇌운영시스템(Brain Operating System), 보스(BOS)이다. 뇌의 주인으로서 타오의 깨달음을 생활 속에서 실천할 수 있는 다섯 가지 BOS법칙을 소개한다.

정신을 차린다는 의미는 자신의 뇌를 자각하는 것이고 '지금 여기'에 집중하는 것이다. 과거의 성공이나 불행이라는 정보에 지배당하고 살거나 미래에 대한 걱정이나 환상 속에서 사는 것이 아니라, 현실을 정확하게 직시하고 삶의 소중한 순간들을 느끼며 사는 것이다. 현실 속에서 자기의 문제를 해결해 나가며 미래를 창조하는 것이다. 지금에 집중하지 못하는 것은 정신이 있어야 할 자리에 있지 않고 다른 곳에 가있기 때문이다. 마음이 과거나 미래에 대한 생각, 다른 물질적 또는 정신적인 대상, 명예나 권력에 대한 꿈, 또는 다른 사람에 집중되어 있는 것이다.

당신의 정신은 지금 어디에 있는가? 당신의 뇌와 생명을 자각하고 있는가, 아니면 당신 밖에 있는 다른 것들에 쏠려 있는가? 자신의 뇌를 의식하고 자신의 생명을 의식할 때 정신은 원래 있어야 할 제자리로 돌아온다.

자신이 추구하는 어떤 것이 외부에 존재하는 것일지라도 당신의 의식은 당신 내부의 생명을 자각한 상태에서 얼마든지 외부의 대상에 집중할 수 있다. 그것은 통합된 뇌를 통해 자기 자신과 대상을 바라보는 이완된 집중이다. 또한 정신을 차린다는 의미는 영점을 회복하고 균형을 회복하는 것이다. 영점이란 어떤 것에도 치우치지 않은 균형 잡힌 상태이다. 그 상태에서 올바른 선택과 판단을 할 수 있다.

당신의 뇌가 외부의 대상에 빠져 있거나 정보의 요동치는 바닷속에 빠져서 허우적거리고 있다면 지금 당장 정신을 차리고 당신의 뇌를 찾아오라. 당신 안에 있는 생명의 불을 밝히라.

BOS 2법칙 · 굿 뉴스가 굿 브레인을 만든다

우리의 뇌는 매일 수없이 밀려오는 정보의 홍수 속에 그대로 노출되어 있다. 뇌는 당신이 아침에 눈을 떠서 밤에 잠자리에 들 때까지 오감을 통해 쉴 새 없이 보고한다. 신문을 읽고, 라디오를 듣고, TV를 보고, 인터넷을 서핑하고, 책을 읽고, 동료와 이야기를 나누고, 커피숍에서 옆자리의 사람들이 주고받는 얘기를 듣고…. 그 정보가 사실인지 아닌지 확인하기도 전에 그 정보는 당신의 잠재의식으로 들어와 당신의 생각과 감정, 행동에 영향을 미친다.

당신이 어느 식당에서 정말로 맛있는 음식을 먹고 있다고 상상해 보라. 그런데 갑자기 식당 종업원이 와서는 "미안합니다. 손님 식사에 먹을 수 없는 것이 들어 있습니다."라고 말하면 당신은 어떻게 하겠는가? 설령 그 종업원이 한 얘기가 사실이 아닐지라도, 그런 얘기를 들으면 놀라게 되고 뇌에서 스트레스 호르몬을 분비할 것이다. 이것이 뇌의 기본적인 작용이다. 뇌는 그 정보가 사실인지 아닌지 상관없이 받아들인 정보대로 반응하고 호르몬을 분비한다. 뇌에서 몸에 좋은 호르몬을 분비시키기 위해서는 뇌에 긍정적인 정보를 줘서 뇌를 기분 좋게 만들어야 한다. 긍정적인 정보가 뇌를 행복하게 한다. 이것이 두 번째 법칙, '굿 뉴스가 굿 브레인을 만든다.'이다.

이와 관련된 흥미로운 얘기가 있다. 어떤 나이든 체로키 인디언이 어느 날 손자를 앉혀 놓고 말했다. "너의 마음속에는 선한 늑대와 악한 늑대가 사는데, 그 둘은 항상 서로 싸운단다. 너는 어떤 늑대가 이길 거라고 생각하니?" 손자는 한동안 생각하다가 할아버지에게 되물었다. 그 노인의 대답은 간단했다. "네가 먹이를 준 늑대가 이긴단다."

그 늑대와 같이 당신의 뇌 속에 있는 정보도 당신이 계속 먹이를 준다면 더 강해질 것이다. 선한 늑대에게 먹이를 주는 것은 자기에게 좋은 정보를 주고, 자기 안에 있는 좋은 정보를 선택하는 것이다. 당신에게는 선한 늑대와 악한 늑대 중에 어떤 늑대가 더 힘이 센가?

당신의 습관을 관찰해 보라. 무심코 내뱉은 말이 긍정적인 쪽인가, 부정적인 쪽인가? 만약 평소에 부정적인 말을 많이 하는 언어 습관을 가졌다면 당신 인생의 전반적인 경험은 긍정적이라기보다는 부정적일 가능성이 높다. 이 경우에 당신의 뇌에는 부정적으로 정보를 처리하는 뇌회로들이 형성되어 있는 것이다. 이 회로는 피해의식을 강화하고 도전의식을 차단한다.

부정적인 생각과 감정이 들 때 마치 그 생각과 감정이 자신인 것처럼 느끼곤 한다. 거기서 벗어나려면 먼저 자기 내면의 생각과 느낌, 감정을 객관적으로 바라볼 수 있어야 한다. 예를 들어 슬플 때는 뇌의 주인으로서 이렇게 뇌에게 말을 건다. "뇌야. 너 지금 슬퍼하는구나. 내가 널 위로하기 위해 무엇을 해 줄까?"라고. 그리고 뇌에게 사랑과 격려의 메시지를 전한다. 이런 연습을 하다 보면 감정은 내가 아니라 내 것임을 알게 되고, 감정과 나를 저절로 분리할 수 있다.

긍정성을 강화하는 가장 좋은 방법 중에 하나는 자신과 다른 사람들에게 더 많은 칭찬을 해 주는 것이다. 다른 사람이 당신을 칭찬해 주지 않는다고 낙담하지 마라. 당신이 스스로를 칭찬하라! 우리는 다른 사람에게서 칭찬을 많이 받으려고 하기보다 먼저 칭찬하는 습관을 길러야 한다. 우리 모두는 자기 스스로를 사랑하고 칭찬할 만한 충분한 가치가 있다. 자기 자신을 칭찬하는 것은 자신의 신성한 본성을 인정하는 것이고 자신감을 키우는 데에 도움을 준다.

어려운 일이 연속적으로 닥치면 사람들은 '왜 나에게는 항상 이런 일이 일어나는 것일까?'라고 생각한다. 그러나 더 힘든 순간을 만날수록 자신의 뇌에게 더 많은 힘을 줘야 한다. 자긍심과 자신감은 행복한 삶을 살아가는 데에 기본적으로 필요한 요소이다. 당신이 스스로에 대한 믿음을 상실하면 의미 있는 어떤 것을 이루어내기가 어려워짐을 느낄 것이다. 그래서 더 큰 어려움이 닥칠 때일수록 자신에게 긍정적인 말로 더 많이 격려해 주어야 한다. "그래, 지금까지 잘 해왔어." 또는 "지금 잘 하고 있어." "난 할 수 있어!"라고 계속 말해 주면서 작은 성과도 인정해 보라. 부정적인 생각이나 스스로를 공격하는 정보 속에 빠져 있는 대신 이렇게 하면 당신이 마음먹은 어떤 것도 이룰 수 있을 것이다.

BOS 3법칙 · 선택하면 이루어진다

우리의 삶은 한마디로 선택의 연속이다. 선택하지 않으면 아무것도 이루어지지 않는다. 당신 앞에 조그마한 종이 있다고 하자. 앞에 놓인 것이 종인 줄 알면서도 치지 않으면 그것은 그냥 쇳덩어리일 뿐이다. 중요한 것은 행동하는 것, 종을 치는 선택을 하는 것이다.

선택하는 순간, 당신의 뇌는 이미 움직이기 시작한다. "나는 이것을 하겠다!"라고 뇌에게 말하면, 뇌는 그 선택을 이룰 수 있는 많은 상황들을 만들어 내기 시작한다. 그 선택이 강력할수록 그리고 자신이 선택한 것에 더 오래도록 진심을 다할수록 당신의 뇌는 보다 강하게 반응한다. 당신을 둘러싼 모든 것들이 변화하기 시작하고, 새로운 기회가 생겨나고, 새로운 만남이 일어남으로써 당신의 선택을 이룰 수 있도록 지원한다. 당신의 뇌 속에서 이미 이루어진 것을 현실에서 실현하면 된다.

이것은 마음먹은 대로 기운이 따라가는 심기혈정의 원리이다. 온 마음으로 원하기만 하면 우주가 그것을 실현해 주려고 움직인다. 그것은 기회나 가능성의 문제가 아니다. 결심을 하고, 가슴으로 선택하고, 당신을 둘러싼 세상을 향해 마음을 열면 된다.

만약 원했는데도 이루어지지 않았다면 신중하게 그리고 정직하게 두 가지를 점검해 보아야 한다. 첫째, 내가 정말로 간절하게 온 마음으로 그것을 원했는가? 둘째, 내가 그것을 이루기 위해서 100퍼센트 에너지를 썼는가? 모든 에너지를 쓴다는 것은 뇌의 일부가 아닌 전체를 쓴다는 뜻이다.

당신이 원하는 것을 떠올려 보고, 그것을 이루었을 때의 감정을 느껴보고, 당신이 그것을 실현하는 모습을 시각화해 보라. 이런 식으로 뇌 전체를 사용해서 뇌 속에 있는 강력한 힘을 통합하는 것이다. 뇌가 통합되면 마술과 같은 일들이 일어나기 시작한다. 복잡한 생각과 불안정한 두려움, 부정적인 정보가 멈춘다. 당신 안에 있는 자신감과 신념이 확고부동해진다. 뇌 속 깊은 곳에 잠재되어 있는 창조성이 깨어나고 꿈이 이루어질 것이다.

선택하는 것과 더불어 중요한 것은 끈기와 강한 의지로 행동하는 것이다. 장애에 부딪힐 때마다 절대 포기하지 않고 선택하고 또 선택해야 한다. 그러다 보면 머지 않아 새로운 해결 방법이 나올 것이다. 당신의 꿈을 굳게 지키고 당신의 창조성에 대한 신뢰가 쌓일 때, 언젠가는 그 꿈이 현실로 이루어질 것이다.

BOS 4법칙 · 시간과 공간의 주인이 되어라

이 지구상에서 우리는 항상 시간과 공간 속에서 살고 있다. 시간과 공간 속에 살고 있다는 것을 의식하는 것은 자신이 그것의 주인이 되어 살고 있다는 것이다. 대개 사람들은 시간과 공간을 의식하지 못한 채 자신의 감정이나 욕망에 빠져 살거나, 여러 가지의 사건들에 사로잡혀 사는 경향이 있다. 그러다 보면 자신이라는 존재가 점점 작고 나약하게 느껴지고 시간과 공간에 지배당하며 살게 된다. 당신은 지금 당신의 시간과 공간의 주인으로 살고 있는가, 아니면 그것에 지배를 당하며 살고 있는가?

시간에 끌려다니는 사람은 대개 "나는 너무 바빠." "내 삶에 여유가 없어."라고 한탄하면서 시간이 없기 때문에 이것도 못하고 저것도 못한다고 생각한다. 그런데 정작 자신의 시간을 정말로 잘 활용하고 있는가를 점검해 보아야 한다. 시간의 주인이 된다는 것은 시간을 최대한 효율적으로 사용하는 것이다. 시간의 효율성을 높이기 위해서는 생산적이고 창조적으로 되어야 한다. 그 바탕이 되는 것이 자신의 몸과 마음의 컨디션이다. 에너지가 고갈되고 번잡한 생각과 감정이 가득 찬 상태에서 무조건 앞만 보고 달리는 사람은 효율적으로 창조하기 힘들다. 몸에 충분한 에너지, 활력이 있어야 하고, 마음에 번잡한 생각과 감정들을 비워내서 자기가 하는 일에 대한 집중력을 최대한 끌어올리는 것이 중요하다. 생각과 감정이 사라지고 균형이 잡힌 영점의 상태, 무아의 상태에서 집중할 수 있을 때 진정한 창조성이 살아난다.

창조성이 살아나면 빠른 일 처리, 명쾌한 판단력, 샘솟는 아이디어로, 몇 시간 걸릴 일을 몇십 분 만에 뚝딱 해낼 수도 있을 만큼 효율성이 높아질 수 있다. 그러한 순간 우리의 뇌는 창조의 기쁨을 만끽한다. 이러한 성취감 속에서 자신의 생명과 존재 가치를 확인하게 된다.

시간의 주인이 된 사람은 자신의 시간 관리를 효율적으로 할 뿐만 아니라 바쁜 와중에도 자기 관리와 수양에 시간을 할애하는 것을 잊지 않는다. 육체적이고 정신적으로 자신의 컨디션을 좋게 만드는 것이 시간을 더 효율적이고 생산적으로 쓸 수 있는 지름길이라는 것을 알기 때문이다. 그런 사람들에게서는 일에 쫓겨 자기를 잊어 버릴 만큼 정신 없이 바쁜 모습을 볼 수 없다. 대신 확고한 중심이 잡힌 평정 상태에서 능률적으로 일처리를 하는 미소와 삶의 열정을 느낄 수 있다.

공간에 지배를 받는 사람은 두 가지의 부류가 있다. 첫째는 자신이 속해 있는 생활 터전에 매여서 그 안에서만 맴돌며 살아가는 사람들이다. 그런 사람들에게 자신의 쳇바퀴에서 벗어나 새로운 장소에 가보기를 권하고 싶다. 자신을 찾아 떠나는 명상여행은 뇌를 신선하게 하고 자신의 내면과 만날 수 있는 좋은 기회가 될 것이다. 준비를 단단히 해서 며칠간 여행을 떠나면 좋겠지만 여의치 않을 경우에는 근처에 몸과 마음의 에너지를 재충전할 수 있는 장소를 찾아 보는 것도 좋다. 예를 들어 산책로도 좋고 기대어 앉아 쉴 수 있는 한 그루 나무도 좋다.

잠시라도 당신의 번잡한 생각을 내려놓고 당신의 내면과 만날 수 있는 당신의 공간을 갖는 것이 도움이 된다.

공간의 지배를 받는 사람들의 두 번째 부류는 자신이 속해 있는 곳에 만족하지 못하는 사람이다. 그들은 '이곳이 아닌 다른 곳에서 일하고 싶다'고 생각한다. 우리는 되풀이되는 삶이 지겨워지거나 힘들어질 때면 새로운 곳을 꿈꾸는 경향이 있다. 새로운 직장으로 옮겼다고 해서, 새로운 도시로 이사했다고 해서 자신의 행복이 보장될까? 물론 그럴 수도 있겠지만, 자신의 사고방식이나 습관이 바뀌지 않는 한 그 사람은 얼마 지나지 않아 또 다른 새로운 곳을 동경할 것이다. 자신이 어디에 속해 있느냐도 중요하지만 더욱 중요한 것은 그 공간 속에서 어떤 의미와 가치를 발견하고 실현하는가이다.

당신이 시간과 공간의 주인이 되고 싶다면 먼저 당신의 존재 의미가 정확하게 설정되어야 한다. '내가 지금 이 시간과 공간 속에 살고 있는 이유는 무엇일까?'라는 질문에 대해 성찰해 보라. 즉, 자신의 삶의 목적과 의미를 찾는 것이다. 당신이 이루고자 하는 꿈이 있다면 자신을 둘러싼 시간과 공간에 의미를 부여하고 그 속에 굳건한 중심을 잡고 있는 자신의 모습을 시각화할 수 있을 것이다. 그리고 그 시간과 공간에 끌려가는 것이 아니라 그것의 주인이 되어 창조하는 삶을 살 수 있을 것이다.

BOS 5법칙 · 모든 환경을 디자인하라

우리는 여러 가지 환경에 둘러싸여 살고 있다. 당신의 집이나 일터와 같은 삶의 공간들을 비롯해서 가족이나 친구, 직장 동료와 같은 주위 사람들, 당신이 하고 있는 일이나 취미, 심지어 당신의 몸과 마음까지 모두 당신의 삶을 이루고 있는 환경에 속한다.

우리는 늘 좋은 환경 속에 살기를 희망하지만 그렇게 되리라는 보장은 없다. 우주와 인생의 보편적인 진리가 그러하듯 환경 또한 가변적이다. 좋은 환경 속에서 살고 있는 사람에게 언제 나쁜 상황이 닥칠지 모른다. 때로는 좋은 환경 속에서만 살아온 사람들은 어려운 상황이 닥치면 다른 사람들보다 더 쉽게 포기할 수도 있다. 반면에 안 좋은 환경 속에서 시작했어도 그 환경을 자신이 원하는 대로 변화시키는 사람들도 있다. 성공한 사람들 중에는 부모가 좋은 환경을 물려 주어서가 아니라 어려운 환경을 극복하고 성공한 사람들이 많다.

살다 보면 항상 맑은 날만 계속 되지는 않는다. 비가 올 수도 있고 눈이 올 수도 있고 바람이 불 수도 있다. 누구의 인생에나 불행이 닥칠 수도 있고 행복이 찾아올 수도 있고, 자신의 몸이 아플 수도 있고, 당신이 아끼는 사람들이 아플 수도 있다. 큰 기쁨과 행복을 느낄 때도 있지만 때로는 외롭기도 하고 슬프기도 하고 화가 날 때도 있다. 우리가 안정적인 환경을 선호하기 때문에 환경의 변화에 따라 그런 감정들이 일어나는 것은 지극히 정상적이다. 그런데 그러한 감정들조차도 일종의 환경이라는 것을 자각해야 한다. 그리고 환경의 변화를 경험할 때 그 환경의 주인으로서 자신의 감정을 객관적으로 바라볼 수 있어야 한다.

환경의 궁극적인 주인은 바로 우리의 의식, 영혼이다. 인생 일대의 가장 지대한 환경의 변화라고 할 수 있는 죽음 앞에서도 밝게 빛날 수 있는 것이 바로 우리의 영혼이다. 우리의 영혼이 깨어나면 환경에 지배 당하는 것이 아니라 자신의 환경을 활용하여 새롭게 디자인할 수 있 다. 그래서 불행을 행복으로, 역경을 희망으로 변화시킬 수 있다. 자신 에게 주어진 환경은 곧 자신이 이번 생애에서 풀어야 할 숙제이며 자 기 영혼의 성장을 위한 공부거리로 기꺼이 수용할 때 영혼의 힘이 발 휘된다. 자신의 환경을 비관하거나 한탄하는 것이 아니라 어떤 환경이 주어졌건 간에 '내 삶을 사랑하겠다'고 마음먹는 순간, 놀랍게도 부정 적인 의식이 긍정적인 의식으로 전환된다. 그리고 지속적인 수행을 통 해서 자신의 몸과 마음이라는 내부적인 환경부터 건강하고 활기차게 변화시켜 나갈 때 영혼의 힘은 더욱 탄력을 받는다.

우리가 또 하나 기억해야 할 것은 우리 자신이 주위 사람들에게 하 나의 환경이 될 수 있다는 것이다. 우리가 그들에게 좋은 환경이 될 수 도 있고 나쁜 환경이 될 수도 있다. 그것을 선택할 수 있는 것 또한 우 리의 의식, 영혼의 힘이다. 가족, 친구, 직장 동료, 당신 주위의 모든 사 람들이 행복해졌으면 좋겠다는 소망으로 밝은 에너지를 주위에 나누 어 줄 때, 당신은 그들에게 유익하고 든든한 환경이 될 것이다.

넓은 시각으로 보면 우리가 속한 지역 사회나 국가, 인류, 지구가 처 해 있는 상황도 우리에게 영향을 주는 중요한 환경이다. 갈수록 치열 해지는 생존 경쟁 속에서 수많은 사람들이 희망을 잃어가고 있다. 그 러한 환경 속에서 단 하루를 살아도 어떻게 깨어 있는 의식으로 전체 의 에너지장에 도움이 되는 삶을 살 것인가?

자신을 위해서 좋은 환경을 창조할 수 있는 사람은 모두를 위한 좋 은 환경도 창조할 수 있다. 당신의 뇌는 원하는 삶을 창조하고 영혼을 완성하며 타오의 삶을 사는 데에 필요한 아주 훌륭한 도구이다. 당신의 뇌를 소중히 여기고 잘 사용하라.

뇌운영시스템의 다섯 가지 법칙

BOS 1법칙	정신을 차려라
BOS 2법칙	굿 뉴스가 굿 브레인을 만든다
BOS 3법칙	선택하면 이루어진다
BOS 4법칙	시간과 공간의 주인이 되어라
BOS 5법칙	모든 환경을 디자인하라

타오, 나를 찾아가는 깨달음의 여행

초판 1쇄 발행 2017년(단기 4350년) 2월 24일
초판 5쇄 발행 2023년(단기 4356년) 6월 1일

지은이 · 이승헌
펴낸이 · 심남숙
펴낸곳 · (주)한문화멀티미디어
등록 · 1990. 11. 28. 제 21-209호
주소 · 서울시 광진구 능동로 43길 3-5 동인빌딩 3층 (04915)
전화 · 영업부 2016-3500 편집부 2016-3532
http://www.hanmunhwa.com

운영이사 · 이미향 | 편집 · 강정화 최연실 | 기획 홍보 · 진정근
디자인 제작 · 이정희 | 경영 · 강윤정 조동희 | 회계 · 김옥희 | 영업 · 이광우